DU MÊME AUTEUR

Driven
Fueled
Crashed
Raced
Aced
Slow Burn
Sweet Ache
Hard Beat
Down Shift
Sweet Cheeks
Sweet Rivalry
UnRaveled
The Player
The Catch
Everyday Heroes, Cuffed #1
Everyday Heroes, Combust #2
Everyday Heroes, Cockpit #3

Play HARD

4. HARD TO LOSE

Titre de l'édition originale : *Hard to Lose*

Publié par JKB Publishing, LLC

Édition en langue française : *Hard to Lose* (série *Play Hard*, tome 4)
Photographies de couverture : © Roman Samborskyi / Krakenimages.com / Shutterstock / © Arthur Didyk / Getty Images
Conception de la couverture : Camille Decoster / Studio Hugo

Ouvrage dirigé par Isabelle Solal
Collection New Romance® créée par Hugues de Saint Vincent, dirigée par Arthur de Saint Vincent

34-36, rue La Pérouse
75116 - Paris
www.hugoetcie.fr

ISBN : 9782755688429
Dépôt légal : juin 2021
Imprimé en France par Corlet imprimeur
N° d'imprimeur : 21030500

NEW ROMANCE®

Play HARD

4. HARD TO LOSE

K. BROMBERG

Roman

Traduit de l'anglais (États-Unis)
par Claire Sarradel

Hugo Roman

Prologue

RYAN

– Les mecs, quand on partira d'ici, on devrait ouvrir un bar tous ensemble, annonce Shotgun en riant d'un air forcé.

Il désigne les meubles en contreplaqué marronnasse qui nous entourent. Derrière se trouvent des barrières en béton surmontées de barbelés, puis une autre enceinte et des mesures de sécurité pour empêcher nos ennemis de rentrer. D'ailleurs, ils sont probablement installés dans les collines alentour, à surveiller nos moindres mouvements.

Pineman me tend la bouteille de whisky. Du moins, je *crois* que c'est du whisky. Aucune certitude possible, mais c'est un contact de notre traducteur qui la lui a passée. Alors, même si l'alcool nous est interdit, nous pouvons tout de même en profiter.

C'est peut-être pour cette raison que j'hésite. Je n'ai pas la moindre envie de me faire surprendre par un officier. Surtout si je dois me taper la corvée de latrines derrière en représailles, à pelleter de la merde pour la faire brûler.

Toutefois, je finis par attraper la bouteille et l'incliner au-dessus de mes lèvres pour en boire une grosse lampée. Le feu de l'alcool dans ma gorge me fait grimacer.

Bon sang ! Tant mieux si ça m'aide à oublier pour quelques minutes mon quotidien et l'endroit où je me trouve.

– Un bar ? demande Richard.

– Mais ouais. On s'achète un bar tous les quatre et on l'appelle FOUBAR, en hommage à cette expérience folle et unique que nous vivons en ce moment même, à notre plus grande joie.

La proposition sarcastique de Shotgun résonne dans nos esprits et nous fait tous marrer. L'alcool me monte à la tête bien plus vite que prévu quand je lui réponds :

– Ça me va. Je suis partant. Mais, la vache ! C'est fort, cette merde.

Pineman explose de rire. Alors on lui dit tous de se la fermer pour ne pas nous attirer d'ennuis.

– C'est quand même sacrément plus fort que ce qu'on trouve à la maison.

– La maison… murmure Shotgun.

Là, on se tait tous, parce qu'on sait qu'il vient de se faire larguer et qu'il le vit super-mal. Bon Dieu, on n'est ici que depuis un mois, elle n'a même pas laissé les draps refroidir avant de passer à l'acte.

Lui, il a peut-être perdu sa copine, mais moi, j'ai perdu mon rêve.

Et Bon Dieu, ce que j'en chie !

Richard me tend encore une fois la bouteille et nous demande :

– Alors vous, les mecs, qu'est-ce que vous voulez retrouver le plus ?

– Des meufs à baiser, réplique Pineman sur un ton hyper-dramatique qui nous fait tous rire.

– Sans déconner, répond Richard en lui cognant le bras. Je suis sérieux. Genre on est là, c'est la merde et tout, mais qu'est-ce que vous espérez retrouver en rentrant ?

– On devrait tous oublier nos anciennes vies, annonce Pineman, parce que rien ne sera plus jamais comme avant.

– Allez, je marmonne, c'est pas vrai.

– Mais bien sûr que si, rétorque Pineman.

Quand il parle, on l'écoute parce que lui, c'est la deuxième fois qu'il vient ici.

– Non, je suis sérieux, reprend-il en me désignant. Tu ne piges pas ? Tu n'es plus le première classe Ryan Camden. Tu n'es qu'un numéro parmi tant d'autres. Quand les gradés te regardent, ils ne voient qu'un type derrière un *gun*. Alors, maintenant pour eux, tu es devenu un mec qu'ils appellent Gunner.

– Ouais, c'est ça. Comme tu veux.

J'écarte son délire du mec qui sait tout d'un geste de la main.

– Tu crois que je me fous de ta gueule ? demande-t-il d'un air interrogateur. Richard, là, ils l'ont surnommé Nixon parce que ce gros connard est assez fourbe pour se sortir de situations pourries comme personne. Shotgun, c'est… parce qu'il est toujours assis devant moi avec son fusil sur les genoux, et voilà, c'est terminé.

– *Et toi ?* Pourquoi on t'appelle Pineman ?

Son regard est vitreux quand il se plante dans le mien et qu'il me répond d'une voix alcoolisée, en riant d'un air sombre :

– Parce que j'ai une tête de pine, mec.

Sa réflexion nous fait un peu marrer, mais nous nous dévisageons tous à tour de rôle dans la pénombre. Ce surnom, il lui va vraiment bien. Le mec est cool, hein. Mais heureusement qu'il est de notre côté. Shotgun lance alors :

– Je vais boire à cette idée.

Le silence s'installe tandis que nous entendons du bruit au loin. On dirait un coup de feu, mais nous nous sommes tellement rapidement habitués à cette bande sonore depuis notre arrivée, même si elle est assez récente, qu'aucun d'entre nous ne réagit.

– Écoute, on a tous renoncé à quelque chose, à beaucoup de choses même, pour être là. Mais la question, c'est : qu'est-ce que tu as abandonné que tu ne retrouveras jamais ? continue Pineman sur sa lancée déprimante.

Ses mots me font réfléchir, m'interroger et grimacer devant la décision que j'ai prise, cette décision qui m'a poussé à échouer ici. Je finis par lui répondre en lui balançant une question :

– L'espoir, c'est pas censé être quelque chose de bien ? Pourquoi y renoncer quand on peut se tourner vers l'avenir ?

– Tu ne comprends pas, *Gunner*, répond Pineman en me prenant la bouteille des mains. Tout a changé. *Là-bas*, plus personne n'en a plus rien à foutre de toi. Pourtant, tu pensais le contraire. Et s'ils tenaient à toi d'une manière ou d'une autre, maintenant, c'est différent.

Shotgun semble soucieux un instant, puis reprend :

– Le plus simple pour toi, pour ta propre santé mentale, à partir d'aujourd'hui, c'est d'identifier ce que tu aimais le plus au monde et d'y renoncer. Rends ça officiel et laisse tomber. Tu pourrais même écrire une *lettre* et faire tes adieux comme si tu allais mourir.

– Je ne marche pas dans ta combine, je marmonne en me levant pour quitter le feu de camp, en avançant d'un pas instable.

Même si je sais que sa réflexion est complètement stupide, elle me tourne en boucle dans la tête.

Encore et encore.

Allongé sur ma couchette, je fais le tour de tout ce que j'ai abandonné. *Les doutes, les « et si », les « j'aurais peut-être dû me battre un peu plus »* me bouffent jusqu'à la moelle.

Et ensuite, je pense à ce que ma mère a trouvé après mon départ pour l'armée. Les messages des agents sur le répondeur. Ils s'intéressaient à moi, ils croyaient que j'avais du talent.

Tout est foutu maintenant.

– Laisse tomber, Ryan, je marmonne tout seul dans le noir.

Les larmes me brûlent la gorge et je ferme les yeux de toutes mes forces pour les chasser.

Pineman a peut-être raison. Peut-être que m'accrocher à cet espoir ne m'apportera qu'un peu plus de souffrance. Ce n'est pas comme si j'étais sûr que la Ligue majeure de baseball veuille encore de moi après mes quatre années de service.

Laisse tomber, Ry.

Peut-être que s'agripper à un rêve qui est déjà mort et enterré est pathétique.

Laisse tomber, Camden.

Je m'assieds sur mon lit de camp, j'allume la lumière et attrape un stylo et du papier.

Le plus simple pour toi, pour ta propre santé mentale, maintenant, c'est de choisir le truc que tu aimais le plus au monde et de lui dire adieu.

Laisse tomber, Gunner.

1

CHASE

Je triture les coins de l'enveloppe dans ma main en écoutant d'une oreille la conversation qui fuse, mais aussi en me faisant un film à propos du nom inscrit dessus et son contenu.

Qui est-il ?

Quelle est son histoire ?

Les bords sont abîmés, elle est en piteux état, et le timbre est à deux doigts de se détacher. L'encre est tellement passée que le texte est à peine lisible.

Mais la date imprimée sur le cachet m'a intriguée.

– Et tu n'as pas écouté un mot de ce que je viens de dire, hein, Chase ?

Je lève les yeux pour trouver quatre regards braqués sur moi. Tous curieux. Tous pleins d'attentes.

Je m'ébroue pour me reprendre et leur demande :

– Quoi ?

– Langley ? relance Dekker, mon aînée.

Enfin l'une de mes sœurs aînées, puisque les trois femmes rassemblées autour de la table dans cette salle de conférences le sont toutes, mais c'est elle la plus âgée.

– Eh bien quoi, Langley ?

Le petit rire de mon père, Kenyon Kincade, s'élève dans la pièce avant qu'il ne demande :

– Devrais-je m'inquiéter ? On dirait que tu as un nouvel objectif qui t'accapare tellement que tu ne peux même pas te concentrer sur notre réunion.

– Bon Dieu, marmonne Brexton en me faisant lever les yeux au ciel. Tu ne pourrais pas arrêter d'être un bourreau de travail pour une fois ? Sérieux, on en a marre de toujours passer pour des feignasses à côté de toi.

– Oh, ça va, je ronchonne. Peut-être que si tu arrêtais de baver devant Drew, toi aussi, tu pourrais en faire plus.

– Sale peste, commente Brexton, la mine réjouie.

Son sourire *devrait* me convaincre que l'amour pourrait bien être, en effet, tout ce que l'on prétend qu'il est habituellement, quand les gens se mettent à délirer dessus, mais alors, elle me lance un trombone à la figure et annonce :

– Moi, ça va, je tiens le cap.

– Entre deux déjeuners crapuleux, la dénonce Dekker en faisant tousser notre père, sous le choc.

– Doux Jésus, ronchonne-t-il à son tour avant de s'éclaircir la gorge et d'essayer de reprendre le contrôle.

– C'est la femme enceinte qui parle de déjeuners crapuleux ? réplique Brexton.

Dekker se caresse le ventre, juste au niveau de la petite bosse qu'on commence à voir.

Je grogne aussi. C'est tout ce que je peux faire, parce que je n'y connais rien à ces merdes, là. L'amour, les bébés, tout ça. Je m'en fiche complètement. J'ai bien trop à faire pour autoriser ces trucs me traverser l'esprit. Un jour ? Peut-être. Pour le moment, je n'ai pas pris de décision.

D'ailleurs, là, j'ai du pain sur la planche, mes objectifs sont trop variés et mon avenir bien trop plein de promesses pour que je me laisse distraire par ce que mes trois sœurs vivent en ce moment.

Est-ce que je suis heureuse pour elles ? Bien sûr.

Est-ce que c'est pour moi ? Ça reste à voir.

– Mesdames, est-ce qu'on peut revenir à nos moutons ? demande notre père, amusé. Le vieil homme que je suis ne veut rien savoir de vos vies sexuelles.

– Pour une fois, je suis carrément contente de participer à la réunion via Zoom, annonce notre sœur Lennox depuis l'écran sur le mur devant nous.

Elle sourit franchement, et son regard est plein d'humour lorsqu'elle nous observe tous les quatre depuis sa maison en Angleterre.

Dekker lui répond d'un geste du majeur silencieux, ce qui nous fait bien rire.

– Allez, rapports sur les six derniers mois d'activité. Est-ce qu'on peut finir cette réunion pour pouvoir retourner bosser ? Je sais que nous avons tous et toutes beaucoup de travail, reprend notre père en récoltant différentes réactions de notre part.

Tous les regards convergent ensuite sur moi.

– Bon, j'ai fait le tour de ma liste. Mon portefeuille clients a grandi de quinze pour cent. J'ai mis le paquet sur mon objectif de placements de talents auprès de différentes marques et je suis très contente du résultat. Un quart de mes effectifs a décroché un contrat de ce type pour la première fois, ce qui est énorme. J'ai aussi épaissi mon portfolio en faisant entrer une référence de plus sur tous les sports que nous représentons et…

– Je suis tellement parfaite que je donne la gerbe à toutes mes sœurs, m'interrompt Lennox d'une voix chantante pour se moquer de moi, ce qui les fait effectivement éclater de rire.

Je tire la langue en regardant la caméra pour qu'elle me voie bien.

– Je sais que vous aimeriez être toutes aussi parfaites que moi.

Mon sourire est immense quand je leur réponds, rien que pour les embêter.

– Sans façon, réplique Lennox en faisant tout un cirque, les yeux levés au ciel, et en s'écartant de son bureau comme pour montrer qu'elle n'en a rien à faire.

– S'il te plaît, parle-nous de ce que tu as foiré. *S'il te plaît!* Comme ça, on se sentira toutes un peu mieux.

Je m'empêche de sourire. Quand on est la petite dernière, celle qui est autorisée à tout faire après les autres, on est très fière d'accomplir quelque chose d'inédit, comme d'aller au bout de tous les projets que l'équipe vous a confiés.

– Je croyais que le but d'un objectif, c'était d'être atteint, dis-je de ma voix la plus guindée. Je ne vais pas présenter d'excuses pour les avoir ratés à cause d'un homme qui aura détourné mon attention.

Même si elles ont toutes le sourire aux lèvres, je les entends grommeler. Lennox prend alors la parole :

– C'est peut-être exactement ce qu'il te faut. Si j'ai bien appris quelque chose l'an dernier, c'est qu'il est important de trouver un équilibre entre sa vie professionnelle et sa vie personnelle.

– Ok, Oprah, je marmonne.

– Non, elle a raison, intervient Dekker.

– Absolument, surenchérit Brexton.

– Je crois qu'il faut ajouter un objectif à ta liste, propose Dekker.

– Peut-être qu'elle a besoin de se battre pour une cause, suggère Lennox à son tour. Un truc qui mettrait sa personnalité de Type-A, hyperactive et hyper-investie en arrière-plan, comme ça, elle ferait tout avancer en même temps.

Il y a quelque chose dans les mots de Lennox qui me frappe. Elle a peut-être raison. J'ai peut-être besoin de trouver ce truc, *une cause* à défendre. Est-ce que c'est ça qui manque à ma vie ? De savoir que je peux faire la différence d'une manière ou d'une autre ?

– Ou, plutôt qu'une cause, on pourrait toujours lui dénicher un mec, propose Dekker.

– Et c'est là que cette conversation s'arrête, je marmonne.

– Non, sérieux. Depuis quand tu n'as pas eu de rencard ? insiste-t-elle.

Tous les yeux de la salle sont braqués sur moi, ils attendent une réponse tandis que je jette un coup d'œil paniqué à mon père qui ne me sera d'aucune aide. Il vient de lever les mains dans un geste de reddition. Son petit rire, sorte de gloussement qui va avec, m'est tout aussi inutile.

– Ça fait quoi, deux ans, c'est ça ? demande Lennox. Finn était le dernier gars avec lequel tu as eu une relation sérieuse et…

– Et on ne va pas parler de lui, ni même avoir cette conversation tout court. On passe à autre chose ? je propose d'un sourire tendu et parfaitement hypocrite.

– Absolument pas, insiste Dekker. Tu ne sors avec personne.

– Mais si.

– Sortir avec un mec régulièrement et appeler ton plan cul régulier pour mettre un peu de chaleur sous ta couette sont deux choses complètement différentes.

Quand notre père commence à grogner en faisant non d'un signe de tête, Dekker chasse ses protestations d'un mouvement de main et continue :

– Tu ne vas pas me dire le contraire.

– Ce que je vais te dire, c'est que ce que je fais en dehors du boulot ne concerne pas mes sœurs bien trop curieuses, et on va s'arrêter là.

– Je n'ai rien contre les plans cul, reprend Lennox. Dieu sait que je m'en suis fait quelques-uns, avant Rush, bien entendu, je pensais même comme toi, avant… mais il y a tellement plus à attendre, Chase.

Si elles ignoraient que lorsque je tire sur le col de ma chemise, je montre que je suis mal à l'aise, je le ferais en ce moment même. Mais je ne les laisserai pas me voir ramer. Impossible. Je suis consciente que ça ne ferait que les aiguillonner.

– Est-ce que la sous-réunion « Analysons la vie de Chase » est terminée, s'il vous plaît ?

Cette fois-ci, je les implore avec un sourire bien plus convaincant.

– On va t'ajouter un objectif, tranche Dekker en accompagnant sa décision d'un hochement de tête.

– C'est pas toi la patronne, dis-je en haussant les épaules et en provoquant ainsi l'hilarité des autres.

– On t'ajoute un objectif parce qu'on te connaît toutes assez pour savoir que tu as l'esprit de compétition et que si on te le présente comme ça, tu ne résisteras pas à l'envie de nous prouver que tu peux y arriver.

– Super. Sérieux, Dekk ? Tu crois que c'est aussi facile que ça de me manipuler ?

– Oui, répondent-elles d'une seule voix, sans hésiter une seule seconde.

Malgré ma bravade, en secret, je suis très mal à l'idée de ne pas aller au bout d'une mission qu'on m'assigne.

– J'ai comme l'impression de tomber dans un piège, dis-je en riant pour apaiser ma nervosité. Je n'apprécie pas la pression de mes paires et encore moins ce programme « Chase doit trouver un mec ».

– Ce n'est pas ça, le plan, dit Brexton.

– Alors, c'est quoi ?

Je lance ma question comme ça, parfaitement consciente que si elles me répondent toutes les trois, c'est qu'elles en ont parlé derrière mon dos.

– Ce qu'on veut, c'est que tu sortes avec quelqu'un. Au moins deux rencards avec deux hommes différents dans les deux prochains mois, annonce Dekker avec son regard de maman.

Vous voyez, ce regard qui vous dit qu'elle ne changera pas d'avis.

– C'est n'importe quoi, votre plan, je commente en repoussant mon bloc de feuilles. Qu'est-ce que ça va vous prouver ? Que je ne suis pas vieille fille ?

– Pas besoin de te mettre en colère, marmonne Brexton.

– Je ne suis pas en colère, je suis énervée, j'explique en sachant très bien que c'est la même chose. J'adore qu'on soit super-proches et tout, mais vous n'avez pas à me dire ce que je dois faire de ma vie amoureuse. Je ne suis pas branchée comme vous... et si je vous respecte et que je respecte vos choix personnels, j'aimerais penser que vous feriez pareil pour moi.

Nous nous dévisageons toutes, jusqu'à ce que notre père pousse un soupir et se lance :

– D'ailleurs...

– On ne se ligue pas contre elle, papa. On veut juste s'assurer qu'elle est heureuse.

– C'est tellement subjectif comme notion.

– Cette réunion est complètement partie en sucette, dit-il en riant, mais l'air mal à l'aise. Un père n'a vraiment pas à entendre ses filles évoquer leur vie sexuelle et leur intimité... alors, disons que nous en avons terminé et retournons travailler.

– Tu as déjà entendu pire que ça ? commente Brexton tout aussi joviale.

– Pourquoi parle-t-on de moi et pas de Finn Sanderson ? je demande en ramenant l'attention de tout le monde sur le boulot, sur notre rival… *qui se trouve également être mon ex.*

– Tu veux vraiment parler de lui ? C'est une première, renâcle Lennox d'un air sarcastique.

– Pas lui en tant que tel, mais est-ce que vous avez vu la couverture médiatique qu'il a tirée sur lui lorsqu'il a signé le contrat avec la fondation Make A Wish pour réaliser des rêves d'enfants malades, avec un agent et l'équipe de la NBA ?

– Comment aurait-on pu passer à côté de ça ? répond Lennox. C'est sur toutes les foutues chaînes d'info, de sport et dans les journaux. C'est à perdre la boule.

– Ouh là. Tout doux, c'est un super-beau projet, dit Dekker en s'attirant un soupir de Brexton.

– Ce n'est pas ce que je voulais dire, précise Brexton. Cette histoire est à la fois géniale et super-nulle. C'est juste dingue que Finn arrive à focaliser sur lui autant de buzz quand on sait tous que la seule raison pour laquelle ce mec souhaite aider un gamin à voir son rêve se réaliser, c'est pour générer de la pub positive.

– Typique de sa part, je dis sans trop vouloir parler de mon ex d'une manière ou d'une autre.

Brexton sursaute en entendant son portable sonner, puis nous annonce :

– Je dois répondre.

Elle dépose ensuite un baiser sur le crâne de papa et le contourne pour sortir de la pièce.

– Vingt balles que c'est Drew qui l'appelle pour se faire un cinq à sept, dit Lennox en évoquant le fiancé de Brexton.

– J'aurais pu me passer de cette information, rouspète notre père.

– D'ailleurs, ajoute Lennox, je vais aller faire la même chose.

Nous n'entendons rien d'autre que son rire quand elle nous dit au revoir d'un signe de la main avant de mettre fin à la réunion en ligne.

– Je vais y aller aussi, nous annonce Dekker en tapant une pile de papiers sur le bureau pour la remettre droite, mais pas pour un petit coup vite fait, continue-t-elle en se levant avant de me désigner de son portable. Et je suis sérieuse à propos de cette histoire d'objectifs, Chase. Je veux voir la preuve de ces deux rencards avec ces deux mecs, dit-elle en imitant du mieux qu'elle peut notre père.

Pour seule réponse, je dresse mon majeur dans sa direction quand elle sort de la pièce.

– Eh bien c'était sympa. *Ou pas*, je blague en me rencognant dans ma chaise avant de fermer les yeux. Comment s'est-on retrouvés détournés de la réunion comme ça ? J'avais des idées et des choses à discuter et… *bordel de zut !*

– Des idées ?

Mon père ressemble à une marmotte qui sort la tête de son trou, prêt à tout pour changer de sujet de conversation, puis il revient sur ma déclaration :

– Quelles idées ?

– Comment vont les affaires ? je lui demande en riant.

– Comment ça ?

Il pose son stylo, me montrant ainsi que j'ai toute son attention. Alors, je lui parle de notre stratégie de vol de clients à mon ex :

– On a lancé toute cette opération *Défoncer Finn Sanderson* pour sauver Kincade Sports Management. On est sur la bonne route ? Est-ce qu'on a fait des progrès significatifs dans l'acquisition de nouveaux talents ? Comment s'en sort-on avec notre base et qu'est-ce qui nous attend à l'avenir ?

Il hoche doucement la tête avant de me répondre :

– C'est un marché très volatil, Chase. Ce que certains détestent en termes de management, d'autres le préfèrent. Chaque contrat est un pari. Chaque nouveau client, une chance de décrocher une étoile.

– Tu t'exprimes en métaphores, comme un papa, dis-je en riant. Ne pourrais-tu pas parler franchement et me dire directement ce que tu penses ?

– KSM va mieux, annonce-t-il en arquant les sourcils pour me répondre plus précisément. Nous signons de nouveaux clients, de nouveaux contrats… mais je ne sais pas, choupette, j'ai l'impression d'être coincé au Moyen Âge et j'ai peur de tirer l'agence vers le fond avec moi.

– Je n'ai jamais rien entendu d'aussi ridicule.

Comment peut-il penser une chose pareille ? Il a construit de ses mains cette incroyable agence ? Cet endroit, qui est le point d'ancrage de notre famille depuis la mort de maman, est entré dans la maturité.

– Finn est le roi des coups de pub. Il fait parler les gens. Je suis peut-être vieux parce que j'ai l'impression qu'ils sont tous crétins, mais on dirait bien que ça marche avec les athlètes qui sortent tout juste de la fac. Ils aiment tout ce qui brille et une chose est sûre, ce type a du clinquant à revendre.

– Euh… je suis plus jeune que Finn, papa. Est-ce que tu es en train de me dire que je ne fais pas mon boulot correctement ?

– Non. Pas du tout… mais j'avais déjà pas mal pensé à faire ce coup avec la fondation Make A Wish. Ça lui a fait une sacrée pub. Il était sous le feu des projecteurs et partout sur les réseaux sociaux, tous les athlètes le félicitaient. C'est comme s'ils le connaissaient tous maintenant, alors devine qui ils vont appeler quand ils auront besoin d'un nouvel agent ?

– Notre nom est toujours connu, papa. KSM est encore une agence très cotée.

– Je le sais, mais ce n'est plus *l'impression* que ça me donne. Je ne sais pas, en fait. Au lieu d'atteindre cet objectif ridicule fixé par tes sœurs, qu'est-ce que tu penserais de guider KSM sur le chemin des dernières tendances ? Tu pourrais réfléchir au renouvellement de notre marque avec un consultant en stratégie. Faire analyser par un spécialiste notre méthode d'utilisation des médias et des réseaux sociaux pour nous dire comment nous adresser à notre cœur de cible plus efficacement. Peut-être essayer de voir si ça servirait à quelque chose de travailler avec une agence de relations publiques. Sur le papier, notre portefeuille clients est solide, mais je n'ai pas l'impression de bien occuper le terrain. J'aimerais que tu trouves comment y parvenir.

Il pousse un gros soupir et je déteste cette image, il croit qu'il est à côté de la plaque. Pourtant, j'ai aussi le cœur qui explose de joie quand il me demande de m'attaquer à un tel sujet.

Il est conscient qu'il peut compter sur moi, j'adore ça.

– Je suis flattée que tu me le proposes et je serais super-contente de me lancer dans cette tâche. Tu sais que je suis toujours à l'affût d'un nouveau challenge. Et si je…

Les mots allaient me sortir de la bouche quand une idée vient me percuter et je murmure un « oh » en essayant d'en tirer le fil jusqu'au bout.

– Ah, je reconnais ce son, commente mon père en riant doucement d'un air interrogateur. Je suis tout ouïe.

– Et si on générait cette réputation nous-mêmes ? Et si on se greffait à un mouvement, ou même peut-être, si on le *créait* nous-mêmes ? Avec une histoire un peu feel-good qui attirerait l'attention sur nous, pas seulement de la part de clients potentiels mais aussi du monde du sport et du grand public en général… Comme Finn l'a démontré, il suffit d'un peu d'amour pour aller très loin ces temps-ci.

– Continue.

Mon père m'encourage d'un hochement de tête, la bouche un peu tordue, comme toujours lorsqu'il cherche à déterminer la valeur d'une idée. J'avance la lettre entre mes mains et propose :

– Et si je le trouvais, *lui* ?

– Qui, lui ?

– Ce type : Ryan Camden.

– Je t'écoute, dit-il en joignant le bout de ses doigts dans une posture réflexive.

– Cette lettre était perdue dans un vortex postal depuis cinq ans, papa. Tu ne te demandes pas ce qui lui est arrivé ? Enfin, ça pourrait nous faire de la très bonne pub. Le super-lanceur de baseball qui avait tout le talent du monde, dont une balle rapide à plus de cent cinquante kilomètres-heure, mais qui a décidé de servir son pays au final. Une lettre qu'il t'a envoyée, une fois parti au front, pour te remercier et, depuis, on n'a plus jamais entendu parler de lui. Que lui est-il arrivé ? Et s'il était encore aussi bon ? Il pourrait avoir presque trente ans maintenant, mais avec nos relations, on pourrait lui faire passer des tests avec au moins une équipe de Ligue majeure.

– Nous savons très bien tous les deux que personne ne le recruterait après tout ce temps…

– Mais pense à ce qu'on pourrait tirer de cette situation. Aider un vétéran à réaliser son rêve, un rêve qu'il croyait mort et enterré. C'est le genre d'histoire qui fait chaud au cœur, une ambition folle qui se concrétise, même après toutes ces années de guerre. On pourrait organiser un match avec les meilleurs anciens combattants, une sorte de rencontre des champions pour *leur dire merci d'avoir servi notre pays*, idéal pour les relations publiques, une super-opportunité presse, et tout le toutim. Le monde du sport a besoin de ce genre d'histoire positive. Une action qui dépasse les ego surdimensionnés et les salaires ridiculement hauts des joueurs, et c'est peut-être l'occasion.

– Si je peux me permettre, tu profites généreusement de ces salaires.

– Je n'ai jamais prétendu le contraire, mais… tu n'éprouves pas cette impulsion ? Tu ne veux pas sentir que tu fais quelque chose de bien ? Tu ne souffres pas de tous les excès du milieu, tu n'as pas envie d'un peu d'humanité dans tout ça ?

– Oui, mais soyons bien clairs. Il n'y a pas d'humanité dans une opération de relations publiques. Rien à voir.

Ses mots me font l'effet d'une réprimande, pourtant il est simplement honnête.

– Je sais.

Les miens sortent comme un soupir, presque une défaite.

Il hoche doucement la tête dans un geste délibéré, son regard est sérieux quand il se plante dans le mien et qu'il me demande :

– Qu'est-ce qui t'arrive, ma chérie ?

Je pince les lèvres et hausse les épaules avant de lui répondre :

– Je ne sais pas. J'ai besoin d'un nouveau challenge ? J'imagine que c'est exactement ce que tu viens de me donner, mais c'est peut-être plus que ça. Je suis peut-être simplement curieuse. J'ai peut-être envie d'en apprendre plus sur lui. Il a quasiment mon âge, et pour lui, son devoir avait une telle importance qu'il a renoncé à son rêve pour être fidèle à ses convictions. Ce type d'altruisme est rare. Peut-être que…

Peut-être que je me sens comme reliée à lui, même si je ne l'ai jamais rencontré. Comme moi, il ne se conforme pas à ce qu'on attend de lui et il a besoin de comprendre pourquoi.

– … on vient juste de recevoir cette lettre, il doit bien y avoir une raison.

– Je ne t'aurais jamais crue du genre à adhérer aux notions de romantisme ou de destin.

– Ce n'est pas le cas. Enfin, si. Je ne sais plus quoi penser, dis-je en levant les mains en l'air.

– Attends. Je comprends. C'est normal de se sentir un peu perdue de temps en temps. Dekker est sur le point de fonder une famille avec Hunter. Lennox vient de se marier avec Rush. Brexton nage dans le bonheur avec Drew. Pas étonnant que tu sois paumée.

– Non. Ce n'est pas ça.

Je hausse le ton en reprenant :

– Je me sens frustrée. Coincée. Comme si c'était ce qu'on attendait de moi ensuite. Mais je n'en ai aucune envie. C'est vraiment très loin sur mon radar, et le petit tour qu'elles m'ont joué aujourd'hui le prouve complètement.

Il rumine mon analyse en soutenant mon regard.

– Personne ne veut que tu te sentes coincée, Chase. Certainement pas moi. Tout ce que je souhaite, c'est que tu trouves ta propre voie, que tu trouves ce qui te rend heureuse et que tu te lances.

Je l'entends. Je sais qu'il pense ce qu'il dit, mais j'ai du mal à l'accepter.

– Merci.

J'ai parlé d'une voix douce en revenant à cette lettre et à l'histoire inconnue qu'elle renferme, et je lui demande :

– Tu te souviens de lui ?

– Vaguement. C'était un gamin légèrement rebelle avec un bras en or.

– Il était sympa ?

Mon père me fait un petit sourire en coin et poursuit :

– Tu testes les limites de ma mémoire. Est-ce que je peux dire qu'il était un peu trop sûr de lui ? Tu accepterais ça comme réponse ?

Il rit. Nous savons tous les deux que la plupart des sportifs de haut niveau dans la vingtaine, qui sont assez bons pour être repérés par des équipes professionnelles, sont trop sûrs d'eux. C'est un comportement typique.

– Tu ne sers à rien. Tu te rappelles autre chose à propos de lui ?

– Crois-le ou non, quand on a reçu cette lettre au courrier, j'ai ressorti mes anciens registres de recrutement. Je n'avais que quelques notes sur lui. C'est l'entraîneur qui le suivait dans sa fac qui nous a contactés pour essayer de nous intéresser à un joueur qui ne devait pas être dans notre ligne de mire.

– Le gamin lançait à plus de cent cinquante kilomètres-heure. Comment ne pouvait-il pas être sur notre radar ?

Le regard de mon père se fait distant, puis il se reprend d'une secousse avant de me dire :

– J'imagine que c'est ça la grande question, non ?

Je réponds d'un hochement de tête. Je vois ce qu'il veut dire. Puis je sors la lettre de l'enveloppe et déplie le papier à lignes aux couleurs un peu passées.

Chère équipe KSM,

Je viens récemment d'apprendre que vous vous intéressiez à moi sur le plan sportif et je souhaitais vous en remercier. Toutefois, mon rêve de jouer en Ligue majeure de baseball est maintenant terminé. On m'a recommandé de laisser tomber les vieux rêves. D'accepter que ma vie avait changé pour toujours.

Ryan Camden

– Cette lettre n'a ni queue ni tête. Pourquoi ne voudrait-il plus passer pro s'il avait effectivement suscité l'intérêt des clubs et des agents ?

En même temps que je pose cette question, je suis prise d'une vague de tristesse dont je suis incapable de me détacher, comme chaque fois que je lis ce courrier, et je déteste ça.

Renoncer à un rêve, c'est comme dire qu'on est à court d'espoir.

– Je ne sais pas, ma chérie. La seule autre information que j'ai trouvée dans mes notes était à propos du père de Ryan. J'avais écrit « gardien » à côté de son nom. En fait, rien ne m'indique que j'ai parlé avec Ryan directement. De mémoire, et même si tout ça est très vague, je me souviens qu'il y avait un truc vraiment bizarre dans toute cette affaire. Le père avait avancé que Ryan n'était pas assez bon, que c'était un fouteur de merde. Des choses qu'on ne dit pas à propos de son gamin quand il essaie de décrocher un contrat avec un agent.

– Mouais.

Je reprends encore une fois la lettre. *Je viens récemment d'apprendre que vous vous intéressiez à moi sur le plan sportif...*

– Tu ne crois pas qu'il le lui aurait caché, quand même ?

Connaissant mon père, rien qu'à voir sa tête, je suis capable de deviner ses pensées.

– À l'époque, je n'arrivais pas à comprendre ce qui clochait, mais là ? Maintenant que j'ai lu cette lettre... j'en ai bien peur.

– Qui pourrait faire une chose pareille à son gamin ? Lui voler son rêve ?

Je pose la question pleine de compassion pour Ryan, mon cœur est blessé pour lui.

– Les gens merdent en permanence et ça n'a souvent aucun sens.

– Tu vois ? C'est pour ça qu'il faut que je le retrouve, il faut que je lui dise la vérité. Il faut qu'il sache que tu étais intéressé.

– Tout ça pour se faire de la pub ?

Il arque un sourcil inquisiteur, et je déteste être prise au dépourvu. Parce que, oui, c'est pour booster nos relations publiques… mais aussi parce que je suis attirée par cette lettre. Pourquoi ? Aucune idée. Et je me sens plus que ridicule à l'idée de l'admettre. Même si je suis consciente qu'il peut lire en moi comme dans un livre ouvert, je réponds :

– Je ferais tout pour KSM, papa.

– Ce scénario pourrait dégénérer d'un million de façons différentes, m'avertit mon père, prudent comme toujours.

– Par exemple ?

– Par exemple, il pourrait avoir été blessé ou pire encore, il pourrait être mort au combat, dit-il en grimaçant. Ou il pourrait se mettre en colère contre toi de l'avoir pisté pour lui annoncer que son rêve aurait pu se réaliser, mais que c'est trop tard ou qu'il n'est plus intéressé. Il pourrait t'en vouloir de l'utiliser pour te faire ta pub.

– Il ne pourrait pas s'imaginer que je ne l'utilise que pour mon propre bénéfice.

– Bien sûr que non, mais tu sais ce qu'on dit des projets les mieux préparés…

– Papa.

Cet unique mot est soufflé dans un soupir de frustration.

– J'essaie juste de cadrer cette histoire sous tous ses angles.

– C'est ce que je vois, je reprends en tentant de présenter mon plan différemment. Si tu avais renoncé à quelque chose que tu aimais vraiment, à un moment donné de ta vie, tu n'aurais pas voulu savoir que d'autres personnes te pensaient doué pour ça ? Alors d'accord, il est peut-être trop tard pour réaliser ton rêve, mais tu ne souhaiterais pas être fixé ?

Il hoche la tête, les lèvres pincées, avant de me répondre :

– Probablement. Mais au début, ça pique de découvrir ça, ensuite vient la fierté.

– Exactement, je confirme avec fermeté. En le trouvant, je l'aiderais *lui* et *nous* aussi. Problème résolu.

Je claque des mains pour faire bonne mesure sur ces deux derniers mots. Nous nous dévisageons un instant avant qu'il ne reprenne :

– Alors, tu vas partir à l'aventure pour retrouver ce Camden, au nom de l'amélioration de nos relations publiques ? C'est ce que tu es en train de me dire ?

Il sourit doucement, d'un air complice, avant que je n'aie avancé quoi que ce soit sur mes intentions.

Il me connaît trop bien.

– J'ai besoin de faire une pause, de m'éloigner de toutes ces histoires d'amour et de conversations de bébé.

Le fait que nous approchions de la date anniversaire de la mort de ma mère n'aide pas. Je suis toujours fébrile à cette époque de l'année, mais pour une raison qui m'échappe, cette lettre a mis de l'huile sur le feu.

Mon père me répond en prenant tout son temps :

– Ok.

– Je sais que tu n'es probablement pas d'accord avec moi, et je peux utiliser mes jours de congé s'il le faut, mais je veux aller au bout de cette idée. Je veux trouver Ryan Camden et voir ce qu'il est devenu. Voir si on peut exploiter son histoire comme une opportunité de RP pour KSM.

Et je prie pour ne pas tomber sur une pierre tombale dans un cimetière, mais bien sur un homme en vie.

Il se contente de me dévisager, mais il pourrait dire tant de choses – principalement des variations autour des phrases « tu es complètement dingue » et « ça ne te ressemble pas » –, mais il s'abstient. Il doit voir que j'ai besoin de ça.

De liberté prise sur le rôle quotidien que j'assume dans ce bureau. De m'écarter de la parfaite petite demoiselle qui suit le règlement à la lettre.

– Je continuerai à effectuer mes tâches habituelles, bien sûr, et je dénicherai les bonnes personnes pour nous aider à affirmer notre présence sur les réseaux sociaux. Je ne laisse pas tomber l'équipe, et je ne…

– Tu n'as pas besoin de me demander la permission, Chase. Je connais ton éthique de travail. Je te fais confiance et j'espère que tu trouveras ce que tu cherches dans toute cette histoire.

– Qui a dit que j'avais besoin de quelque chose ?

Je pose la question, comme ça, mais je sais que c'est le cas. La plus grande d'entre toutes, c'est : de quoi ai-je besoin exactement ?

2

CHASE

La femme terne et mal habillée de l'autre côté de la banque d'accueil me détaille par-dessus ses lunettes à double foyer perchées au bout de son nez. Son regard bleu est perçant et critique. Elle me toise en répétant le nom que je viens de lui donner :

– Ryan Camden ?

– Oui. J'espérais discuter avec quelqu'un qui pourrait me dire où le trouver, je lui demande, tout sourire, pour essayer de l'amadouer.

– Et vous êtes ?

– Il a envoyé une lettre il y a un bout de temps, lorsqu'il était dans l'armée. Bizarrement, elle ne m'est parvenue que récemment et je voulais lui en parler. Je suis agent sportif, j'aimerais savoir s'il joue encore au baseball. S'il est toujours lanceur.

Elle m'observe un moment et reprend d'une voix atone :

– Il ne vient pas ici.

Elle s'exprime sans aucune inflexion, ses lèvres sont si raides qu'il faudrait des engins de chantier pour provoquer un rictus lorsqu'elle tapote sur son clavier.

– Je suis consciente qu'il ne vient pas ici…

– Il n'a pas mis les pieds dans cette école depuis six ou sept ans si je me souviens bien, me coupe-t-elle en souriant d'un air crispé. Et les documents qui s'affichent sur mon écran me donnent la même information.

– Comme je vous l'expliquais, je sais qu'il n'est plus scolarisé dans votre établissement. J'ai mené mon enquête dans le coin, et personne en ville n'a la moindre idée de ce qu'il est devenu ni où il est actuellement, alors je me suis dit que je pourrais peut-être m'entretenir avec votre coach, Monsieur Bassett. Il pourrait avoir eu des nouvelles.

Un autre regard appuyé de l'apparente gardienne du Downship Junior Collège, suivi d'un soupir et d'un laconique :

– Attendez ici.

C'est tout ce qu'elle me lâche avant de partir d'un pas décidé, au son du frottement de ses vêtements en nylon et du couinement des semelles en plastique de ses chaussures sur le sol en lino.

Quelques secondes passent avant que la bande sonore de sa traversée du couloir m'indique qu'elle est de retour. Puis, accompagnée d'un geste de la main, elle m'annonce :

– Sortez par cette porte, puis tournez à droite pour entrer dans les vestiaires. Coach Bassett vous attend à l'extérieur. Vous le reconnaîtrez, il porte tout un tas de muscles et une casquette de baseball.

– Ok.

C'est une manière étrange de le présenter, mais elle est manifestement du genre excentrique, alors je ne relève pas et suis ses indications. Le campus est situé dans la banlieue de Charleston. C'est une petite fac, mais elle est installée sur un terrain verdoyant, avec même un bosquet pour parfaire le décor pittoresque. Les murs sont ornés de posters bleu et or aux couleurs de l'institut… et même le coach est assorti. Il m'attend, les bras croisés sur le torse.

– Coach Bassett ?

– Je peux vous aider ? demande-t-il en me confirmant son identité d'un hochement de tête.

– Chase Kincade, de Kincade Sports Management, je me présente en lui tendant la main.

– En ce moment, je n'ai pas de joueur qui pourrait avoir le niveau pour intégrer la Ligue majeure, loin de là, alors je suis curieux. Qu'est-ce qui vous amène ?

– Ryan Camden.

Je souris et change de position. Il devient plus sérieux.

– Qu'est-ce que vous lui voulez ?

– Je me demandais si vous saviez où il était ou comment le contacter.

Il me regarde par-dessous la visière de sa casquette, les bras encore croisés dans une posture défensive.

– Pourquoi ?

Pourquoi ? D'un certain côté, je suis hyper-soulagée par ce petit mot tout simple, parce qu'il implique que Ryan est toujours en vie, non ?

Jusqu'à présent, je ne m'étais pas rendu compte à quel point je craignais le contraire. Et je ne sais pas trop pourquoi c'est tellement important pour moi.

Je prends une inspiration tremblotante et chasse ces pensées de ma tête avant de m'expliquer.

– Ça va vous paraître étrange, mais pour faire court, on a essayé de le recruter après votre mail, il y a quasiment six ans. Il ne nous a jamais répondu et, il y a deux semaines, nous avons reçu une lettre de sa part au courrier. Cette lettre avait été postée depuis plus de cinq ans de la base avancée de la province de Helmand, en Afghanistan. Apparemment, elle a été perdue tout ce temps et…

– Vous pensez vraiment que je vais vous croire si vous me dites que vous venez signer un joueur d'il y a six ans ?

Soyons honnêtes, il a vieilli, et vous, vous prenez une pelletée de nouveaux athlètes tous les jours.

Il arque un sourcil interrogateur et me relance :

– Vous êtes sérieuse ?

– Je n'ai jamais prétendu vouloir le recruter. Tout ce que j'ai dit, c'est que je le cherchais…

– Pour quoi faire ?

Il hausse le ton et j'essaie de nier ce qu'il implique d'un mouvement de tête en lui répondant :

– Pour lui annoncer qu'on le comprend. Pour voir ce qu'il devient et peut-être le soulager de sa peine d'une manière ou d'une autre…

– Quand j'y pense, vous ne m'avez pas prouvé votre identité ni ce que vous avancez.

– Ah. Oui, bien sûr.

Je suis confuse. Normalement, ça ne m'arrive jamais. Je fouille dans mon sac pour en sortir une carte de visite. Il la prend et l'étudie un instant.

– Vous pouvez appeler le numéro inscrit dessus pour vérifier que je suis bien moi.

Il tourne et retourne le petit carton entre ses mains. Il semble en lutte avec quelque chose qui me dépasse.

– Pourquoi voulez-vous trouver Ryan ?

– Je n'ai pas de réponse simple à vous apporter. Mais quelque chose me dit que je dois voir où il en est.

Lorsque le coach Bassett lève les yeux pour planter son regard dans le mien, ses lèvres sont pincées et son air implacable.

– Alors, laissez-moi deviner : vous cherchez à recruter un « héros de guerre » en suscitant la curiosité des médias au passage. Vous ne loupez jamais une occasion de vous mettre sous le feu des projecteurs ? Vous êtes tous pareils, les agents. À chaque fois, je me dis que ça pourrait être différent, et ensuite, vous me prouvez que j'ai tort.

– Je vous demande pardon ?

– Je suis conscient que je ne suis pas un gros poisson ni quoi que ce soit du même acabit, dit-il en riant sèchement. Mais je suis assez malin pour savoir que vous ne me dites pas toute la vérité. Il y a cinq ou six ans, tout le monde essayait d'obtenir quelque chose de lui, mais c'est dingue comme ils l'ont vite oublié dès qu'ils ont obtenu satisfaction !

Les infos qu'il me communique me donnent le tournis, par contre le tableau est toujours flou. C'est comme s'il ajoutait des pièces à un puzzle pour lequel je n'aurais pas l'image complète.

– Je suis désolée, mais une fois encore, je ne vois pas de quoi vous parlez.

– Et pourtant, vous le cherchez quand même ?

Il s'adresse à moi sur un ton très sarcastique et je tente de comprendre où il veut en venir.

– Je ne sais pas trop ce que j'ai fait pour vous offenser, Coach, je suis juste à la recherche de M. Camden. Sa lettre m'est parvenue avec cinq ans de retard. Pour une raison ou une autre, elle a échoué sur mon bureau et je n'arrive pas à me débarrasser de l'idée qu'il faut que je le retrouve, même s'il a dépassé les vingt-cinq ans. Mon père était intéressé. Je crois que j'aimerais que Monsieur Camden le sache. Qu'il sache… qu'on l'avait remarqué.

– Alors, vous faites tout ça pour finir par lui jeter à la gueule qu'il a eu sa chance et que « oups », maintenant c'est trop tard ? C'est cruel.

Il n'a pas tort sur ce point et je commence à douter de ma démarche, ce qui me déplaît franchement. De plus en plus frustrée, je lui demande :

– Et qu'est-ce que ça peut vous faire ? Vous êtes son tuteur ? N'est-ce pas à lui de m'annoncer s'il souhaite me parler ou non ?

– Si, admet le coach en hochant doucement la tête.

– Et qui êtes-vous pour dire qu'il n'a plus aucune chance de passer pro ? On a vu plus surprenant que ça. Ou vous possédez des informations sur lui qu'on ignore ?

– Je ne peux pas dire ça.

– Si vous le respectez autant que ce que vous semblez vouloir le montrer, alors vous savez que ce n'est pas à vous de décider à qui il peut parler, non ? En plus, pourquoi êtes-vous aussi protecteur vis-à-vis de lui s'il ne vit même plus ici ?

Je pars à la pêche aux informations avec cette question et j'espère que le coach Bassett ne va pas se refermer comme une huître.

– Parce que ce gamin en a chié toute sa vie. Le seul truc qu'il avait de bien pour lui, c'était le baseball. Il était peut-être un peu rebelle et son comportement parfois limite, mais quand il s'agissait de lancer, là au moins, il pouvait se concentrer. Ce môme était tellement doué que je n'ai vu personne le surpasser ces six dernières années.

– C'est pour ça que vous avez cherché à entrer en contact avec des recruteurs ?

Je suis plus qu'étonnée qu'il me donne autant d'infos. Il était si secret quelques instants plus tôt.

Mais je prends. J'accepterais n'importe quoi pour qu'on m'aide à retrouver Ryan.

– Je voulais lui mettre le pied à l'étrier à ce gamin, mais je ne pouvais pas m'imposer dans ses affaires de famille. Quoi qu'il en soit, aucune équipe n'était venue le regarder jouer, ça m'a surpris. Mais bon, c'est une petite ville ici et les rumeurs savent vous trouver, surtout quand vous êtes un recruteur et que vous préférez rester loin des embrouilles.

– Et pourtant, vous avez tenté le coup.

– Il avait quelque chose, ce gamin. Il fallait juste que quelqu'un le voie.

Le regard de l'entraîneur se perd dans le terrain de baseball vide un instant, avant de se fixer sur moi pour finir :

– Il est parti d'ici et n'est jamais revenu.

– Vous savez où il est ?

– Je ne lui ai pas parlé depuis quelques années. À ce qu'il paraît, il serait à Destiny Falls.

– C'est où, ça ?

– C'est un bled paumé près de Virginia Beach.

– Il est toujours dans l'armée ?

– Pas que je sache.

– Merci, Coach. Je vous promets que mes intentions sont bonnes.

– Quand vous le rencontrerez, me dit-il après un petit rire, mieux vaut ne pas lui révéler tout de suite que vous êtes un agent, parce que sinon, il refusera de vous parler.

– Qu'est-ce que vous entendez par là ?

– Destiny Falls, répète-t-il en mettant un terme à notre conversation.

Je n'insiste pas. Je sais que c'est assez dur comme ça pour lui de m'avoir donné autant d'éléments et je lui en suis plus que reconnaissante. Alors je dis :

– Merci. J'irai voir. Merci d'avoir pris le temps de me parler.

Je me suis déjà éloignée d'une dizaine de pas qu'il m'interpelle :

– Mademoiselle Kincade ?

– Moui ?

Je me tourne pour lui répondre.

– Je vous fais confiance pour faire ce qu'il faut.

Nos regards se croisent. Et se soutiennent mutuellement.

Puis, sur un hochement de tête, je m'en vais avec plus de questions que je n'en avais en arrivant. Bizarrement, je suis aussi contente que Ryan Camden ait quelqu'un de son côté pour le défendre. *Qu'il ne soit pas complètement seul.*

3

CHASE

Je suis au téléphone avec Brexton dont la voix s'élève à travers les haut-parleurs de ma voiture :

– Destiny Falls ? On dirait un nom de ville super-choupi pour une série à l'eau de rose de Netflix.

J'observe le paysage autour de moi. Maisons bardées de bois et espaces verts soignés. De grands arbres d'âge vénérable ceints de rubans jaunes, symboles de foyers dont un membre est parti à la guerre. Des fauteuils à bascule sur le perron et des toitures ornées de drapeaux américains.

Je ris doucement en traversant la ville :

– Il y a de ça. Bon, maintenant que je suis là, qu'est-ce que je suis censée faire ? Où dois-je aller ?

Je grimace en réfléchissant avant de prendre une décision éclair. J'ignore les indications de mon GPS et tourne à gauche pour m'engager dans une rue qui semble mener au centre-ville.

– Tu n'as pas regardé avant de faire toute cette route ?

– Tout le monde ne planifie pas le moindre détail de son quotidien.

– Toi, si.

Touchée[1].

– Là n'est pas la question.

– Elle fait quelle taille, cette ville ?

– Plus grande qu'un point sur la carte, mais pas énorme non plus.

Je passe devant un homme qui sort ses poubelles sur le trottoir et m'émerveille de la différence entre sa vie et la mienne à Manhattan. Des voisins qui se saluent dans la rue. Chez moi, on est plutôt du genre à baisser la tête, à ne pas se mêler des affaires des autres, à éviter de se croiser du regard parce que sinon… Quelle horreur ! On pourrait avoir à se parler.

– À ce que je vois, c'est une ville cent pour cent militaire.

– Alors, le mec serait toujours en service ?

– Pas d'après le coach.

– Qu'est-ce que tu as déniché sur ses réseaux sociaux ?

Elle me pose cette question comme si j'étais stupide.

– Impossible de le trouver.

– Tout le monde est sur les réseaux sociaux, avance-t-elle en riant.

– Je sais, j'ai cherché, et il n'y est pas.

– Peut-être qu'il a un pseudo ? Comme une précaution de l'époque où il était dans l'armée.

– Peut-être.

Je ralentis en passant devant un groupe de gamins à vélo et reprends :

– Tout ce que j'ai trouvé, ce sont quelques photos de lui de mauvaise qualité dans les journaux de la fac et du lycée. Celle du jour où il a reçu une décoration militaire montre un soldat austère et propre sur lui, dont le visage est presque caché par une affiche. Ça pourrait être n'importe quel mec d'ici.

---

1. En français dans le texte.

– Tu es sûre qu'il est encore en vie ? Parce que…

– Aucune nécro. Du moins, je n'ai rien trouvé.

– Et tu fais tout ça pour quoi, au fait ? Enfin, je vois que tu essaies de prendre l'avantage sur Finn dans l'arène médiatique, mais j'ai l'impression que tu es partie à la chasse au dahu.

– Je vais où, là ?

Je coupe court à toutes ses remarques en les tuant dans l'œuf. On dirait qu'elle va me poser les mêmes questions que Dekker et Lennox. Comme si elles s'étaient embarquées dans un match de catch à quatre sur fond de thérapie pour petite sœur, mais qu'elles ne comptent pas sur moi.

– Ouh là. Madame est grincheuse. À l'évidence, tu nous en veux encore pour la réunion de la semaine dernière.

– Absolument pas.

Je feins l'indifférence.

– Oh, s'exclame-t-elle, visiblement surprise. Dans ce cas…

– Cette conversation est terminée. Pas besoin de la ressasser, dis-je pour conclure en agrippant le volant. Bon alors, ou devrais-je aller d'après toi ?

– Dans un bar.

– Qu'est-ce que tu veux dire, dans *un bar* ?

À ce moment-là, je repère un hôtel qui m'a l'air tout à fait convenable, j'en pousse un grand soupir de soulagement. Jusqu'à présent, je n'avais pas vu grand-chose et ce n'est pas que j'aie des goûts de luxe, mais…

– Tu es en train de péter un câble parce que tu ne trouves pas d'endroit où dormir, hein ?

– Non.

J'ai répondu trop vite.

– Parce que j'entends que tu es préoccupée, d'ailleurs, j'entends surtout ta montée d'angoisse au téléphone, me taquine-t-elle.

– Je ne suis pas en train de faire une crise d'angoisse. En fait, je viens juste de rentrer sur le parking d'un hôtel qui m'a l'air des plus respectables.

– Tu es vraiment tordue.

Là, je me redresse, tendue.

– Mais non. Quand tu croises une punaise de lit qui se balade sur l'oreiller à côté du tien, crois-moi, tu changes de regard sur la question.

– Ça va. Détends-toi. Je te taquine, c'est tout.

Je pousse un gros soupir et arrête ma voiture avant de la relancer :

– Est-ce qu'on pourrait revenir à nos moutons, s'il te plaît ? Pourquoi penses-tu qu'il faut que j'aille dans *un bar* ?

– C'est une petite ville. Les gens du coin se retrouvent dans ce type d'établissement. C'est là qu'ils discutent. Je te parie que si tu dis son nom, tu trouveras quelqu'un qui le connaît ou qui a entendu parler de lui.

– Je vois ce que tu veux dire.

– Je sais que j'ai raison, continue-t-elle en jubilant, tout excitée au téléphone. En revanche, tu ne peux pas y aller et te mettre à poser des questions à tout le monde sur ce type.

– Euh... pourquoi ?

– Parce que tu es dans une petite ville principalement habitée par des militaires. Ils aiment protéger les leurs. Si tu rentres là-dedans, prête à dégainer de la gâchette, et oui, c'est une blague, je te garantis qu'ils vont se refermer comme des huîtres et ne te diront rien. En plus...

– Qu'est-ce que je dois faire, alors ?

– Il faut que tu te fasses des potes.

Je ne réponds pas, parce que cette idée m'énerve déjà. Pourquoi devrais-je me faire des amis ici ? Ce n'est pas comme si j'allais un jour revenir dans le coin.

– Écoute, je sais que tu es plus du genre à débarquer en ville en force, faire ton grand discours, signer ton nouveau client et prendre un retour pour la maison dans la foulée, mais là, il va falloir faire preuve de finesse. Que tu gagnes leur confiance. L'entraîneur a bien dit que ton Ryan n'était pas fan des agents, alors cette approche un peu lente pourrait t'aider à obtenir ce que tu veux. Quoi que ce soit, d'ailleurs.

– C'est embêtant.

– Quoi ? La mentalité d'une petite ville ou le fait que la Chase de New York doive modifier sa façon de faire ?

– Les deux, dis-je en riant. Merci pour le conseil. Je ne sais pas si je vais le suivre…

– T'as plutôt intérêt si tu veux trouver ton mec et, ensuite, tu me remercieras, ajoute-t-elle sur un ton mélodieux.

– Il faut que j'y aille.

J'attrape mon sac à main posé sur le siège passager pendant qu'elle poursuit :

– Ne pense pas un seul instant qu'on n'a pas remarqué que tu avais choisi de prendre une mission solo ce mois-ci, précisément.

Ses mots m'arrêtent en plein vol. *Que la thérapie commence !* Je fais comme si je n'avais pas compris :

– Qu'est-ce que tu veux dire ?

– Tu as vingt-six ans, Chase. Partir à la chasse au Mec-à-la-Lettre-Perdue ne va pas rendre l'anniversaire de sa mort plus facile à supporter.

Elle s'adresse à moi avec douceur et compassion. La note d'empathie que je décèle dans le ton de sa voix me met les nerfs à vif.

Bien sûr, elle parle du décès de notre mère, mais en bonne Chase Kincade que je suis, je change de sujet en faisant comme si tout allait bien.

– Sérieux ? Tu n'as pas pensé un seul instant que j'avais besoin de faire un break et d'échapper à vos petits yeux d'espionnes ? Que j'avais peut-être envie de m'envoyer en l'air sans que mes trois sœurs mettent leur nez dans mes affaires ?

– Non, mais j'ai bien remarqué que tu t'arranges toujours pour être super loin et impossible à joindre à cette époque de l'année. Tu as systématiquement un voyage pour le boulot, comme pour recruter un talent ou en vacances à perpète, on ne peut jamais savoir si tu vas bien.

– Et alors ?

– Et alors, c'est normal d'avoir besoin des autres. *D'avoir besoin de nous.*

Je lui réponds d'un ton sec :

– C'est noté.

J'ai bien envie de refermer le cadenas qui maintient fermée ma boîte de Pandore avant qu'elle n'essaie de l'ouvrir.

– Tu es notre petite sœur. Bien sûr qu'on s'inquiète pour toi.

– Je suis une grande fille.

Une grande fille qui met à distance tous ses sentiments pour ne pas avoir à vivre le douloureux rappel de voir sa vie s'écrouler sans sa mère.

– Promets-moi simplement de ne pas être toute seule le jour anniversaire de sa mort.

– Ok. C'est bon.

Je pousse un gros soupir.

– Chase…

– C'est mon prénom, oui.

Je fais ma tête de mule comme la petite sœur que je suis, sans aucun remords, et je continue :

– En plus, j'ai peut-être besoin de changer d'air pour un bout de temps. Après tout, vous m'avez mise au défi de sortir avec un type que je ne connais pas.

– Alors, tu as fui la ville la plus peuplée du pays ? Stratégie d'évitement classique.

Rien ne fera jamais revenir maman.

Rien ne remplira jamais le trou béant causé par sa mort.

Rien.

– Maintenant, si ça ne t'embête pas, je vais aller prendre une chambre dans cet hôtel, prier pour qu'il n'y ait pas de punaises de lit, trouver un petit bar bien sympa et y faire du charme au mec derrière le comptoir, histoire de dénicher quelques infos.

– Je ne voulais pas te blesser, murmure-t-elle.

– Ce n'est pas le cas, dis-je en souriant d'un air contrit, même si elle ne peut pas me voir. Tu me connais, dès que j'ai un objectif sur ma liste…

– Plus rien d'autre n'a d'importance.

– Exactement.

Mais quand je raccroche, je reste assise dans mon siège et ferme les yeux.

Est-ce pour ça que j'ai tellement envie de trouver Ryan Camden, qui de l'avis général pourrait bien être un bon connard qui ne mérite pas le temps que je lui consacre ?

Je souhaiterais mettre un terme à ses malheurs parce que je ne peux rien faire pour les miens ?

4

GUNNER

Elle a toute mon attention à la seconde où elle entre dans le bar. Quand un nouveau visage se pointe ici, on le remarque assez vite, et c'est le moins que l'on puisse dire… C'est une petite ville. Les clients sont des habitués.

Et elle n'est pas l'un d'entre eux.

Je m'essuie les mains sur le torchon accroché à ma ceinture et m'appuie sur le comptoir derrière moi pour l'observer de loin.

Ses cheveux bruns effleurent en longues vagues ses épaules, qu'ils dépassent légèrement quand elle tourne la tête d'un côté, puis de l'autre, pour évaluer son environnement. Elle pince ses lèvres. J'imagine qu'elle essaie de déterminer où elle veut s'asseoir. Sa silhouette montre une femme sportive avec quelques rondeurs juste là où il faut, eh oui, je remarque tout ça. D'autant plus que son pull rouge à col en V lui moule le torse et que son jean bleu foncé épouse toutes ses courbes. Et ses talons hauts sont plus que sexy.

La plupart des filles n'entrent pas dans un bar sans toute une flopée de copines autour d'elles. Et si elles le font, c'est pour retrouver quelqu'un. Or je connais quasiment toutes les personnes présentes dans la salle. Ou alors, c'est qu'elles cherchent quelque chose de bien précis.

Je pourrais peut-être lui rendre service et l'aider avec ce truc bien précis.

Deux doigts claquent devant mon nez pour me faire revenir à la réalité, soit gérer le FOUBAR. C'est Nixon qui me tend son verre vide :

– La Terre à Gunner ! Ça te dirait de me remplir ça pour que je continue sur ma lancée ou faut-il que j'aille la draguer pour que tu me remarques enfin ?

Je l'assassine du regard tout en lui prenant son verre des mains avant d'abaisser le bras de la tireuse.

– J'ai le droit de me rincer l'œil.

– Dans ta tête, tu étais déjà dans son plumard.

– Va te faire foutre !

Pour me venger, il se peut que j'oublie d'incliner le verre sous le jet pour que sa bière soit pleine de mousse. Mais il a raison. J'y pense encore, d'ailleurs. Et qu'est-ce que je serais bien dans son lit.

En plus, je ne me souviens plus de la dernière fois où quelqu'un m'a scotché comme elle.

– Tiens.

Je fais glisser son verre jusqu'à sa place habituelle, sur ma droite au comptoir, et je lui offre un grand sourire de connard quand il remarque la dose de mousse que je lui ai mise.

– Espèce de bâtard !

– Je crois que le mot que tu cherches, c'est « merci ».

– Ce n'est pas grave si tu as des pensées impures, tu sais, me répond-il en parlant comme un cul béni.

– Impures, c'est le minimum…

Je ne finis pas ma phrase : lorsque je me retourne pour trouver Petit Pull, elle est en train de s'asseoir devant moi. Elle lève les yeux et je me retrouve face au plus grand des regards bleus, souligné par les plus longs cils que j'aie jamais vus.

Elle est encore plus mignonne de près.

Le pire ? Quand elle sourit, tout son visage s'éclaire et les émotions que je lis en elle dansent avec abandon. Je n'ai jamais vu ça.

Elle est époustouflante. Ses yeux sont trop grands pour l'harmonie de ses traits, ses lèvres plus charnues que la moyenne ne contrebalancent pas son petit nez retroussé… mais bon Dieu, l'ensemble fonctionne à merveille.

– Salut.

Elle me regarde avec aplomb, ce qui me désarçonne autant que ça m'excite, du genre à m'envoyer une décharge électrique dans le dos.

– *Des talons ?*

– Je vous demande pardon ?

– On est mercredi soir. La plupart des femmes ne portent pas de chaussures comme ça dans le coin, sauf le vendredi ou le samedi. Alors, soit vous cherchez un homme pour la nuit, soit vous êtes là pour affaires, lui dis-je en flirtant, tout sourire.

– Et en quoi ça vous concerne si je cherche effectivement un homme pour la nuit ? demande-t-elle d'un air impérieux.

– Je pourrais peut-être vouloir poser ma candidature.

Un sourire naît sur ses lèvres et, putain de bordel de merde, je suis sur le cul. Il y a quelque chose dans son sourire qui apporte une telle chaleur à son regard, un truc qui la rend accessible…

– Je refuse peut-être votre candidature.

Elle bat des cils, puis plante ses pupilles dans les miennes. Rien à voir entre ce qu'elles projettent et ses mots. Je cogne mon poing sur mon torse pour déconner avant de lui répondre :

– Je suis blessé.

– Vous avez raison. Je suis une affaire.

J'explose de rire, mais mes yeux ne quittent pas son regard marine. J'ai rarement le coup de cœur pour une femme. Le physique est un plus, et elle a définitivement un corps à tomber, mais je ne suis attiré que par celles qui me font rire. Si une fille n'a pas le sens de l'humour, c'est clairement pas possible pour moi.

Et de la repartie comme elle vient de me le montrer. Elle n'en est que plus séduisante.

Nixon ricane à ma droite, mais je l'ignore. Je suis certain qu'il prend bien trop de plaisir à me voir me manger une raclée pour le moment.

– Il va falloir que je vous croie sur parole sur ce coup-là, je lui murmure.

Elle s'humecte ensuite les lèvres et si elle n'avait pas encore tout mon intérêt jusqu'à présent, là, c'est sûr, je suis au garde-à-vous.

– Et pourtant, vous êtes dans ce bar.

– Et pourtant, je suis dans ce bar.

Elle pose alors sa main sur le comptoir. Pas d'alliance. Ça me va très bien. Je hoche la tête pour lui montrer que j'ai compris, et d'après ce qu'elle vient de me dire, il est clair qu'elle n'est pas du coin.

– Oui, Madame, vous êtes là.

– Si vous m'appelez Madame, je vais me retourner pour voir si ma grand-mère est derrière.

– Eh bien, si vous restez par ici un petit bout de temps, il va falloir vous y habituer. Bon, sinon, qu'est-ce que je peux faire pour vous ?

– J'ai soif et j'attends que mon sympathique barman me demande ce que je souhaite boire.

J'incline la tête sur le côté en souriant. Elle a la langue bien pendue et le regard perdu lorsqu'il s'attarde sur mon biceps qui passe le chiffon devant elle.

– Alors, Mademoiselle…

– Chase. Chase Kincade, me dit-elle en me tendant la main pardessus le comptoir pendant que je me répète son nom en silence.

– Dans les parages, les gens m'appellent Gunner, ou Gunny, ou une variation quelconque.

Je la lui serre. Bien entendu, je la garde un peu plus longtemps que nécessaire, mais ce n'est pas comme si elle la retirait rapidement non plus. Je reprends :

– Laissez-moi deviner. Vous êtes du genre Rhum-Coca.

Elle plisse les yeux d'un air mauvais.

– Un Martini alors ? Extra dry ?

– Trop prétentieux.

– Gin Tonic. Avec du Bombay Sapphire.

Elle pince les lèvres et accepte d'un hochement de tête avant de préciser :

– Je choisis la troisième option avec un zeste de citron, s'il vous plaît.

Je me mets ensuite au travail en lui préparant son cocktail, mais sans trop la lâcher des yeux tandis qu'elle regarde nonchalamment autour d'elle, en souriant à Nix qui la dévisage certainement.

Puis, quand je comprends soudain qui elle est, je claque des doigts.

– Kincade ?

Elle me le confirme d'un mouvement de tête, mais je jurerais avoir lu un instant de surprise sur ses traits aussi.

– Vous êtes la petite sœur de Duncan Kincade ? J'ai entendu dire qu'il avait fait une sacrée fête pour célébrer son départ à la retraite. Dans la base, on dit que…

– Là, je regrette de ne pas pouvoir vous dire que c'est moi, mais non, nous ne sommes pas de la même famille.

– Alors, si vous n'êtes pas la petite sœur de Duncan, vous ne faites que passer par là, ou vous comptez rester un peu, ou…

– Sachant que vous m'avez déjà cataloguée comme une fille à soldats en quête de sa prochaine cible pour la nuit, pourquoi ne me dites-vous pas pourquoi je suis ici ? me demande-t-elle en riant.

Je lui glisse son verre devant elle et croise les bras sur mon torse. Mes yeux se plissent lorsqu'elle boit sa première gorgée.

– Il y a tant de possibilités.

– Ce n'est pas une réponse, rétorque-t-elle d'un air faussement timide.

– Voyons voir. Vous êtes à Destiny Falls pour quelque temps parce que vous êtes déterminée à retrouver celui dont vous êtes tombée follement amoureuse. Lui, il a eu un coup de cœur pour une dompteuse de lions, mais vous préférez les tigres et maintenant, vous cherchez à vous venger.

Ma pauvre blague toute pourrie la fait rire.

– Vous insinuez que j'ai des sentiments pour un homme qui m'aurait ignorée. Désolée de vous l'apprendre, mais c'est hors de question. Je ne suis pas du genre à courir après quelqu'un.

– Non ?

Je suis séduit par son côté plus que direct.

– Non. Mon temps est bien trop précieux pour ça, surtout pour un mec pas assez malin pour voir ce que je vaux.

Je pousse un long sifflement avant de sourire.

– Cette assurance vous va très bien.

Et c'est vrai. Rien de plus sexy qu'une femme qui sait ce qu'elle veut.

Ses joues s'empourprent. J'aime que mon compliment la fasse rougir. Ce qui signifie qu'elle n'a pas l'habitude d'en recevoir souvent, elle n'est pas encore immunisée.

– Ce type de comportement rebute beaucoup d'hommes.

– Pas celui qui est devant vous.

Je pars ensuite prendre des commandes de clients dans le bar. Tout le temps où je prépare leurs boissons, je pense à la femme de l'autre côté du comptoir. À son incroyable sourire, son regard chaleureux et son assurance si séduisante.

Et je sais, sans l'ombre d'un doute, que je vais lui proposer un rencard d'ici ce soir.

Je passe alors les boissons prêtes à Aubrey, ma serveuse, et retourne vers Chase, qui rigole avec Nixon.

– Vous êtes de retour. Nix vient juste de m'expliquer que…

– Espérons que Nix ne vous racontait rien sur moi parce qu'il a assez de dossiers pour sortir pas mal d'horreurs.

– Rien de terrible. Votre copain est plutôt sympa avec vous.

Elle fait ensuite un clin d'œil à Nix et, maintenant, j'ai évidemment envie de connaître le détail de leur conversation.

– J'ai trouvé pourquoi vous êtes là et qui vous êtes, dis-je pour regagner son attention.

C'est sur moi que je veux qu'elle se concentre.

– Je vous ai déjà donné mon nom, donc vous savez qui je suis, répond-elle en riant. Mais allez-y, je suis curieuse.

– Chase Kincade est un pseudo. En fait, vous êtes une superstar de la pop et vous avez besoin de faire un break, de vous éloigner de vos hordes de fans et de la presse qui vous pourchassent, alors vous avez décidé de venir à Destiny Falls pour la saison des festivals, histoire de vous prendre des vacances.

– Il y a une saison des festivals ?

– À cette époque de l'année, il y en a au moins un par week-end. Fête de la fraise, Fête du vin, Fête foraine. Puis il y aura la Fête de la bière, le Festival d'été… Je pourrais continuer encore longtemps comme ça.

– Bon à savoir, je me suis donc arrêtée dans une ville où je pourrai me cacher dans la foule.

– Votre instinct est infaillible.

– Apparemment, murmure-t-elle.

Ses lèvres viennent ensuite embrasser la petite paille dans son verre.

– Reprenons, Gunner. Si je suis une popstar hyper-célèbre, c'est quoi mon gros hit ?

Et sous vos yeux, Mesdames et Messieurs, voici une femme qui drague. Aucun doute. Mordillage de paille. Le regard caché derrière des battements de cils. Un petit sourire et une conversation qui continue, même si elle aurait dû s'arrêter il y a longtemps.

Du flirt. Définitivement.

J'assure ma position face à elle, un air joueur aux lèvres et les mains à plat sur le comptoir entre nous.

– Vous avez plusieurs chansons célèbres. « *Gunning for you* », « *Heartbreak Warfare* », « *Battle for Love* ». Mais la plus connue, celle qui vous a propulsée tout en haut des classements, c'était « *I Did A Vet and I Liked It*[2] », dis-je en déformant le titre de Katy Perry, histoire de faire un peu d'humour.

Chase éclate de rire et pousse même un petit grognement de cochon au passage. C'est trop mignon. Et le meilleur dans tout ça, c'est qu'elle s'en fout complètement. La plupart des femmes en crèveraient de honte.

– Je dois bien le reconnaître, Gunner : elle était bonne. C'est créatif. Drôle. J'aime les hommes qui savent réfléchir et qui ont de la repartie… mais c'est mort.

– C'est mort ?

– Ouais.

Je tire une autre bière commandée par Aubrey, il y a de plus en plus de monde, et je la regarde encore du coin de l'œil. Elle est confortablement installée, du moins le mieux possible dans un bar où beaucoup de mecs la reluquent.

J'aime ça aussi chez elle.

---

2. Variation sur « *I Kissed A Girl and I Liked It* », qui signifie littéralement : « Je me suis tapé un vétéran et j'ai aimé ça ».

Merde, j'aime beaucoup de trucs chez cette fille.

En revenant vers elle, je reprends la conversation :

– Alors, Chase, si vous n'avez pas eu de relation passionnelle avec un dompteur de tigres et si vous n'êtes pas une superstar de la pop qui essaie d'échapper aux feux de la rampe, que faites-vous ici ?

– Nous sommes dans un bar et j'avais envie de boire un verre. C'est tout.

Elle joue les saintes nitouches en s'amusant avec sa paille.

– Je parlais de Destiny Falls.

– Je fais des recherches.

– À quel sujet ?

Je la vois hésiter pour la première fois avant de me répondre. Ah… je n'aurais peut-être pas dû demander.

– Un mémoire. J'écris un mémoire pour la fac.

– Sur ?

– C'est un travail d'analyse.

– C'est à quel sujet ? je la relance en riant.

– Les enfants des adultes envoyés sur le front.

5

CHASE

Gunner me dévisage longuement et d'un air dur, de ses yeux brun foncé. Il me donne l'impression de voir clair dans le mensonge que je viens juste de sortir de mon chapeau.

Pas vraiment de mon chapeau.

Plus directement de l'article que j'ai lu en diagonale dans le magazine que l'hôtel a mis à disposition dans ma chambre. Il parlait du coût émotionnel et psychologique que doivent payer les enfants de famille de militaires.

Gunner n'arrêtait pas de vouloir des réponses. J'ai paniqué et je lui ai donné la première idée qui m'est passée par la tête.

L'avantage ? Je ne le reverrai probablement jamais.

L'inconvénient ? J'en avais… peut-être envie.

– Si c'est ce que vous cherchez, vous êtes effectivement dans la bonne ville pour ça, me dit-il en souriant d'un air tendu avant de retourner de l'autre côté du bar où la serveuse, une rouquine, attend avec encore plus de commandes.

Je jette un coup d'œil autour de moi pour examiner le FOUBAR. Il est sombre juste là où il faut pour celles et ceux qui souhaitent fureter dans l'ombre et dispose de lumières parfaitement placées, comme au-dessus des billards et des tables où quelques femmes exhibent leurs atouts à leur rendez-vous.

Chacun des murs du bar montre des objets liés à chacun des corps d'armée. Des drapeaux, des photos, des plaques, des souvenirs, ils représentent plus que tout, l'histoire d'une vie.

J'ai l'impression qu'entre ces murs, soldats, vétérans et leurs familles ont célébré autant de victoires que de défaites et de décès.

La musique est en sourdine, mais pas absente. On entend plus les rires des clients, forts et fréquents, et on dirait que l'homme qui retient toute mon attention à cet instant est le maître du jeu. Il donne le ton avec son sourire et des mots gentils.

– C'est vraiment un mec en or, tu sais.

– Quoi ?

Je pivote sur ma gauche pour tomber sur Nix. Il est grand, plutôt baraqué, avec un teint foncé, une de ces peaux qui camouflent bien les cicatrices et les brûlures qu'on décèle juste en dessous. Ses yeux sont tout aussi sombres, mais son sourire est chaleureux quand je croise son regard.

– Gunny. C'est vraiment un mec bien. Un vrai héros avec les décorations qui vont avec.

– Ah oui ? je murmure en lui jetant un coup d'œil.

Gunner discute avec des clients à l'autre bout du bar.

– Ouais. Un vrai dur. Du genre à qui ils donnent des médailles pendant les cérémonies chicos avec tous les gros gradés, explique-t-il en souriant de toutes ses dents, fier qu'il est. Alors, quand il te proposera d'aller prendre un verre tout à l'heure, faudrait que tu t'en souviennes.

– Tu crois qu'il va me demander de sortir avec lui ?

Une fois encore, je me rince l'œil. Ses cheveux bruns, légèrement trop longs. Les manches de son tee-shirt noir à col en V qui tirent sur ses biceps.

Il est tellement différent des hommes qui m'attirent d'habitude. Rien à voir avec les minets en costume bien taillé qui passent leur vie sur leur iPhone entre deux rendez-vous d'affaires.

Je le regarde encore un peu plus longtemps en me demandant ce qui peut bien m'attirer chez lui. Impossible de laisser couler.

C'est plus que son physique, personne ne dirait non à cette mâchoire carrée et à ces larges épaules, mais il a ce je-ne-sais-quoi de magnétique. Du sex-appeal, c'est sûr. Une sorte d'aisance dans son comportement qui assume tout : il sait que les femmes le remarquent, mais il n'en fait pas tout un fromage. Et ça, bien sûr, ça fait partie de son charme.

Sans mentionner son sens de l'humour. Oh, et son sourire aussi. Bon Dieu, quand il sourit, c'est comme si toute la pièce s'illuminait.

Tu vas dire oui.

Tu vas dire oui, parce que tu craques pour lui et que ta libido a sorti les signaux de détresse. Et qu'il peut carrément s'en occuper.

Alors, s'il me pose la question, je répondrai oui. Je dirai oui sans aucune honte parce qu'il y a ce truc tellement inattendu de le rencontrer – *lui* – dans ce bar plutôt cool, qui me donne envie d'en savoir plus.

Et puis, qu'y a-t-il de mieux que de se lier avec un type du coin pour découvrir cette ville et, peut-être aussi, pour trouver Ryan Camden ?

Et peut-être m'amuser un peu au passage.

– Ah, ça, c'est sûr, confirme Nix en buvant une gorgée de bière. Si vous continuez à faire des étincelles comme ça tous les deux, ce bar va prendre feu et il ne va plus rien rester.

– J'en doute.

– Les femmes vont et viennent en permanence ici. Des jolies. Des drôles. Certaines explicitement directes. Il est rarement perturbé, mais là… Alors là, c'est sûr, il est perturbé.

– Euh… *merci*… Enfin, je crois ?

Je lance ça en riant, les joues en feu et en souriant de toutes mes dents.

– Pas besoin de me remercier, me dit-il en me faisant un clin d'œil. Souviens-toi juste que nous n'avons jamais eu cette conversation.

Et ces derniers mots viennent à peine de franchir ses lèvres que Gunner s'intercale entre nous, au comptoir, et nous regarde à tour de rôle.

– Il est toujours sympa avec moi ou je dois m'inquiéter parce qu'il révèle tous mes secrets les plus noirs et sordides ?

– Vous êtes inquiet ?

– Pas du tout, dit-il, son sourire maintenant légèrement de guingois. Un autre ?

Je baisse les yeux sur mon verre vide et me demande si je devrais rester ou non avant de répondre :

– Nan. Je crois qu'il vaut mieux que j'y aille. J'ai eu une longue journée et je sens qu'elle me rattrape.

Gunner a l'air de se décomposer un peu, et mon ego apprécie de voir ça.

– Déjà ?

Je glisse quelques billets sur le bar en laissant un pourboire plus que généreux.

– Je passerai peut-être demain soir.

– Désolé. Je ne serai pas là.

– Ah ? D'accord.

Ma déception me dégoûte.

– Bah non, je sors avec toi demain soir.

– Pardon ? j'explose en toussant dans un éclat de rire.

– Ça te pose problème ? demande-t-il, un air plein de douceur aux lèvres et une belle dose d'espoir dans le regard.

Bon Dieu, il est bourré de charme. Et canon. Et…

– Pas du tout.

Il accepte ma décision d'un hochement de tête et son sourire devient immense en me répondant :

– C'est bon à savoir. Je devais m'en assurer avant qu'une dizaine de gars te proposent la même chose dans les prochaines minutes.

– Une dizaine ?

– Allez, peut-être cinq, corrige-t-il en fronçant le nez. Il n'y a pas beaucoup de monde aujourd'hui, alors… oui, cinq.

– Et si tu as vu juste ? je demande en arquant un sourcil ironique.

– À toi de décider comment me récompenser.

– Tu aimes les récompenses, hein ? je le taquine d'un air faussement timide.

– Comme tout le monde, non ?

Nos regards se croisent et ne se quittent plus. Pourtant, quelqu'un l'appelle.

– Retrouve-moi à six heures demain devant chez *Grandy's*.

– *Grandy's ?*

– Tu trouveras. Allez, salut, à plus.

Gunner me fait un clin d'œil et part vers son prochain client en riant.

Je l'observe s'éloigner, incrédule.

Mais il avait vu juste. *Cinq.* C'est le nombre de fois où des hommes m'ont arrêtée dans ma traversée du FOUBAR pour me proposer de sortir avec eux, avec plus ou moins d'enthousiasme. Que des blagues, mais tous étaient drôles.

Et pile en franchissant la porte, je me tourne pour voir Gunner me sourire.

Cette soirée n'était pas du tout censée se dérouler comme ça.

Cette idée me revient en boucle dans la tête sur le chemin du retour à l'hôtel, puis quand je me laisse tomber sur mon lit et que je fixe le plafond.

– Pour ce qui est d'arriver en force et de tout défoncer, on repassera, je note en gloussant un peu.

Bon sang, je n'ai même pas pensé à Ryan Camden une seule fois, encore moins à poser des questions sur lui. N'est-ce pas pour lui que je suis venue ici ?

Et pour compliquer le tout, un subterfuge de crétine finie : un article à pondre sur les effets des déploiements militaires sur les enfants de leurs familles ? J'ai dit au mec avec qui je sors demain que c'est la raison de mon séjour à Destiny Falls. Maintenant, que suis-je censée faire s'il m'interroge sur mon supposé travail ?

Je pourrais lui poser un lapin. Voilà qui résoudrait le problème.

Mais le sourire débile qui me mange le visage me laisse présumer que ça ne va pas se passer comme ça.

Pas question que je le plante.

Impossible.

Pas tant pour l'incroyable partie de jambes en l'air que j'ai déjà préméditée avec lui que pour le fait qu'il va m'aider à trouver Ryan Camden.

Mais bon, c'est peut-être juste pour le sexe, question d'hygiène. Cinq mois, c'est une longue traversée du désert.

Je suis peut-être un peu en train de fantasmer là-dessus, d'ailleurs.

6

CHASE

– Kelly, ça me fait tellement plaisir de te parler. J'ai l'impression qu'il y a des années…

Je m'adosse aux oreillers derrière moi en essayant de ne pas mélanger les piles de papier éparpillées autour de mon bureau de fortune : *mon lit d'hôtel.*

– C'est le cas. Je pense que la dernière fois qu'on s'est croisés, c'est quand ton père m'a invité à venir voir le Super Bowl avec vous, il y a deux ans, précise-t-il d'une voix chaleureuse au téléphone.

– Aussi longtemps que ça ?

– Je crois bien, m'annonce celui qui est un ami de notre famille depuis une éternité. Que puis-je faire pour toi, petite ?

– J'ai besoin que tu me trouves quelqu'un.

– Il n'a pas le cul sorti des ronces, ton type, commente-t-il en riant.

– Qu'est-ce que tu veux dire ? je demande sur le même ton.

– Si tu cherches quelqu'un, c'est qu'il t'a fait du tort et je n'aimerais pas être à sa place quand tu lui tomberas dessus.

– Je ne suis pas si terrible que ça !

Silence. Puis un petit rire.

Mais bon…

– Je suis un peu sous l'eau en ces temps-ci, alors il va me falloir quelques jours. Si ça ne te dérange pas d'attendre…

– Les détectives privés sont si demandés que ça en ce moment ?

– Oui, et malheureusement, aucun scandale juteux à l'horizon.

– Je peux patienter. Je cherche juste un mec qui a envoyé une lettre à mon père…

Je lui raconte alors toute l'histoire de ce courrier, Ryan Camden et les raisons de mon séjour à Destiny Falls.

– Destiny Falls…

– Tu connais ce bled ?

– J'y suis passé une fois ou deux. Je ne m'y suis que rarement arrêté. Mais c'est une chouette ville. Tu ne trouves pas ?

– Je ne sais pas, je n'ai pas encore vraiment quitté ma chambre d'hôtel.

– Chase, m'interpelle-t-il comme un grand frère. Il faut que tu fasses une pause de temps en temps, pour respirer au moins le parfum d'une rose. Tu es focalisée sur ton boulot en permanence, et une personne de ton âge devrait s'amuser un peu. Lâcher du lest.

– Ouais, ouais.

Même s'il ne peut pas me voir, je lève les yeux au ciel.

– J'entends que tu penses à autre chose, continue-t-il en riant. Mais tu n'as pas réussi à le trouver jusqu'à présent ?

J'ouvre la bouche, puis la referme, parce qu'en fait, je n'ai pas vraiment commencé à chercher.

– Je ne suis arrivée qu'hier. Brex m'a recommandé d'y aller en douceur. Elle m'a dit que…

– Que les militaires se protègent les uns les autres. Elle a raison. En plus, ça ne devrait pas être trop dur de le localiser. Je peux appeler quelques vieux copains qui trempent dans les ressources humaines côté armée, si nécessaire, mais je devrais pouvoir te dénicher cette info d'ici la semaine prochaine.

– Sérieux ?

Je lui suis plus que reconnaissante de son aide.

– Sérieux. Ou alors, je vais peut-être prendre tout mon temps pour trouver ce Ryan. Comme ça, tu seras forcée de te mettre au repos et tu musarderas un peu en ville.

– Musarderas ?

Le mot me fait rigoler en grognant comme un petit cochon.

– Oui, j'ai employé le verbe musarder, soupire-t-il pour cacher ce qui semble être un rire aussi de son côté. Envoie-moi ce que tu as sur ton Camden, là, et je te rappelle dès que j'ai quelque chose.

– Merci, Kelly. Tu es le meilleur.

Je mets fin à la communication et jette mon portable sur le bloc-notes tout juste devant moi. J'y ai inscrit une liste, rédigée ce matin au réveil pour rester à jour de toutes mes tâches. Elle est longue, détaillée et tellement essentielle à mon équilibre quotidien. Couchée sur le papier, elle répertorie tout ce que je projette – non que je *dois* – accomplir tant que je suis ici, quelle que soit la durée de mon séjour.

Je pensais venir passer deux semaines dans cette ville, mais je commence à me dire que ce sera peut-être plus. Alors, j'ai fait cette liste. Tout en haut et souligné deux fois, il y a « Trouver Ryan Camden ». Puis dénicher une boîte de relations publiques. Faire une étude avancée de notre concurrence pour voir comment les autres gèrent leur présence sur les réseaux sociaux, par rapport à nous. Puis sélectionner des spécialistes pour analyser nos pratiques et nous dire ce que nous ne savons pas faire, quels sont nos points faibles et ce qu'il faut améliorer. Faire des recherches sur les compétitions sportives des vétérans et leurs événements. J'ai aussi ajouté les tâches que j'écluse habituellement pour mon boulot, ma routine : relire des contrats, faire un suivi des relations avec les marques, passer des appels pour recruter des talents.

C'est une longue liste, mais les listes me rendent heureuse. Elles me donnent l'impression d'être organisée, car je visualise tout ce que je dois faire et tout ce que j'ai accompli à mesure que je raye chacune des actions que j'ai effectuées. Ma prochaine étape : déterminer un planning qui me permettrait de tenir mes engagements et d'atteindre mes objectifs.

J'ai aussi mentionné « Me taper Gunner », parce que même si c'est ridicule de mettre ça sur une liste, si mon potentiel interlude n'était pas écrit, alors il serait inattendu, incertain. Ce serait comme une tocade sur fond de romance (beurk !). Mais de le lire ici me permettra de conserver cette expérience là où elle doit être, dans son micro-compartiment dédié, où elle ne me détournera pas du reste de mes tâches.

Admettons-le, la soirée d'hier m'a échappé. J'étais fatiguée et facilement flattée par un mec plus que potable, carrément hot, même. Un mec que je suis tout excitée de revoir dans quelques heures… mais je ne peux pas laisser ce petit bip sur mon radar me distraire de mon objectif principal.

Et pour compliquer le tout, j'ai ce fichu bobard *Je suis une étudiante qui écrit son mémoire* à assumer.

Un point positif ? J'ai avancé sur ma liste. C'est au mieux superficiel, mais au moins, je m'y suis mise. J'ai passé des coups de fil, lancé un planning et maintenant que je suis organisée, j'ai l'impression de pouvoir aller de l'avant.

Ça, et je sais où se trouve *Grandy's*.

Je me suis perdue dans le travail après avoir parlé à Kelly. Des contrats et des recherches sur les tenants et les aboutissants d'analyses des pratiques des réseaux sociaux, mais aussi quelques tuyaux sur des athlètes mécontents que je pourrais piquer à d'autres agents. Ce n'est que lorsque l'alarme de mon téléphone se déclenche pour la deuxième fois que je regarde vraiment l'heure qu'il est.

Pour le moment, c'est le bordel total, je ne sais pas quoi mettre ni comment me coiffer. Je me rase les jambes et me maquille à la va-vite. Puis je fonce vers l'adresse qu'on m'a donnée pour découvrir qu'absolument toutes les places de parking de *Destiny Falls* semblent prises pour une raison ou une autre.

Si bien que je me gare où je peux et finis par arriver à pied chez le glacier *old school* installé dans une rue perpendiculaire à l'avenue commerçante principale qui traverse la ville. Il y a pas mal de monde pour un mardi soir, c'est surprenant. J'imagine qu'il doit y avoir un match au lycée ou quelque chose dans le genre, et comme le sport, c'est toute ma vie, évidemment, ça m'intéresse.

Ryan Camden pourrait être n'importe où dans cette ville. Bon Dieu, c'est même peut-être ce type croisé à l'instant, ou alors il pourrait avoir déménagé.

Je fais demi-tour pour détailler le petit groupe qui me dépasse, comme si je pouvais reconnaître Ryan à partir des photos floues que j'ai dénichées sur Internet.

On se concentre, Chase.

Ironie, quand tu nous tiens. Je suis venue dans cette ville pour trouver Ryan Camden, mais je me force à me concentrer sur ma soirée avec le barman d'hier.

J'en oublie que Ryan pourrait être dans les parages et j'avance.

Je ne stresse pas pour les rencards. Jamais. Je sais que c'est arrogant de penser ça, mais ça révèle surtout quelque chose sur moi plutôt que sur le type que je vais retrouver, non ? Sortir avec des garçons, c'est surtout quelque chose d'amusant, pas du tout un moyen de trouver l'amour, ou un mec, ou n'importe quel autre terme commun que les gens utilisent. « Âme sœur » est celui que mes sœurs préfèrent, et ces deux petits mots me donnent la nausée.

Âme sœur. Beurk. Non merci.

Mais en arrivant au coin de la rue dans laquelle se situe *Grandy's*, juré, j'ai le souffle coupé quand je vois Gunner. Avec son jean délavé, ses grosses chaussures et un tee-shirt bleu marine un peu lâche sur son torse musclé. Il sourit de toutes ses dents tandis que l'une de ses mains fait de grands gestes et que, de l'autre, il tient celle d'une petite vieille pour l'aider à descendre du trottoir. Elle fait la moitié de sa taille et a probablement le triple de son âge, mais il semble échanger des plaisanteries avec elle en lui ouvrant la portière de sa voiture.

Cette scène me fait rire. Il n'est pas dans un bar à surveiller les clients. Il n'essaie pas de me draguer. Il est juste gentil et il ne sait même pas qu'il a un public. C'est un mec bien, c'est tout. Et je suis bien contente d'avoir accepté de le retrouver.

Gunner fait un signe de main à la dame pour lui dire au revoir. C'est à peine si elle peut voir quoi que ce soit au-dessus de son volant. Et c'est quand elle part qu'il me remarque. Il semble surpris, mais son sourire s'élargit encore plus pour devenir immense quand il me repère.

– Tu es venue.

Sans prévenir, il me serre dans ses bras. C'est déconcertant. Il sent bon, son torse est ferme et je me sens en sécurité.

En sécurité ?

C'est vraiment bizarre, cette idée. Je la repousse dès que j'en prends conscience, mais elle ne me quitte pas. Elle reste même bien présente.

– Tu sembles surpris de me voir ici, je murmure en reculant avant de lever la tête pour le regarder en face.

– Je le suis.

Il l'admet, juste comme ça. Pas de petit jeu. Pas de chorégraphie complexe pour danser autour de la vérité. Les mecs de New York devraient prendre exemple sur cet homme.

– Vraiment ? Tu aurais pu me demander mon numéro de téléphone hier soir. Là, tu n'aurais pas douté de me retrouver.

– Je ne te voyais pas du genre à poser des lapins.

– Ah oui ?

– Non, non.

Il semble lutter pour s'empêcher de sourire.

– Je suis de quel genre alors pour toi ?

Il me dévore du regard. La sensation est délicieuse, il me détaille de la tête aux pieds avant de remonter jusqu'à mes yeux, clairement amusés.

– Tu es une indépendante pure et dure…

– Qu'est-ce qui te fait penser une chose pareille ?

– Il faut du cran à une femme pour entrer seule dans un bar en sachant qu'il sera probablement plein de militaires en rut.

– Je partais du principe qu'ils pouvaient se contrôler, je lui réponds en remarquant les paillettes dorées dans son regard brun.

– J'étais prêt à sauter dans la fosse aux lions pour te protéger s'ils n'y étaient pas arrivés, mais bon, tu te serais sentie insultée, car tu en aurais conclu que je t'aurais crue incapable de te gérer toute seule.

– Je ne me serais pas sentie insultée.

Il me dévisage comme pour m'inciter à remettre en question ma déclaration, ce qui du coup me fait rire.

– D'accord, *peut-être un peu.*

– Un peu beaucoup.

– Ok, je te l'accorde.

Nous restons plantés là, avec de grands sourires de crétins devant chez *Grandy's*. Les gens entrent et sortent sans discontinuer de la boutique du glacier. Il rompt le silence en murmurant :

– Merci d'être venue.

– Merci de m'avoir proposé de venir.

– On y va ?

Il me tend la main. Je la regarde quelques instants. Ce geste me déconcerte, je n'y suis pas habituée et je ne l'en aime qu'encore plus.

Les mecs ne font pas ça chez moi.

Enfin, les mecs avec qui je sors par chez moi ne font pas ça, plutôt. Comme si tout ce qui était un peu vieux jeu n'était pas assez cool.

– C'est parti.

Je dépose ma main dans la sienne et nous avançons alors vers la grand-rue quand je le relance :

– Il y a un match au lycée ce soir ou cette ville est-elle toujours aussi vivante ?

– Tu le sauras bien assez tôt.

Je dois faire un très gros effort pour ne pas le noyer sous un million de questions sur notre destination et le programme des prochaines heures. L'avantage de ce silence, c'est qu'il me force à prendre le temps pour observer et remarquer ce qui se passe autour de moi : les gamins qui nous dépassent en courant, le fait que tous les gens que nous croisons nous saluent, la chaleur de sa main dans la mienne, le bleu de l'horizon.

Et quand nous tournons au coin de la rue où tout le monde a l'air de se diriger, je cale.

L'artère principale de la ville a été fermée à la circulation, car l'une des plus longues tables que j'aie jamais vues s'étire en plein milieu, sur plusieurs pâtés de maisons. Des chaises sont installées de part et d'autre. La table semble être divisée en deux au milieu, sur une soixantaine de centimètres, et des boîtes, toutes semblables, sont posées sur chacune des places. Des guirlandes lumineuses zigzaguent d'un côté à l'autre de la rue, procurant un éclairage chaleureux. Des stands de nourriture sont disséminés sur les trottoirs, mais aussi visiblement des tireuses à bière.

– Mais qu'est-ce que…

Je ne finis pas ma phrase, car Gunner me désigne un panneau au-dessus de nos têtes sur lequel je lis l'inscription « Lager et Lego ».

– Parée pour jouer ?

– Jouer ? je m'étouffe en riant, à la fois confuse et intriguée. De quoi tu parles ?

Il me dévisage d'un air canaille avant d'expliquer :

– Je t'avais prévenue, Destiny Falls est une ville de festivités, alors soit prête à expérimenter la première, dit-il en se mettant devant moi, les bras levés. Bienvenue à Lager et Lego, l'événement où tout est dans le titre. On commence tous avec les mêmes pièces. On récupère cette boîte de briques de Lego et un gobelet de Lager, soit un type de bière blonde. On tire un numéro au sort, puis on s'installe à la place qui nous a été désignée et on doit affronter la personne assise en face pour une durée donnée.

– Donc c'est une compétition ?

C'est juste complètement dingue.

– C'est ça.

– Et il faut construire n'importe quoi ?

– Non, me répond-il en saluant quelqu'un qui l'interpelle de loin. Chaque manche a un sujet particulier pour te guider, mais tu peux t'en servir de base et faire œuvre de créativité.

– Et à la fin de chaque manche, quand la cloche sonne, ou n'importe quel autre signal, on doit avoir bu sa bière et monté un truc ?

– Seulement avoir assemblé une figure, mais les gobelets sont petits pour ceux qui veulent faire toutes les parties.

Gunner se place sous la lumière ambrée des guirlandes tandis que la nuit commence à tomber. La douceur de son sourire sur son beau visage me donne envie de... de tant de choses, mais aucune que je puisse véritablement nommer.

– Mais qui a trouvé un truc pareil ? je demande en riant.

– Il se peut qu'on ait pu donner notre avis pour le programme de celle-là, avec les autres barmans du FOUBAR.

– Sérieux ?

– Tout à fait.

– Mais si le principe, c'est des briques et des bières...

– Ah ah ! Je vois ce que tu veux dire, commente-t-il, le sourire aux lèvres.

– ... Pourquoi y a-t-il tant d'enfants dans le coin ? Ce n'est pas comme s'ils allaient se siffler des pintes.

– C'est parce que ce sont eux qui seront les juges de la compétition.

Il arque un sourcil de défi en me voyant si surprise.

– Les juges ?

Je regarde, autour de moi, tous les gamins sur les trottoirs. Certains ont des bonbons plein les mains, d'autres des planchettes équipées de feuilles et de stylos, mais tous semblent véritablement excités.

– Eh ouais. Après chaque manche, les constructeurs, les adultes, doivent quitter leur place et ils viennent distinguer la meilleure des deux compositions. Toutes les personnes choisies passent à la partie suivante.

– Et donc à la bière suivante aussi, je le taquine.

– Tout à fait.

J'observe avec attention la longueur de la table et m'exclame :

– Oh bon Dieu, il doit y avoir un millier de rounds. À la fin, les gens doivent être...

– Je t'ai dit que les verres étaient tout petits.

– C'est complètement dingue.

Une fois encore, je regarde partout pour prendre la mesure de l'événement et j'ajoute :

– Et tellement génial.

– Alors tu acceptes de participer ? me demande-t-il en tendant une main que je saisis immédiatement.

– En douterais-tu un seul instant ?

Il me tire toujours plus près de lui.

– Est-ce qu'on devrait parier sur lequel d'entre nous ira le plus loin ce soir ?

– Ce n'est probablement pas une chose à me dire, je l'avertis en repoussant son torse d'un air joueur. Je suis une compétitrice née et c'est notre premier rendez-vous, après tout. Tu ne veux certainement pas faire ressortir ce qu'il y a de plus moche en moi.

– De moche ? demande-t-il en riant. J'en doute, mais rassure-toi, je suis un grand garçon. Je peux supporter d'être battu, Chase. Je ne bouderai pas et je ne te ferai pas de crise.

– Tous les hommes boudent et piquent des crises quand ils perdent.

– Alors peut-être que tu ne fréquentes pas les bons ?

Nos regards se croisent et se soutiennent tandis qu'il me défie d'un sourire.

– Très bien. Pas de problème. Parions, mais n'oublie pas que je vais gagner !

– Rien de tel qu'un peu d'assurance.

– Tout à fait, je lui concède, quand il tire sur ma main pour me guider vers les inscriptions. Mais qu'est-ce qu'on parie ?

Il s'immobilise et me présente un sourire timide qui m'arrête immédiatement lorsqu'il propose :

– Un deuxième rendez-vous ?

Je suis perplexe.

– Mais… ce n'est pas logique. Comment est-ce que l'un de nous peut en…

– Si tu gagnes, j'emporte un deuxième rendez-vous avec toi… et si je gagne, tu remportes un deuxième rendez-vous avec moi. Tu vois ? Tranquille, quoi.

– Imparable, Gunner. Quel talent !

– Je sais.

7

GUNNER

– Tu as littéralement essayé d'acheter ce juge. Quel âge avait-il, au fait ? Douze ans ?

Chase me fait rire en dansant quelques pas devant moi.

– Oui. Mais il avait vraiment très envie de cette glace et j'étais plus que ravie de lui offrir ce cône trois boules s'il venait à décider que ma structure était la meilleure.

Je continue à me marrer en secouant la tête dans un geste d'incrédulité, sachant qu'elle a quand même remporté cette manche, même si le gamin n'a pas voté pour son Tyrannosaure-Rex plus qu'approximatif, enfin si on peut appeler ça comme ça. Elle hausse les épaules en me répondant :

– Je t'avais prévenu. Quand il s'agit de gagner, je n'ai absolument aucune honte.

– Il faudra que je m'en souvienne la prochaine fois, dis-je en prenant ma dernière gorgée de bière avant de jeter le gobelet dans la poubelle juste à côté.

– La prochaine fois ?

Son sourire rend le saphir de ses yeux encore plus vivant, si c'est même possible.

– Si tu restes dans le coin assez longtemps, il y aura forcément un autre terrain de jeu qui se présentera un jour ou l'autre.

Un peu éméchée et totalement adorable, elle rejette sa tête en arrière pour se bidonner.

Elle a ce je-ne-sais-quoi qui m'attire. Est-ce qu'elle a été hyper-compétitive avec ses Lego ? Oui, mais avec hilarité, blaguant et charmant tous ses voisins.

J'en suis conscient, car j'ai été incapable de la quitter des yeux. Bordel, j'ai probablement perdu ma partie contre elle parce que j'étais tellement occupé à l'admirer, mais aussi à rire de la voir si sérieuse devant sa construction.

– Gunner ?

– Moui ?

Son regard trouve le mien et un sourire penaud vient jouer sur ses lèvres.

– Je crois que j'ai commis une erreur stratégique.

– Une erreur stratégique ? je demande en m'approchant. Depuis combien de temps es-tu à Destiny Falls ? Tu te mets déjà à parler comme les autochtones.

– Ah ah, dit-elle en titubant.

– Ça va ?

– Erreur stratégique, répète-t-elle. J'ai bossé toute la journée et j'étais tellement occupée que j'ai oublié de manger.

– Et maintenant, tu es gentiment pompette, mais avec l'estomac vide.

Elle prend ma main sans hésiter, alors qu'au début elle était un peu plus réticente. Elle a baissé la garde et j'adore voir les deux côtés de sa personnalité dans un laps de temps aussi court.

Cette femme. Bon Dieu. Elle me remue vraiment de l'intérieur.

J'aurais pu faire le choix de la facilité, la draguer et la ramener chez moi, mais elle a ce truc qui me donne envie de ralentir. C'est peut-être ça que je veux. Du temps. Apprendre à la connaître. La gagner.

Même si je ne suis pas du genre à sauter d'un lit à l'autre, on ne peut pas dire non plus que je suis immunisé contre un peu de fun sans lendemain de temps en temps.

Mais sortir avec quelqu'un ? Vraiment pas mon délire. Se raconter sa vie jusqu'à la nausée. Laisser entrer une personne dans son âme. La vulnérabilité.

J'ai été assez blessé comme ça, je n'ai absolument aucune envie de mettre le pied dans toute cette merde.

Et pourtant, bizarrement avec Chase… avec Chase, j'ai envie de partager des trucs. J'ai envie de la voir sourire. J'ai envie de lui parler.

– Oui. C'est ça. Pompette. Je suis pompette.

– Et tu as peur que j'essaie de te faire boire pour profiter de toi, hein ?

– Pas besoin de me faire boire pour profiter de moi, Gunner. Ce n'est pas profiter de quelqu'un quand les deux sont consentants.

J'en suis sur le cul, j'ouvre et ferme la bouche comme un poisson. Elle est si directe, son assurance me plaît tellement. Et avant que je puisse me remettre de ma surprise, elle éclate de rire, puis avance de quelques pas devant nous. La lumière joue dans ses cheveux et, tout en souriant, elle commence à tourner sur elle-même au milieu de la rue désertée.

Putain, mais comment un petit geste aussi simple peut-il me couper le souffle à ce point ?

Dans son mini-short, avec ses Converse rouges et sa vague queue-de-cheval, elle est magnifique. Magnifique dans son insouciance. Elle virevolte comme une maboule et n'en a rien à foutre de ce qu'on pense d'elle.

Je donnerais n'importe quoi pour l'embrasser, là. *Putain, n'importe quoi.*

Mais d'abord, il faut lui faire manger quelque chose.

Ensuite, je la prendrai dans mes bras.

Le plus drôle, c'est que je croyais que j'étais mort de faim, mais quand on s'installe chez Lou pour commander, je perds l'appétit. Enfin pas vraiment, c'est surtout que je trouve un autre sujet plus intéressant sur lequel me concentrer :

Chase Kincade.

– Alors, tu es originaire de Nouvelle-Angleterre, c'est ça ?

Elle s'arrête en plein milieu d'une bouchée et sourit.

– Comment tu sais ?

– Je me suis dit que tu venais soit de New York, soit de Los Angeles, d'une grande ville, quoi qu'il en soit. Laquelle ?

– New York.

Elle s'interrompt deux secondes avant de demander :

– Pourquoi ?

Je me marre un peu avant de prendre une gorgée de milk-shake et de lui répondre :

– Parce que tu es fascinée par la lenteur de notre rythme de vie. Tu t'arrêtes pour dévisager les gens lorsqu'ils sont gentils, *simplement*, car pour toi, ce n'est pas normal.

– Comme quand tu as aidé la petite vieille à monter en voiture tout à l'heure, murmure-t-elle.

Je repense à Delores, la nonagénaire qui aime tant aller chez *Grandy's* toutes les semaines, et à son sourire de sphinx.

– Tout le monde ne fait pas ça ?

– Non, pas du tout, en fait.

Sous la lumière tamisée, je décèle une expression étrange qui lui traverse le regard, mais elle se reprend vite d'une secousse. Je la relance :

– Quoi ?

– Tu n'es pas du tout comme je le croyais, murmure-t-elle avant de se rencogner sur sa chaise.

– À quoi tu t'attendais ?

– Je ne sais pas, mais pas toi, dit-elle en riant. Tu es gentil et attentionné et tu m'as invitée à une soirée Lego. Non, mais qui fait ça ?

Elle me parle sur un ton badin, mais elle est véritablement sincère quand elle m'avoue que mon programme l'a surprise.

– Les mecs qui t'invitent à sortir dans leur super-costard ne veulent pas jouer aux Lego avec toi ?

– Qu'est-ce que tu veux dire ? demande-t-elle en fronçant les sourcils.

– Je veux dire que je pense que tu es habituée aux gars tellement centrés sur eux-mêmes, qui essaient tant d'être à la hauteur de l'image qu'ils souhaitent projeter, qu'ils en oublient que le but d'un rencard, c'est de s'éclater et de faire connaissance.

– C'est un sacré jugement, ça.

– Peut-être. Peut-être pas, mais je crois que tu t'attendais à ce que je sois plus comme eux et en fait, pas du tout, ce qui te surprend un peu.

– Tu fais des portraits au rouleau quand tu peins, toi, non ?

Je hausse les épaules et m'adosse à ma chaise, posant le bras sur celle d'à côté pour lui répondre par une question.

– Je me trompe ?

– Tu ne peux pas balancer un truc pareil sans t'expliquer derrière. Pourquoi penses-tu que je ne vois que des mecs égocentrés ?

– Parce que tu viens d'une grande ville. Tous les citadins que j'ai croisés dans ma vie sont comme ça : complètement tournés sur eux-mêmes et plus du genre à s'inquiéter de leur image que d'autre chose. Quand ils sortent avec quelqu'un, c'est surtout pour récupérer des likes sur les photos de leur rencard. Ils sont à fond dans l'apparence et ne font rien de *vrai* pour leur donner l'opportunité de connaître la fille qu'ils fréquentent.

Aucun regret, je dis ce que je pense et j'ajoute :

– Quand on est derrière un bar tous les soirs, on apprend à comprendre les gens.

– Et c'est quelque chose que tu as appris ?

– Entre autres.

– Alors, si je peux me permettre, qu'est-ce que tu postes sur Instagram ? me demande-t-elle en riant.

– Rien. Je ne suis pas sur les réseaux sociaux. Si j'ai besoin de parler à quelqu'un qui compte pour moi, je décroche mon téléphone.

– Mouais.

Elle me dévisage un court instant. Qu'est-ce qu'elle voit lorsqu'elle me relance :

– Donc, tu crois que je ne fréquente que des hommes obsédés par insta et qui ne pensent qu'à eux ?

– J'ai tort ?

– Non, me confirme-t-elle en haussant les épaules sans aucune honte. *Je ne m'attendais pas à un mec comme toi.*

Elle me sort ça comme si c'était tout ce qu'il y a de plus banal, et elle me surprend encore plus en continuant :

– Et j'adore ça.

– Je pourrais te retourner le compliment. J'étais sûr de venir à la soirée Lager et Lego, mais je ne m'imaginais pas un seul instant me faire botter le cul par une fille de la ville qui tient l'alcool.

– Je crois que c'est mon compliment préféré. Et toi ? C'est quoi ton genre ? Tu es originaire d'où ? Allez, crache le morceau.

Je ris doucement, mais j'aimerais éviter qu'on parle de moi.

– Qu'est-ce que tu veux savoir ?

– Le FOUBAR ? Pourquoi cette ville ? Il t'appartient ? D'où vient le nom ?

– Le nom vient d'un délire qui circule pas mal par ici. Tu l'entendras si tu restes dans le coin assez longtemps. C'est dérivé d'un autre mot.

– Qui signifie ?

– C'est le bar des fous. Ça vient de l'expression FUBER « Fucked Up Beyond Recognition », qui signifie « Tellement abîmés qu'on ne peut plus les reconnaître ».

Elle éclate de rire et c'est si bon.

– J'ai déjà entendu cette expression. Je n'avais pas fait le lien. Elle n'est pas réservée aux missions qui ont dégénéré ou un truc dans le genre ?

– Les missions. Les exercices tactiques. Un mauvais rencard. N'importe quoi.

– J'espère quand même que tu ne penses pas que notre soirée entre dans la catégorie.

Je réponds rapidement en joignant le geste à la parole :

– Loin de là.

– Ouf. Tant mieux pour moi.

– Et moi !

– En parlant de ton bar, il te ressemble vraiment beaucoup.

– Et en quoi il me ressemble à moi, au juste ?

Je suis curieux de savoir comment elle me voit. Moi aussi dans un sale état ?

– Chaleureux et accueillant, mais teinté par des années de service.

Elle me regarde, un sourire joue à la commissure de ses lèvres. J'aime ce verdict.

– C'est assez juste.

– C'est ton bar ?

– D'un certain côté, oui.

Je le lui confirme d'un signe de tête en repensant à nos soirées à tous les quatre, sous le ciel étoilé du désert. On les passait à discuter de ce qu'on voulait retrouver de la maison ou de ce bar qu'on avait envie d'ouvrir. Ce rêve un peu fou nous consolait et nous aidait à surmonter l'horreur d'avoir à conduire notre blindé léger à travers des routes truffées d'engins explosifs improvisés.

– On avait fait un pacte. Tous ceux qui retourneraient au pays en fait et… eh bien, je fais partie des chanceux qui ont pu rentrer.

J'écarte la honte qui m'assaille et reprends :

– J'ai tenu ma part du marché.

– Un des *chanceux* ? J'admets volontiers ne pas connaître grand-chose de l'armée, ou même de la vie des vétérans, mais j'ai comme l'impression que ceux qui reviennent ne partagent pas tous cette opinion. Est-ce que je me trompe si je dis qu'il y a une bonne dose culpabilité aussi à assumer ?

Si seulement elle savait à quel point elle a raison. Je ne me suis jamais senti *chanceux*, juste… perdu.

Pourquoi moi ?

Pourquoi ai-je été épargné ?

Mais je ne m'attarde pas sur ce sujet déprimant pour le moment. Rien de tel qu'une bouffée de culpabilité du survivant pour aspirer toute la substance d'une soirée réussie.

– J'ai de la chance parce que je peux vivre dans une ville où les gens font attention aux autres. J'adore mon boulot. Et j'ai des amis à qui je pourrais confier ma vie les yeux fermés. Alors oui, j'ai de la chance.

Le soupir que je pousse vient contredire tout ce que j'avance. Mais j'ignore sa question sur la culpabilité en espérant qu'elle comprenne que ce sujet n'est pas ouvert à discussion.

Elle me détaille un instant de son regard intelligent, remarquant peut-être ce que je choisis de passer sous silence.

– Tu es plutôt incroyable.

Son sourire est sincère, attirant, et j'ai de plus en plus envie de l'embrasser, c'est même presque un besoin.

– Est-ce que tu pourrais me dire que tu as des habitudes absolument horribles pour être moins parfait ? Je me sentirais un peu moins pouilleuse à côté de toi.

– Parfois, je bois mon lait à même la bouteille. De temps en temps, je ne rince pas mon assiette avant de la mettre dans le lave-vaisselle, je lui confesse en prenant l'addition pour la poser à côté de ma main. Est-ce que ça peut aider à ternir mon image ?

– Tu es un sacré rebelle.

Et l'espace d'un instant, nous nous contentons de nous dévisager. Les passants continuent à circuler dans la rue, les serveurs à s'occuper des tables. Le silence qui nous relie crépite de ce qui semble être de l'anticipation. Pour ce qui pourrait arriver ensuite, tandis que la tension sexuelle qui s'est installée entre nous monte encore d'un cran. Rien à faire, je ne me souviens pas d'avoir autant désiré une femme.

– Alors, Chase, quelle autre information cherches-tu à obtenir ?

Je la toise d'un air sévère, en faisant comme si j'étais irrité, tout en lui souriant.

– Je voulais connaître ton type.

Elle presse sa paille entre ses lèvres et aspire un peu de milkshake. *Je ne peux que la dévisager.*

– Mon type ?

Je me force à détourner le regard parce qu'il me sera impossible de sortir d'ici sans une gigantesque érection si je continue. Elle me fait un petit hochement de tête en souriant pour m'encourager. Elle sait très bien ce qu'elle fait.

– J'aime les filles qui portent des Converse rouges, qui sont ultra-compétitives et apprécient les milkshakes au chocolat.

– C'est tout ce que tu as ?

Elle incline son visage sur le côté et je me demande comment lui expliquer.

– Je ne fais pas ça souvent.

– Non ?

– Je tombe rarement sur des femmes qui m'intéressent assez pour les désirer.

– Je suis flattée.

Et je suis raide dingue de cette fille.

Merde. Ça sort d'où, ça, Gun ?

– Alors tu viens d'où ? me demande-t-elle.

– D'un peu partout. Dès que tu baignes dans la culture militaire, que tu aies grandi dedans ou que tu aies toi-même servi, eh bien, tu es originaire de tous les endroits dans lesquels tu es resté.

– Donc l'un de tes parents était dans l'armée ?

– Mon père, avant de mourir au front.

– Je suis désolée.

J'accepte d'un mouvement de tête. Je ne souhaite pas trop m'appesantir là-dessus non plus.

– Mon beau-père aussi était dans les rangs. Et mon beau-père suivant, j'ajoute en riant par autodérision. Nous n'avons pas assez de temps pour plonger dans ce chaos. Et toi ? Ta mère ? Ton père ? Tu es fille unique ?

Elle réagit à retardement.

– Fille unique ? Pourquoi penses-tu un truc pareil ?

– Parce que les enfants qui n'ont ni frère ni sœur sont généralement plus indépendants et savent ce qu'ils veulent. Comme toi.

– Je suis la plus jeune de quatre sœurs, répond Chase d'un air ravi et satisfait.

– Tes pauvres parents !

– Et encore, tu ne soupçonnes même pas le pire.

Elle sourit comme si elle pensait à eux et je remarque une certaine douceur qui me laisse imaginer qu'ils sont proches. Quand on passe pas mal de temps avec d'autres soldats ou derrière un bar, on apprend à décrypter les attitudes.

– Mais je n'ai que mon père. Notre mère est morte quand on était petites.

– Je suis désolé.

– Comme tu le sais malheureusement, les gens sont plus choqués que tu ne l'es, quand c'est ton quotidien depuis une plus longue période que celle que tu as vécue avec tes deux parents.

– C'est bien vrai.

– Donc, pour passer à des choses plus réjouissantes, me dit-elle en me détaillant sans vergogne, Nix m'a informée que tu étais un gros dur. Tu souhaites commenter ?

Nix, putain ! Je nie les faits d'un mouvement de tête accompagné d'un soupir amusé. Au combat, rien ne fait de toi un gros dur. La peur. L'inquiétude. L'inconnu. Les « et si ». L'horreur. Voilà de quoi est faite la guerre. Les souvenirs qui hantent encore mes rêves viennent me faire frissonner. Je finis par lui donner une réponse :

– Parfois, quand on est sur le terrain, simplement vivre pour voir le jour se lever le lendemain fait de toi un gros dur.

– Ton humilité a de l'élégance.

– Merci, mais je t'assure que les roses et les rayons de soleil ne me parlent pas tous les matins.

– Ce n'est le cas de personne, murmure-t-elle.

Si elle me regarde encore une fois comme ça, avec ses grands yeux bleus dans lesquels je lis du désir et de l'humour, je vais avoir du mal à me redresser.

– Tu es prête ?

Je glisse quelques billets sous la salière et lui tends la main. Elle l'accepte et nous sortons de la terrasse du café pour rejoindre la rue principale qui fourmille encore de monde.

Il y a maintenant de la musique. Un groupe du coin joue au bout de la longue table centrale. Les gamins se sont installés pour créer leurs propres structures tandis que les parents dansent et discutent avec leurs amis.

Voilà, c'est Destiny Falls. Côté ambiance, c'est à prendre ou à laisser. Quand je suis arrivé ici juste après m'être engagé, je ne savais pas trop quelle option choisir. Maintenant que je suis redevenu civil, je ne peux pas m'imaginer vivre ailleurs.

Au moment où nous contournons la zone où les gens dansent, Chase se remet à parler :

– Merci pour tout ça. Comme je te l'ai dit, je ne m'y attendais vraiment pas et c'est absolument parfait.

– Ah oui ?

Je tire sur sa main et lorsqu'elle se tourne, nos corps entrent en collision. Le désir explose de toutes parts, et rester face à face, nos lèvres à quelques centimètres à peine l'un de l'autre, est une torture délicieuse. Et je cède enfin à ce que j'ai voulu faire toute la soirée. Merde, depuis qu'elle a franchi la porte du FOUBAR hier.

Nos respirations accélèrent. Je perçois la sienne contre mon torse et je sais qu'elle sent la mienne. La tension sexuelle. Le désir. L'irrépressible envie.

Et juste au moment où je me penche vers elle pour l'embrasser…

– *Gunner* ? C'est toi ?

Une voix trop aiguë vient de m'arrêter. Cet accent traînant, je le reconnaîtrais entre tous. *Putain de merde.*

Je me pose la question : est-ce que je me lance quand même ? Mais je serais obligé de me presser, on serait interrompus et ça, je n'en ai absolument pas envie. *J'en veux plus. Bien plus.*

– Je te présente mes excuses d'avance.

8

CHASE

Je dévisage Gunner sans comprendre ce qu'il vient de me dire. Quand on l'appelle encore une fois, ses épaules s'affaissent et son petit rire se fait amer.

Il se tourne un peu et tous mes sens sont assaillis par une femme qui aurait l'âge d'être notre mère. Des cheveux blonds au bouffant de catégorie épique. Des vêtements moulants de partout. Des talons très hauts. Un maquillage aux proportions théâtrales.

Mais pas aussi théâtral que sa voix et sa tête quand elle croise enfin le regard de Gunner et ne s'adresse qu'à lui :

– Oh. Mon. Dieu. *Dieu du ciel!* Je savais bien que c'était toi, je t'ai vu tout seul de l'autre bout de la rue.

Je sens ses doigts se crisper dans mon dos. Il lui répond en lui souriant poliment.

– Je ne suis absolument pas tout seul.

– Eh bien.

Elle pose sa main sur le biceps de Gunner et, juré, j'en deviens jalouse, même si son bras est enroulé autour de ma taille.

– Je suis contente de t'avoir trouvé, parce que je voulais te dire que j'avais fait une tourte aujourd'hui et je sais que tu apprécies beaucoup *mes* tourtes. J'ai fait bien attention et mes pommes sont les plus acidulées et les plus juteuses, dit-elle quasiment en gémissant. Et elles ont fait une sauce sirupeuse et chaude, juste comme tous les hommes que je connais l'aiment.

J'en tousse de rire, et c'est à peine si mes yeux ne sortent pas de leurs orbites. Elle ne m'a pas regardée une seule fois, elle ne voit que Gunner. Ses mains aussi, apparemment. Il a essayé de la repousser d'un mouvement d'épaule, mais elle garde ses griffes plantées autour de ses muscles.

Il s'éclaircit la gorge lorsqu'elle arrête enfin de décrire son orgasme culinaire qui ne peut que fondre dans sa bouche.

– Merci, Heloisa. J'apprécie la proposition, mais…

– Oh, mon Petit Sucre. Tu sais que j'aime donner du plaisir aux hommes du coin avec mes pâtisseries et je sais que tu as un faible pour celle à la pomme.

Elle ne parle pas, elle ronronne. Si je n'assistais pas à cette scène de mes propres yeux, je n'aurais jamais cru qu'une femme – peu importe qui – puisse se comporter… comme ça.

– J'ai même mis des pommes de côté. Elles trempent dans le sucre et la cannelle. Alors si tu me dis à quelle heure tu veux passer, que ce soit un jour, ou dans une heure ou deux, je peux te préparer une nouvelle tourte en un rien de temps. Tu n'auras qu'à y plonger ta cuiller. Elle sera chaude et juteuse et suintante, pleine de douceur, à t'en donner l'eau à la bouche, juste comme tu l'aimes.

Je dévisage Heloisa, interloquée, en clignant des yeux de façon intermittente. Elle flirte à s'en extirper de son pantalon ultra-moulant pour sauter dans celui de Gunner.

Lui se dandine d'un pied sur l'autre en tentant d'en placer une.

– Merci. C'est très gentil. J'apprécie la proposition, mais…

– Mais tu passeras plus tard ? demande-t-elle en faisant un clin d'œil et en se léchant les lèvres. Je t'attendrai.

– Non. Ce n'est pas néces…

Mais aussi rapidement qu'Heloisa et sa chaude et juteuse tourte à la pomme sont arrivées, elle repart et s'éloigne d'un pas si chaloupé que je suis surprise de ne pas la voir tomber sur le côté.

Nous restons plantés là tous les deux, interdits.

– C'était quoi, ça ? Enfin, qui ?

– Ne me le demande pas.

– Oh que si !

– Elle n'est pas méchante. C'est juste une femme d'un certain âge, veuve, qui vient de temps en temps au bar et qui…

– Et tu entres dans son petit jeu pour ne pas être méchant avec elle ?

– D'une certaine manière, oui, marmonne-t-il en levant les yeux au ciel.

– Oserais-je demander si sa tourte est aussi chaude et juteuse qu'elle le prétend ?

Je le taquine en imitant sa voix et j'adore le voir rougir comme une tomate. Je suis encore stupéfaite. Et atterrée, bizarrement.

– Elle te proposait simplement de coucher avec elle.

– Mais non, répond-il en commençant pourtant à rigoler.

– Tu n'auras jamais rien connu d'aussi bon, chaud et juteux, dis-je en continuant mon petit manège.

Et là, j'éclate de rire. Le genre de rire qui ne s'arrête pas, surtout quand on essaie d'y mettre un terme. Et chaque fois que je croise son regard, j'explose encore plus, à tel point que mon fou rire s'auto-alimente.

– Oh. Mon. Dieu, j'arrive à articuler entre deux crises.

– Dieu du ciel, continue-t-il.

Je repars pour une salve. J'en ai mal aux côtes et aux joues. Je dois me tenir à lui pour rester à la verticale. Mais quand je lève les yeux, il est à quelques centimètres de moi, exactement comme avant l'interruption d'Heloisa.

Sauf que ce coup-ci, elle n'est pas là. Il n'y a que Gunner et son immense regard brun, sa bouche si tentante et ses doigts qui replacent une mèche de cheveux derrière mon oreille.

Il se penche vers moi et effleure mes lèvres des siennes. Ce baiser est doux, tendre, et me donne l'impression d'être branchée sur un câble à haute tension.

J'en veux plus... Tellement plus que c'en est presque gênant.

Et avec sa main sur mon cou, son pouce qui dessine l'ovale de mon visage, Gunner m'en offre davantage.

Il m'embrasse encore, mais cette fois-ci, sa langue glisse entre mes lèvres et effleure brièvement la mienne dans une promesse qui contient tant de choses à venir sans pour autant nous exhiber en un spectacle cradingue au milieu de cette fête de rue familiale.

– Je voulais faire ça depuis le début de la soirée, murmure-t-il.

La chaleur de son souffle caresse le mien. Mon corps vibre d'un désir accumulé depuis que je l'ai aperçu en arrivant tout à l'heure.

– Eh bien, je sais où tu peux aller si tu as envie d'un dessert, je lui propose.

Et là, nous explosons encore de rire tous les deux.

***

S'envoyer en l'air avec Gunner figure définitivement sur ma liste de choses à faire quand on visite Destiny Falls et, même si je n'éprouve aucun problème à me taper un mec pour une nuit de temps en temps, nous sommes dans une petite ville. Et on parle, dans ce genre d'endroit. Je n'ai franchement pas besoin de m'attirer une sale réputation, d'autant plus que leur aide pourrait m'être indispensable pour trouver Ryan.

Oui, ce Ryan. Celui que je n'ai pas évoqué avec Gunner, même s'il est barman et qu'il connaît plus de gens dans le coin que tous les autres habitants.

Bon, j'avais décidé de ne pas coucher avec lui le premier soir, ma résolution a été mise à mal à l'instant où je l'ai vu devant chez *Grandy's*. Et c'est lorsqu'il m'a embrassée sous le ciel nocturne que ma détermination s'est envolée.

Et maintenant que je suis devant chez lui, qu'il déverrouille sa porte d'entrée, je sais que je vais plonger et savourer cette tentation décadente qu'il représente.

En fait, il n'a même pas été question d'en parler, c'était plus une certitude, nous allions en arriver là après ce premier baiser.

Pas non plus de « *chez toi ou chez moi ?* » Juste encore quelques bisous volés çà et là, et des éclats de rire, si nombreux, alors qu'il m'éclairait sur le quotidien de cette petite ville.

Il m'a simplement un peu tiré sur la main lors de notre parcours à travers les rues, en savourant la tiédeur de l'air du soir, sous les éclairs d'un ciel d'orage en formation au loin, enveloppés dans une sorte d'anticipation qui montait toujours plus.

– Ce n'est pas grand-chose, murmure-t-il en me faisant entrer chez lui.

Il jette son trousseau de clés sur la table. Ferme la porte derrière moi. Mon prénom susurré dans le noir.

Et quand je me tourne vers le son de sa voix, ses lèvres se posent sur les miennes. Ce baiser commence doucement, langoureusement, comme les premières notes d'une symphonie pour capter l'attention.

Mais ce n'est pas nécessaire. Pas besoin de me séduire sur fond d'une jolie mélodie, je suis déjà là et même déjà emportée.

Nous nous embrassons dans son entrée, sous la lueur de la lune qui passe par les fenêtres. Ses mains prennent mon visage en coupe et nos bouches s'étreignent. Puis nous dessinons la silhouette de l'autre en la caressant. Je découvre son dos, aux muscles qui se contractent et se détendent. Il effleure mes côtes et mes hanches.

Nous progressons lentement, délibérément, presque comme si nous étions sur la même longueur d'onde. Celle qui nous dit que dès que nous libérerons cette énergie, *ce désir exquis*, nous ne pourrons plus revenir en arrière. L'envie se fera avide. La convoitise deviendra de la pure lubricité. Et l'assouvissement de toute cette anticipation sera notre unique but.

Nous prenons notre temps pour découvrir le corps de l'autre. À l'instant où ses lèvres trouvent le petit creux juste sous mon oreille, j'ai le souffle coupé, tout comme lorsque sa barbe naissante érafle doucement ce même endroit. Il gémit de plaisir en sentant mes mains fraîches toucher sa peau nue sous son tee-shirt que je lui retire immédiatement.

Et ensuite, il s'immobilise et prend une brusque inspiration quand mes doigts passent sur son torse et détectent ce qui ne peut être que des lésions venues l'abîmer.

Des cicatrices.

Comme celles des gens à qui on donne des médailles pendant les cérémonies chicos avec tous les gros gradés.

Les mots de Nix me reviennent en mémoire et je ne sais pas trop quoi faire. L'ai-je perturbé ? Alors je dévisage Gunner sous le clair de lune et je cherche des réponses aux questions que je n'ai pas à lui poser.

– C'est pire que ça en a l'air, dit calmement Gunner en me souriant à moitié.

Il caresse ma joue du dos de sa main et je m'appuie sur lui pour lui donner un baiser avant de reculer. Je retire ensuite mon tee-shirt, puis détache mon soutien-gorge. Quand je le laisse tomber par terre, je déteste autant que j'adore la sensation soudaine de vulnérabilité qui m'assaille, car il me regarde avec attention. Il absorbe l'image de mon apparence.

– C'est mieux que ça en a l'air, je contre en souriant doucement.

J'espère apaiser ce moment intense et la fragilité qu'il doit aussi éprouver à cet instant.

– Ils ont l'air plus que magnifiques, pour moi.

Il me tend la main pour m'attirer contre lui. Nos lèvres se retrouvent encore. Cette fois-ci avec plus d'urgence et beaucoup de ferveur.

Nous avançons doucement le long du couloir, mon dos semble se frotter à tous les murs au passage. Celui juste à côté de la cuisine pour un baiser langoureux. Celui de la salle de bains pour une descente de bisous du cou à la clavicule qu'il mordille tandis qu'il prend mes seins en coupe. Celui devant sa chambre pour que mes dents tirent sur sa lèvre inférieure pendant que je déboutonne son jean.

Puis en entrant dans la pièce. Il me guide en me tenant par la main, me dévisage dans la lumière diaphane qui filtre à travers la fenêtre.

– Tu es sûre ? Je ne voudrais pas que tu te sentes…

– Je ne serais pas là si je n'en avais pas envie.

Je ne le quitte pas des yeux en me dandinant pour glisser mon short sur mes hanches, puis complètement nue devant lui, je reprends :

– La question en fait c'est : qu'est-ce que tu vas me faire maintenant ?

Son sourire ravageur est de retour et son regard s'embrase lorsqu'il fait quelques pas vers moi. Il rit doucement en m'imitant, et fait tomber son jean par terre.

Oh là. Salut, toi.

Il est magnifique. Et pas seulement parce qu'il sort un préservatif et l'enfile sans même demander si c'est nécessaire. Au passage, j'ai un peu de temps pour le détailler. De larges épaules. Des avant-bras puissants. Une taille fine qui guide mon regard vers une queue très en forme et très dure. Des cuisses fermes juste en dessous.

En tant que femme qui aime le sexe sans en éprouver aucune honte, tant la montée d'excitation que l'acte lui-même, je suis loin d'être déçue quand je le vois tout nu devant moi. Alors oui, la chambre est dans la pénombre, mais voilà qui va être exceptionnel.

Putain d'exceptionnel, même.

– Qu'est-ce que je vais te faire ? murmure-t-il en fronçant les sourcils.

Il s'approche, puis m'attrape par la taille pour me tirer contre lui. Nos corps se touchent sans que rien ne nous sépare pour la première fois.

Ma peau frissonne harmonieusement rien qu'en le sentant.

Mon corps tout entier palpite douloureusement et si délicieusement.

Et quand ses lèvres viennent effleurer les miennes, que ses doigts se faufilent entre mes cuisses, j'ai envie de le supplier de me caresser partout. Son baiser cueille mon gémissement lorsqu'il se glisse dans la chaleur moite de mon intimité.

– Bon Dieu, Chase, s'exclame-t-il dans mon cou.

Son souffle brûlant me donne des frissons. Il parcourt mes terminaisons nerveuses et se livre à une enivrante attaque sensuelle.

J'agrippe ses épaules, enfonçant mes ongles dans ses chairs déchirées. J'ai envie de le toucher moi aussi, de sentir son membre sous mes doigts pour me mettre à égalité, mais je suis comme captive de ses caresses de la meilleure manière qui soit.

Sa bouche se pose sur ma poitrine et, entre la dureté de sa barbe naissante qui m'égratigne et la chaleur de son souffle, mes tétons déjà sensibilisés s'embrasent, comme s'il versait de l'huile sur le feu du désir entre mes cuisses.

Je gémis son nom. Ses doigts continuent à aller et venir en moi. Ses lèvres et sa langue taquinent et me tétanisent dans un état de béatitude déchaînée.

Je brûle d'une ardeur qui en veut plus et quand elle parvient à son paroxysme, quand le crescendo de toute cette symphonie qu'il a composée en moi atteint son point d'orgue, mon corps ne sait plus s'il a envie de se tendre ou de s'effondrer dans un amas de muscles tremblant autour de lui.

– C'est ça. Vas-y, jouis, m'encourage-t-il en me mordillant l'épaule. Jouis pour moi, bébé.

Sa main est maintenant trempée et son sexe toujours palpitant contre mon ventre, comme suppliant de passer à l'acte aussi.

J'ai le souffle court. Je l'entends rire doucement dans mon oreille en me susurrant :

– C'était un bon début, mais j'ai tellement envie de te sentir accueillir ma bite comme ça.

Sa langue s'insinue entre mes lèvres, elle exige que je lui en donne plus.

– Prends-moi tout entier.

Ses baisers font le tour de l'ovale de mon visage. Il continue à me parler :

– Baise-moi.

Je suis déjà prête à le recevoir. Je viens à peine de jouir, mais ses caresses sont l'allumette et ses mots incendiaires me propulsent dans un désir frénétique.

Et j'en veux vraiment plus.

Je murmure son prénom et glisse ma main entre mes cuisses pour y recueillir le nectar de mon excitation. Puis je me saisis de sa bite et l'effleure de haut en bas.

C'est à son tour de s'immobiliser. De gémir. D'avoir les plombs qui sautent.

Et c'est tout ce qu'il faut pour embraser la flamme avec laquelle nous avons joué toute la soirée. En quelques secondes, il me pousse sur le lit et je me redresse sur les coudes pour me délecter de son corps qui avance à quatre pattes vers moi.

Il s'arrête pour embrasser l'un de mes mollets.

Puis le genou opposé.

Il mordille ensuite ma hanche.

Suçote l'un de mes tétons avant de retrouver ma bouche.

Je me tortille tant j'ai envie de lui. De le sentir. De lui donner le même plaisir que celui qu'il vient de me procurer.

Il commence par m'embrasser lentement. Doucement. Chaque fois que nos lèvres se touchent, la faim s'intensifie. Une pointe de détresse qui se transforme en assaut de désir incontrôlable et d'avidité jusqu'à ce que j'écarte mes cuisses et arque mon dos, le suppliant presque de me pénétrer.

Heureusement, il accède à ma demande silencieuse en se penchant sur ses genoux, positionnant ses mains à l'arrière de mes jambes pour s'installer entre elles.

La première sensation est indescriptible. Je brûle de plaisir et mon corps s'étire pour laisser de la place à son membre si magnifiquement gonflé. Nous poussons tous les deux un râle de satisfaction. Je me cambre toujours plus et ferme les yeux pour savourer la commotion qu'il vient de créer.

Et à partir de là, c'est de mieux en mieux. Ses mains se saisissent de mes hanches. Les miennes des draps. Le délice de sentir mon intimité étirée quand il se fraie un passage, son sexe qui frotte tous mes nerfs à vif avant de se retirer pour revenir encore plus fort.

Nous bougeons en harmonie. Deux corps à la recherche de la même libération. Deux personnes qui se délectent de leur alchimie.

Il vient ensuite prendre mon téton entre ses lèvres, s'enfonçant alors jusqu'au bout. Nous nous arrêtons tous les deux en même temps pour savourer la sensation et il enchaîne sur quelques mouvements de bassin. La combinaison de le sentir aussi profondément ancré en moi et de sa bouche sur ma peau me fait basculer. J'exige d'une voix droguée par le sexe, émergeant à peine d'une vague de désir et de lubricité qui m'aspire, qu'il continue.

– Tu aimes ça ? demande-t-il en recommençant, tapant juste là où ça me rend dingue.

Mes gémissements résonnent dans la chambre. Je ne vois pas comment décrire autrement l'orgasme qui me renverse, tel un train qui fonce à toute allure. Je n'ai jamais ressenti un truc pareil. Mon corps est électrisé. Des entrailles aux orteils, tout y passe.

J'ai le souffle court, la tête qui tourne, et mon intimité se contracte autour de Gunner.

– Putain, ce que c'est bon, grogne-t-il.

Ses doigts creusent mes hanches. Il essaie de garder le contrôle.

Mais je ne veux plus qu'il se maîtrise. Je veux qu'il perde toute retenue, alors je le pousse encore plus loin en le serrant volontairement en moi.

– Chase. Bon Dieu.

Et ce sont les derniers mots cohérents qu'il me sort. Il y a quelque chose à dire sur ce que projette un homme qui passe le point de non-retour. Son cou tendu. Ses abdominaux qui se contractent quand il s'enfonce en toi. Son regard qui se voile en observant son sexe et le tien qui se rejoignent. Sa poigne qui agrippe ta chair. Sa pomme d'Adam saillante lorsqu'il rejette la tête en arrière et se perd en toi.

Et Gunner fait tout ça, et même plus, lorsqu'il jouit.

Il est parfait, c'est flippant, et je ne sais absolument pas comment nous avons fait pour grimper si haut et si vite… sans le moindre effort. *Si rapidement.*

9

CHASE

Je me réveille en sursaut.

Il me faut quelques instants pour me rappeler où je suis. De toute façon, je suis toute chamboulée depuis que je dors à l'hôtel.

Mais je me souviens parfaitement de mon environnement quand je me tourne pour tomber sur Gunner, allongé sur le ventre à côté de moi, une jambe à peine couverte par le drap.

Je fais ce que toute femme normale ferait dans la même situation : je le mate en détail. Mais ce n'est pas comme si je ne le connaissais pas intimement depuis hier soir et les quelques fois où nous avons décidé de voir si nous pouvions prendre notre pied encore une fois.

La réponse a toujours été oui. Oui, tout à fait.

Je bouge un peu et une délicieuse douleur se réveille entre mes cuisses. J'examine le tatouage complexe qui lui orne l'omoplate gauche. On dirait une croix celtique avec des initiales sur sa base, mais j'ai du mal à l'admirer en intégralité à cause de sa position. Du coup, je me régale d'une nouvelle vue sur son magnifique derrière avant de remonter sur son visage.

Des cils épais qui effleurent ses joues bronzées. Une mèche de cheveux qui recouvre l'un de ses yeux et son nez busqué.

Il n'est pas mignon, comme on pourrait définir une beauté conventionnelle, mais cet homme a un charme fou, rien que ça, déjà, c'est quelque chose.

J'inspecte alors sa chambre. Elle est très simple. Des murs beiges avec des touches de gris et de bleu. Un jean sur une chaise dans un coin et une grosse chaussure tombée sur le côté à ses pieds. Des posters et quelques photos encadrées sur sa commode. On dirait un grand-père en uniforme, mais je n'en suis pas sûre.

Tous les attributs de la normalité, ce qui est assez important quand on est une femme qui a pris le risque d'aller chez un homme qu'elle ne connaît pas vraiment aussi bien que ça.

Le problème, c'est que je n'ai jamais eu l'intention de m'attarder chez lui, mais il était si mignon et c'était tellement bon de me l'envoyer que je n'ai pas pu le quitter.

Mais il faut que je fiche le camp. Je dois me casser, aller bosser et rayer cette ligne sur ma liste : *Super-partie de jambes en l'air avec Gunner.*

Ce qu'il y a de mieux quand on est en permanence hyper-occupée, c'est que le sexe reste à sa place. Ce n'est rien d'autre qu'un besoin à assouvir. Je n'ai pas de temps à perdre dans une relation. Bon Dieu, je n'en ai même pas envie.

Donc, tout est parfait. Quelques appétits charnels à contenter lors d'un voyage à Destiny Falls. Une épique satisfaction, *ou plutôt cinq*, pour m'en délecter.

Je n'ai vraiment pas à me plaindre.

Et à l'instant où cette idée me traverse l'esprit, Gunner change de position, et des souvenirs de ces dernières heures viennent me frapper avec une force très vivace.

Je souris. Comment pourrait-il en être autrement après l'une des soirées et des nuits les plus mémorables et uniques que j'aie vécues depuis un sacré bout de temps ?

Me tournant sur le côté, je recommence à l'observer.

On peut dire beaucoup de choses dans la façon dont un gars touche quelqu'un. Une femme reconnaît ces caractéristiques à l'instant où il pose la main sur elle. L'avidité est facile à identifier. L'égoïsme aussi. Mais quand un mec sait y faire, quand sa caresse est ferme, mais pas trop. Qu'il y a des frictions de temps en temps. Un baiser au bon moment dont l'intensité varie. La révérence dont il fait preuve lorsqu'il effleure ton corps de ses doigts pendant les préliminaires, comparée à sa force au moment où il agrippe tes hanches, à deux doigts de te conduire à l'extase.

Vraiment plein de choses à dire aussi quand les actes d'un homme correspondent aux envies de la femme avec qui il est. Et sans aucun doute, Gunner sait y faire.

Une véritable rareté.

Gunner prend soudain une grande inspiration et se lève d'un bond en me faisant sursauter comme jamais.

– Oh putain, je vais être à la bourre !

Puis il regarde de mon côté, et le plus sexy des sourires endormis vient jouer sur ses lèvres lorsqu'il ajoute :

– Bonjour. Je devrais peut-être commencer par là.

Il attrape alors ma main et dépose un bisou sur sa paume.

– Je devrais vraiment commencer par là.

Puis il effleure mes fesses et remonte dans mon dos. Une douloureuse envie naît de cette caresse. Un désir que je pensais satisfait le talonne de près. Mon sourire est automatique quand je lui réponds en murmurant :

– Bonjour.

Il m'embrasse ensuite sur l'épaule avant de se lever d'un bond et de se diriger vers son placard en m'annonçant :

– Désolé de te faire ça, mais je dois filer, sinon je vais être à la bourre au boulot.

– Tu travailles ? Le bar est déjà ouvert ?

Je m'assieds en tailleur sur le lit, très à l'aise avec ma nudité. Rien à faire que le drap ne couvre que mes jambes.

– Non.

Il me regarde par-dessus son épaule et me surprend en train de l'admirer. Il m'explique alors en souriant :

– Mon autre boulot. Enfin, plutôt, là où je fais du bénévolat. Enfin, j'accompagne des garçons qui ont perdu un parent à la guerre. Ce n'est pas grand-chose. C'est juste que…

Je n'entends pas le reste de son discours. Ces mots où il va m'expliquer en quoi son engagement dans une asso est important parce que je suis trop occupée à me rendre compte qu'il existe vraiment. Le mec bien, *la licorne de tous les hommes*, il existe pour de vrai.

Et je ne sais même pas comment réagir ni quoi dire quand il choisit ses vêtements. Il avait raison hier soir. Je suis trop habituée aux connards égoïstes. Aux enfoirés. À ces bonshommes trop inquiets de savoir s'ils auront assez de temps à passer à la salle de sport après le boulot, alors aider un gamin à avoir une plus belle vie…

Oh bordel. Qu'est-ce qu'un gars comme lui fait avec une fille comme moi ? Une fille probablement aussi centrée sur elle-même que les types avec lesquels elle sort d'habitude ?

À partir d'aujourd'hui, quand quelqu'un me dira que les mecs bien n'existent plus, je pourrais dire qu'il faut aller voir à Destiny Falls.

– C'est incroyable, je bredouille quand il regarde encore par-dessus son épaule en me souriant toujours.

– Pas vraiment. C'est juste que… ça recharge mes batteries, d'une certaine manière. J'en tire autant de bénéfices qu'eux. Du moins, c'est ce que j'espère.

– Mais quand même…

Les mots me manquent quand il se tourne vers moi complètement pour la première fois et que je suis confrontée à tout un paysage de cicatrices qui zèbrent son torse. Elles sont le reflet d'une horrible histoire en elles-mêmes, une histoire qui ne laisse qu'une désolation totale dans l'imagination d'autrui.

Je lève les yeux vers les siens et il m'offre un sourire timide.

– Je sais que c'est difficile à regarder.

– Non. Aucun problème à te regarder. C'est juste que les voir me fait penser que tu as dû affronter un million de trucs abominables pour les obtenir, puis en guérir, quelle qu'en soit leur cause.

Il semble s'adoucir et être habité par de nombreuses émotions quand je continue :

– Ces cicatrices montrent que tu es plus fort que ce qui a essayé de te blesser.

– Pas plus fort, rétorque-t-il en riant légèrement. Plus chanceux, simplement.

Et revoilà son humilité, ce qui me rappelle notre soirée. La vulnérabilité que j'ai éprouvée debout, toute nue devant lui, et j'imagine qu'il doit ressentir la même chose dix fois plus fortement chaque fois que quelqu'un aperçoit ses blessures.

– Eh bien, c'est moi qui ai de la chance, dis-je doucement en m'agenouillant pour le tirer contre moi et l'embrasser lentement.

Ce baiser fait renaître les braises de notre ardeur. Je sens son sexe épaissir contre mon ventre et il murmure contre mes lèvres :

– C'est tellement cruel de laisser une belle femme nue toute seule dans mon lit. Une très mauvaise blague.

Sa bouche revient se poser sur la mienne et il m'attrape les fesses à pleines mains pour me plaquer contre lui. Bon sang, comment l'un d'entre nous peut-il simplement envisager de remettre le couvert après la nuit que nous venons de passer ?

Son grognement résonne dans toute la chambre.

– Il faut que je prenne une douche.

Un autre baiser. Une nouvelle petite morsure dans mon cou.

– Ils comptent sur moi.

– Alors je vais rester au lit pendant que tu te laves et je vais finir le boulot toute seule.

Je le taquine. Enfin, pas tout à fait. Parce que ce mec est déjà parvenu à me faire brûler de désir, rien qu'en m'effleurant et en m'embrassant à peine.

– Tu es cruelle.

– Et tu es très beau, dis-je contre ses lèvres.

Il recule et me dévisage en replaçant une mèche rebelle derrière mon oreille. Son regard pétille d'humour, mais aussi d'autre chose que je n'arrive pas à identifier. Son sourire est si doux.

– Je serai sous la douche. Et si tu t'allonges juste là, tu seras bien placée pour me voir dans le miroir, m'explique-t-il en me tapotant la fesse. Tu sais, au cas où tu aurais besoin d'une stimulation pour t'aider à finir le boulot.

– Salaud.

– Ce n'est pas ce que tu disais, il y a environ trois heures, commente-t-il en consultant sa montre. Tu me faisais beaucoup de compliments tout à l'heure.

Son sourire devient alors ravageur. *Dieu qu'il est beau !*

Je ne peux que montrer mon incrédulité d'un mouvement de tête et me laisser tomber sur le lit en me demandant comment tout ça a bien pu se produire. Et j'en suis tellement heureuse.

Parce que Gunner est vraiment une expérience.

Je le regarde à travers le miroir. Il est embué à cause de la douche, mais je peux le voir se savonner le corps et les cheveux.

L'idée de glisser ma main entre mes cuisses pour m'occuper de ce trop-plein de désir qu'il a embrasé il y a quelques instants me traverse l'esprit. Mais je sais que je n'obtiendrais qu'un petit orgasme de mauvaise qualité qui ne me satisfera pas.

Qui est cet homme ? Drôle. Une affaire au lit. Gai. Sexy. Altruiste. Non, mais qu'est-ce qu'il fout avec moi ?

Je pousse un grognement en m'extirpant des draps pour aller ramasser mes vêtements. Impossible de me souvenir de la dernière fois où je n'étais pas motivée pour aller bosser.

Le temps que je m'habille, Gunner a fini de se doucher et se dépêche de revenir dans la chambre en enfilant une jambe de pantalon. Un sourire canaille aux lèvres, il croise mon regard et m'interpelle :

– Non ?

– Non ?

Il me désigne le lit d'un signe de tête, puis ma main.

– Ce n'est pas pareil.

– J'ai le droit de prendre ça pour un compliment ? me demande-t-il après avoir éclaté de rire.

– Tout à fait.

Je mords ma lèvre inférieure et l'admire encore une fois, prenant soin de rester au-dessus de la ceinture.

Il enfile un tee-shirt et frotte ses cheveux mouillés.

– Il faut que je file. Je peux te déposer quelque part ou tu peux partir quand tu en auras envie.

– Attends, tu es prêt à me laisser toute seule chez toi ?

Je suis sur le cul.

– Tu vas me dépouiller ?

– Euh, non.

– Alors oui, je vais te laisser ici toute seule. On n'est pas dans une grande ville, Chase.

Il sort une casquette de baseball de son placard et l'enfile avant de l'ajuster et d'ajouter :

– Et puis, j'ai tendance à faire confiance aux gens avec qui je couche, donc je ne suis pas trop inquiet.

– Euh.

– Alors, je te dépose ? Ou pas ?

Il prend ses clés de voiture sur la commode.

– Ou pas. Ma voiture n'est pas très loin.

– Ok. Verrouille la porte en partant. *Merde*, je suis à la bourre. J'ai ton numéro maintenant. Je t'appelle.

Il sort de la chambre et me plante là, à regarder le couloir vide.

– Salut.

Il me surprend alors en revenant sur ses pas.

– J'ai oublié un truc.

Et à peine une seconde plus tard, il me plaque contre lui pour un baiser à réveiller la libido d'une nonne, à tremper toutes les culottes de la terre, à m'embraser totalement, me laissant le souffle absolument coupé.

– Maintenant, je peux y aller.

Et sans un autre mot, j'entends ses pas s'éloigner, puis la porte d'entrée claquer.

J'effleure ma bouche du bout des doigts. J'ai la tête qui tourne. Je suis dans la maison d'un homme que je fréquente depuis moins de quarante-huit heures… *et pourtant j'ai l'impression de le connaître depuis toujours.*

10

GUNNER

JE M'EFFONDRE SUR LE SOL DU GYMNASE. PUTAIN, QUELLE JOURNÉE ! Je n'ai pas beaucoup dormi, ça n'aide pas. Mais putain, quelle journée quand même !

– Alors, tu vas me dire qui t'a mis d'humeur si gaie ?

Je lève les yeux sur Ellie.

– Je ne vois pas de quoi tu parles.

Bien sûr que si, parce que depuis mon réveil, je n'ai repensé qu'à ma soirée de la veille et à ce matin. À Chase, à son rire et à nos parties de jambes en l'air. Bon Dieu, la nuit a juste été *incroyable*. Mais c'était plus que du sexe. C'était… simplement elle. Cette facilité à lui parler. Son humour. Sa conversation. Cette matinée. Sa façon de me regarder, comme si je n'étais pas dingue, ou même pire, en ayant pitié de moi à cause de mes cicatrices.

Alors oui, j'avais la tête ailleurs aujourd'hui. Je n'étais pas concentré. Je pensais à une femme qui n'aurait pas dû m'accaparer l'esprit parce qu'elle n'était censée être rien d'autre qu'une *distraction*, pour me détourner de mes problèmes de sommeil et satisfaire mon irrépressible envie de m'amuser.

Dissipé, parce que je veux la revoir, la goûter. Je l'ai quittée il y a huit heures à peine quand je l'ai abandonnée chez moi avec ses lèvres gonflées et ses immenses yeux bleus.

– Tu ne sais pas de quoi je parle ? se moque Ellie. J'entends tes mots, Gunny, mais ton sourire me dit le contraire.

– Ça se voit tant que ça ?

– Plus ou moins, répond-elle en riant et en se laissant tomber à côté de moi. Et c'est qui ?

– C'est personne. Enfin quelqu'un.

C'est mon tout.

– Je ne sais pas ce qu'elle est, mais une chose est sûre, elle m'a botté le cul.

– Généralement, c'est pas bon quand on se fait botter le cul.

– Non, là, c'est vraiment dans le bon sens.

– Euh… ok. Alors c'était bien ?

– Oui.

– Tu vas la revoir ?

J'examine mon interlocutrice. Une queue-de-cheval très tirée rassemble ses cheveux noirs, et d'énormes créoles dorées pendent à ses oreilles. Son sourire se fait taquin et son regard inquisiteur quand elle me dévisage en attendant que je lui réponde.

– Je ne sais pas.

C'est un mensonge. Je sais très bien que j'en ai envie.

– Comment vous vous êtes quittés ?

Je ris doucement en repensant à Chase, à son corps nu et si chaud qui m'envahit l'esprit. Puis à son idée de se masturber pendant que j'étais sous la douche et, enfin, quand elle a admis que sa main ne ferait pas un aussi bon boulot que moi. *Quel homme ne voudrait pas entendre ça ?*

– J'ai vraiment envie de savoir quelle merde te traverse le cerveau, là ?

Elle me parle sur le même ton que celui qu'elle emploie avec les petites filles qu'elle encadre au Centre quand elles vont trop loin.

– Probablement pas.

– Alors ? me relance-t-elle en arquant un sourcil inquisiteur. Comment vous vous êtes quittés ?

– Je l'ai laissée pour venir bosser après un putain de baiser d'adieu.

– Ok, c'est bon, admet-elle avec une mimique théâtrale. On progresse. Donc vous avez passé la nuit ensemble. Chez toi ou chez elle ?

– C'est important ? Il y avait un lit.

– C'est important.

– Chez moi.

– Mmm. Tu la kiffes vraiment, hein ?

– Mais qu'est-ce que tu entends par là, merde ?

– Les mecs ne ramènent pas leurs coups d'un soir chez eux. Ils les emmènent à l'hôtel. Ou ils vont chez elles… mais jamais chez eux. À moins, bien sûr, que tu veuilles la revoir parce que sinon, tu viens juste de lui montrer où tu habites.

– Ta logique est…

Mais impossible de finir ma phrase, parce qu'elle a raison. Honnêtement, je ne pense pas avoir déjà ramené un plan cul à la maison.

– Tu es sûr que ta copine n'est pas dingue ? Parce que si c'est le cas, il va falloir déménager.

– Elle n'est pas dingue, Ellie. Elle est…

Parfaite. Sexy. Drôle. Intelligente.

– Je vais me répéter, glousse-t-elle d'un air de fille qui sait tout. Tu la kiffes vraiment. Alors, quand est-ce que tu vas l'appeler ?

– Aucune idée.

– Gunner, Gunner, Gunner, soupire-t-elle avec lassitude. Mon Petit Sucre, tu ne te comportes pas comme d'habitude.

– Ah bon ?

– Non. Je t'ai déjà vu débarquer ici après une bonne nuit de débauche, mais celle-là, cette femme, elle t'a prise dans ses filets et t'a bien ficelé après.

– J'aurais bien voulu qu'elle m'attache à la ficelle.

– Côté épuisement, tu es au même niveau que les gamins aujourd'hui, marmonne-t-elle.

– Ah ah, t'es marrante.

Je ferme les yeux et appuie ma tête contre le mur derrière moi.

– Oui, je suis marrante. Mais je peux aussi te dire que si tu l'aimes bien, tu ferais bien d'éviter de te la raconter comme tous les mecs. Appelle-la. Va la voir. Profite de sa présence. Tu sais mieux que quiconque que la vie est trop courte pour la gaspiller avec des petits jeux de crétin.

– Bien vu, Lulu, je marmonne à mon tour en fermant les yeux pour essayer de bloquer les flash-back qui ne manquent pas de venir m'assaillir.

L'odeur âcre.

L'explosion qui ravage tout.

La violence de la souffrance.

Le monde qui s'effondre autour de moi.

Et le carnage qui subsiste quand tout est terminé.

Je me secoue pour me débarrasser du passé. Des souvenirs que je n'oublierai pas, qui ne me quitteront jamais, mais que je dois d'une manière ou d'une autre laisser derrière moi.

Comme il est plus facile de se concentrer sur l'un des gamins du programme que sur moi, je change le sujet :

– Trey ne va pas bien en ce moment.

– Oui, ça me brise le cœur.

– C'est toujours comme ça.

Je revois le petit garçon avec ses grands yeux gris. Comment ils se lèvent vers moi, pleins de larmes, lorsqu'il veut savoir pourquoi son papa ne rentre pas à la maison.

– Tu te souviens comment c'était ?

Si nous participons tous les deux à ce programme, c'est qu'il y a une raison. Deux gamins avec un père militaire mort au front et qui se sont eux aussi engagés.

– Par fragments, mais parfois, je me demande où est la réalité et où sont les images issues des photos que j'ai refabriquées dans mon esprit.

– Je crois qu'on est tous comme ça.

– Mais plus que tout, je me souviens que je regardais tout le temps par la fenêtre, même si on m'avait expliqué qu'il ne reviendrait plus. J'espérais toujours le voir remonter l'allée dans son uniforme, avec ses grosses rangers noires qui couinaient.

Elle accepte ma remarque d'un hochement de tête et pose sa main sur ma cuisse en disant :

– C'est bien ce qu'on fait ici, Gunny. Parfois, c'est facile de l'oublier, mais on leur apporte quelque chose.

– Ouais, je sais.

– Il faut que j'y aille. L'un de mes garçons est probablement déjà en train de se plaindre et de demander ce qu'on mange ce soir, explique-t-elle en riant.

Elle se redresse, fait quelques pas, puis me tape le bout du pied du sien avant d'ajouter :

– Et ne pense même pas que je n'ai pas remarqué que tu évitais de t'occuper de la démission de Wendy aujourd'hui.

Je plisse les yeux en les levant vers elle pour la regarder.

– Je n'évite rien. Je trouverai à la remplacer. C'est un contrat court, ça ne devrait pas être trop compliqué.

– Ouais, mais d'ici là, on est coincés tous les deux à assumer sa part de boulot et la maman que je suis ne peut pas t'accorder plus que ce que je te donne déjà.

– Je m'en occuperai ou je dénicherai quelqu'un pour faire ses heures et nous filer un coup de main. Pas de problème.

Mais si, c'est un problème en fait, car comme Ellie, je n'ai pas plus de temps à donner… mais moi, par contre, je n'ai pas de famille.

Une famille qui surveillerait l'allée pour voir si je rentre.

Une famille à retrouver.

***

– Tu n'arrêtes pas de regarder cette porte, comme si tu attendais quelqu'un, commente Nix depuis son perchoir habituel, à côté de moi.

– Je ne vois pas de quoi tu parles.

Je m'écarte sur la droite pour aller essuyer le comptoir. C'est une grosse soirée. Comme tous les vendredis ici, et on ne manque pas de monde souhaitant faire une pause après une semaine de boulot. La musique est forte, les boissons coulent à flots et je devrais être un propriétaire de bar très content.

Le problème, c'est que Nix a raison. Je n'arrête pas de regarder la porte. De me demander si Chase va la franchir en portant sur elle cette satanée assurance qui l'habille comme un petit ensemble de lingerie super-sexy. Chaque minute de notre aventure me revient en mémoire en permanence.

– Tu viens encore de recommencer.

– Va te faire foutre, Nix !

Il glousse comme une dinde en se foutant de ma gueule.

– Quoi de neuf, alors ? Elle est si douée que ça au plumard ? Sa conversation est juste fabuleuse ? Elle est…

– J'ai dormi toute une nuit sans faire de cauchemars, putain. Qu'est-ce que t'en dis ?

Je l'ai à moitié envoyé chier, mais quand je croise son regard, j'y lis un certain degré de compréhension et une dose de compassion que la plupart des gens ne pourraient jamais envisager.

– Merde, Gunny.

– Ouais. *Tu vois.*

Je m'extirpe de derrière mon comptoir pour aller débarrasser les tables. Ce n'est pas à moi de faire ça, mais j'ai besoin d'une minute pour laisser le temps aux mots qui viennent de sortir de ma bouche de s'installer dans ma tête.

Depuis quand ce n'est pas arrivé ? À quand remonte la dernière nuit où je n'ai pas cherché toutes les excuses de la terre pour ne pas dormir et esquiver les cauchemars ?

Ok, j'avais fait pas mal d'efforts sur le plan physique, mais quand même…

Je jette un coup d'œil à Nix. Il a la tête baissée sur ses pouces qui jouent avec l'étiquette de sa bouteille de bière. Il comprend la gravité de ce que je viens de lui avouer. L'importance de cette inatteignable nuit sans mauvais rêve.

Il était là avec moi ce jour-là. Il s'en souvient lui aussi.

Je me perds dans des conversations badines avec les clients pour me changer les idées. Certains sont des habitués, d'autres pas, mais la plupart d'entre eux savent qui je suis. Heureusement, tous me respectent et personne ne pose de questions. Ces questions que j'aurais envie de poser à leur place.

C'est bon, j'ai mon compte.

Je retourne derrière le bar, laissant bruyamment tomber la vaisselle dans l'évier. L'un des serveurs me regarde bizarrement en essayant de comprendre pourquoi je leur donne un coup de main. Je me contente de lui sourire et de hausser les épaules pour qu'ils sachent que ce n'est rien.

Et quand la porte s'ouvre, je lève encore les yeux dans cette direction.

– Tu vas aller la voir ce soir quand tu auras terminé ?

– Non, je grogne.

– Et comme d'habitude, ta réaction est on ne peut plus logique, marmonne-t-il dans sa bière.

Pour toute réponse, je lui présente mon majeur. Il enchaîne :

– Sérieux, pourquoi ?

– Parce que… J'ai besoin d'avoir une raison ?

– Si tu veux me raconter de la merde, alors oui, tu as besoin d'une raison.

– Putain, je ne sais pas pourquoi je ne vais pas la voir ce soir, mais j'ai comme l'impression qu'il faut que j'attende. Ça te va comme raison ?

– Pourquoi attendre ? Un plan cul, c'est un plan cul.

– Elle est bien plus que ça…

Eh merde ! Je m'arrête, mais c'est trop tard et dans la tête de Nix, c'est déjà la folie.

– Je vois.

Et son silence après ça est assourdissant dans ce bar si bruyant. Mais il ne se fout pas de ma gueule. Il n'ose même pas me poser de questions, le con.

– Mouais.

– Mouais ?

Un sourire vient lentement animer sa bouche d'habitude toujours très rigide quand il me répond.

– J'imagine que les lumières seront allumées ce soir, donc ?

Je le regarde en coin, soupire et, désabusé, secoue la tête. Avoir auprès de soi quelqu'un qui te connaît aussi intimement, c'est une bonne chose. *Et une très mauvaise.* Pour nous deux.

– Ce qui veut dire ?

– Ce qui veut dire que quand tu ne peux pas dormir ou qu'un truc te tourne en rond dans le crâne, c'est là que tu vas.

– Et bien sûr, depuis chez toi, on voit super bien les lumières.

Il monte sa bouteille de bière à ses lèvres et commente :

– Ah ça, c'est sûr.

Mais quand il boit une gorgée, son regard ne quitte pas le mien.

Putain de merde.

– J’ai déjà appelé.

Et quand Nix se marre, on n’entend plus rien d’autre dans tout le bar.

11

GUNNER

7 ANS PLUS TÔT

La brûlure du whisky dans la gorge de Boone le fait siffler.

– Regarde-toi un peu. Tu vas vraiment rien faire ?

J'actionne les muscles de ma mâchoire de droite à gauche en grimaçant. À ce que je ressens, le gnon que je viens de me recevoir sur la joue va devenir monumental.

– Je ne vais rien laisser pisser, non.

– Alors, tu lui as défoncé le portrait à ce con ?

– Nan, dis-je en buvant à même la bouteille. J'en ai juste plus rien à foutre.

– Meeeerde. Il faut que tu montres à ce connard qui est le patron.

Je m'allonge dans l'herbe et regarde le ciel nocturne. Si on avait pu y voir des étoiles, je suis certain qu'elles tourneraient comme j'ai l'impression que le sol le fait déjà.

– Personne n'a appelé, Boone.

– De quoi tu parles ?

– Personne n'a appelé. Le coach a envoyé une tonne de lettres et de mails et il y a seulement un connard qui est venu demander du fric, mais personne d'autre ne s'est pointé.

Je me rassieds juste assez longtemps pour boire un coup.

– Tu crois que c'est à cause de cet enfoiré ?

– Du coach ?

– Nan, ton vieux.

– C'est pas mon vieux.

– C'est vrai. J'avais oublié que ton paternel…

– Est mort. Oui. Pauvre petit chou sans papa devrait être tellement content que sa maman ait trouvé un autre homme pour l'aider à s'occuper d'eux.

– Putain, mec. J'allais pas dire ça. Je te demandais juste si tu croyais que ton beau-père foutait le bordel.

– Pourquoi il ferait ça ? Si j'étais signé n'importe où, même dans une équipe de merde au fin fond du trou du cul du monde, ils seraient débarrassés de moi. C'est ce qu'il veut. Que je me casse pour contrôler ma mère encore plus.

Il pousse un gros soupir. C'est exactement ce que je pense.

– Et donc, il sort d'où ton coquard ?

– Parce que je lui ai manqué de respect. Apparemment, je ne l'ai pas assez remercié pour la bouffe qu'il a achetée. Alors je lui ai dit d'aller se faire foutre.

Tiens, ça s'est mal fini. Quelle surprise !

– Tout ça pendant que son fils Marcus-Le-Parfait se faisait cirer les pompes parce qu'il est tellement génial, j'imagine.

– Bien vu, je confirme en levant les yeux au ciel.

Tu n'es rien, petit con. Tu ne feras jamais rien de ta vie.

Marcus ira loin, lui. Pas toi. Personne ne misera sur un crétin de morveux pseudo-rebelle comme toi.

Estime-toi heureux de toujours avoir un toit au-dessus de ta tête, espèce de déchet. Si ta mère ne me suppliait pas, ça fait longtemps que je t'aurais viré.

Ses insultes tournent en rond dans mon crâne. La rage que j'ai ressentie à cet instant et que j'éprouve encore me fait vibrer. Son fils est parfait… Je ne suis qu'un rappel : sa femme était mariée à un autre homme avant lui.

– À ta place, je lui aurais montré que ce n'est pas lui qui décide. C'est pas ton père et il n'est pas chez lui, continue Boone.

– On s'en tape, mec.

Enfin, je dis ça, mais ses mots s'insinuent dans mon esprit.

– Tu sais comment lui dire d'aller se faire foutre comme jamais ? Lui piquer son petit bijou et aller faire un tour avec. Pose bien ton cul dans ses sièges tout nickel et pousse les rapports à mort de sa jolie précieuse.

En temps normal, je n'aurais même pas réfléchi à cette idée. Cette Mustang de 1965 est le bébé de mon beau-père.

En temps normal, j'aurais dit à Boone d'aller se faire foutre, qu'il était dingue.

Mais ce soir, il y a un truc dans l'air. Dans les mots de Sal et de ce projet de vengeance que je n'arrive pas à laisser de côté. Ce connard veut se débarrasser de moi, parce que je suis le fils de mon père et pas le sien. Parce que je suis meilleur que son gamin et qu'il ne le supporte pas.

Je regarde la porte du garage fermée. Je sais que les clés sont accrochées sur un crochet dans le placard de la buanderie.

Plus je pense à ce que m'a dit Boone, plus les insultes de Sal m'atteignent. Sa cruauté. Et plus j'ai envie de l'envoyer chier, encore une fois.

Je lève mon cul du gazon et titube un peu avant de reprendre le contrôle quand Boone me demande :

– Hé, mec, tu vas où ?

– Chercher les clés, je réponds en plissant le nez. J'ai l'impression que c'est une belle soirée. Assez belle pour faire un tour en bagnole.

12

CHASE

– Mademoiselle Kincade ?

– Oui ?

Je m'arrête au beau milieu du lobby de l'hôtel et me tourne vers la réceptionniste. Elle ne peut pas avoir plus de vingt ans. Elle est debout, son petit ventre de femme enceinte en avant. Ses livres de cours sont ouverts devant elle. Elle va donc à la fac. Elle a aussi collé une petite photo d'identité de son mari en uniforme sur le bord de son écran d'ordinateur. De notre conversation hier, j'ai retenu qu'il était quelque part au Moyen-Orient.

– L'homme sur qui vous posiez des questions, le joueur de baseball. Le lanceur ?

– Ryan Camden ? Oui. Vous avez quelque chose sur lui ?

Je suis tout ouïe. Hier, j'ai passé ma journée à chercher des informations, en vain. J'en ai parlé à plein de monde, mais ça n'a débouché sur rien. Alors je prendrai tout ce qu'on me donnera.

La journée d'hier a été pour le moins frustrante. Déjà, aucune piste sur Ryan. Puis j'ai dû lutter pour me tenir à ma résolution : ne pas aller au bar ni regarder mon téléphone une centaine de fois, histoire de voir si Gunner n'aurait pas appelé ou envoyé un message.

Le pire (enfin, mes sœurs seraient capables de trouver ça drôle), c'est que mon mantra habituel de *c'est juste du sexe* ou ça n'avait rien d'important tournait à vide.

J'avais envie d'aller au bar.

J'avais envie de le revoir.

Parce que je sais que ce qui nous est arrivé l'autre soir était bien plus que juste du sexe. Il y avait une certaine alchimie entre nous et je n'ai pas de temps à accorder à cette alchimie de mes fesses. J'ai le temps de trouver Ryan, de voir ce qu'il lui est arrivé et de vaguement tirer avantage de la situation pour KSM… puis de passer à autre chose.

Et pourtant, j'étais maussade et grincheuse, voire énervée contre moi-même de vouloir le revoir. Son sourire, son… voilà pourquoi je ne voulais pas y aller.

Voilà pourquoi je dois me prouver que je n'en avais pas besoin. Et ce n'est que pour briser la monotonie de mon quotidien que j'ai passé des heures à essayer de trouver des infos sur son association.

Je jette un coup d'œil au badge de la réceptionniste, Sara, et lui fais un grand sourire en attendant sa réponse.

– Je ne savais plus trop le nom du type, mais je rentrais à la maison tard hier soir après être passée chez ma mère quand j'ai remarqué qu'il y avait de la lumière sur le terrain de baseball. Le bébé n'arrêtait pas de bouger, il donnait plein de coups et je savais que si je rentrais directement, je n'aurais pas pu dormir de toute façon, alors je suis allée mener ma petite enquête pour vous.

– Oh, waouh. Ok.

C'est très sympa de sa part de vouloir m'aider, mais je sais que je ne vais pas tomber sur Ryan par hasard, en train de lancer des balles sur un terrain comme ça.

– Je vais vous dire, c'était difficile de bien voir depuis ma place de parking, mais il y avait un gars qui s'entraînait au lancer. Il n'arrêtait pas et on aurait dit que ses balles étaient vraiment super-rapides.

– Vraiment ?

J'entre dans son jeu, car je ne veux pas la blesser. Je sais très bien que « super-rapide » est complètement subjectif et dépend beaucoup de la connaissance du jeu, mais aussi de la distance à laquelle on observe le lanceur à l'œuvre.

– Mais il était quelle heure ?

– Entre une et deux heures du matin. Oui, une heure de dingue.

– Aussi tard que ça ?

Bon, ok, c'était probablement des mecs bourrés qui essayaient de revivre leurs meilleurs moments de lycéens. Puis je me rends compte que Sara me regarde comme si elle pensait avoir résolu mon problème. Alors, je lui pose une question pour lui faire croire qu'elle m'a effectivement aidée.

– C'était quel terrain ?

– Celui sur Hawley Road, me dit-elle en m'indiquant une zone sur sa droite.

– Merci beaucoup pour votre aide. Il est peut-être temps que j'aille explorer la ville très tôt le matin ou tard le soir pour voir si je pourrais le trouver par moi-même.

– Je croise les doigts pour vous.

– Moi aussi, dis-je en joignant le geste à la parole.

– Depuis que vous m'avez dit que vous vouliez trouver l'homme qui vous a écrit une lettre, je rêve de vous voir le trouver et là, ce sera le coup de foudre. C'est écrit. J'espère que tout va se réaliser. Pour vous.

Je lui souris en hochant la tête avant de lui dire au revoir et de m'éloigner. Elle est mignonne, c'est sûr, mais elle et moi ne vivons pas dans la même réalité. Pas que la sienne soit mauvaise, mais mariée avec un gamin, aussi jeune ? L'idée de me retrouver coincée dans la même position qu'elle au même âge me fait frissonner d'horreur.

Absolument pas mon truc.

Mon style de vie sans fil à la patte me convient parfaitement bien. Je peux bosser aussi longtemps que je le souhaite sans inquiéter les autres. Je peux aller où je veux sans avoir à rendre de comptes à qui que ce soit.

On peut dire de moi que je suis égoïste.

Je dirais plus justement que je sais ce que je veux, et ça me va.

Peut-être qu'un jour je voudrai la même chose que mes sœurs, la famille parfaite dans la jolie maison standard qui va avec, mais pas maintenant.

Ce n'est pas le moment.

Quand je sors de l'hôtel, je me repasse ma journée en tête. Hier, j'ai fait une petite sieste (une partie de jambes en l'air de qualité, c'est fatigant), puis j'ai mené une enquête discrète sur Ryan Camden. J'ai même laissé quelques messages à l'entraîneur de baseball d'une petite fac dans le coin pour lui demander s'il le connaissait, mais il ne m'a pas encore rappelée.

Aujourd'hui, je me suis davantage concentrée sur des relectures de contrat, de la planification de stratégie de médias sociaux et des appels à mes clients.

Et je passe les quatre ou cinq heures suivantes de la même manière. Je me perds dans le boulot. Dans l'anticipation, dans l'inattendu, dans la nouveauté et le remarquable. Je gagne un nouveau client, passe en revue la proposition commerciale d'un cabinet en relations publiques contacté la veille et j'échange avec quelques analystes marketing pour voir ce qu'ils ont à me proposer.

Je n'émerge qu'au milieu de l'après-midi au son d'une chanson folk entre les murs sombres du café dans lequel je me suis installée. Il est cosy et plein de charme, un peu démodé. Il m'a servi de bureau pour la majeure partie de la journée, mais le besoin de me dégourdir les jambes et de sentir les rayons du soleil sur mon visage devient désormais plus grand que celui de rayer davantage de choses sur mes listes du jour et mes objectifs du mois.

Je fouille dans mon sac pour chercher mes lunettes de soleil et je suis sur le point de les enfiler quand je tombe nez à nez avec Gunner. Il est de l'autre côté de la rue et s'immobilise un instant en me voyant, avant de traverser pour me rejoindre en petite foulée.

– Salut.

Promis, s'il était réellement possible de se sentir rose bonbon à petits cœurs à l'intérieur, je jurerais que ça vient juste de m'arriver.

Mais je ne suis pas comme ça et, non, nous ne vivons pas dans le monde merveilleux de Sara la réceptionniste.

Il sourit, ou plutôt son sourire se fait encore plus grand. Et le voir ainsi avec son regard si chaleureux me fait frétiller d'avance.

– Salut.

Nous sommes dans cette phase gênante et bizarre où *j'ai envie de l'embrasser, mais peut-être que je ne devrais pas, parce que je ne sais pas si on a eu une histoire sans lendemain ou pas.* Voilà. Gênante et bizarre.

– Tu n'as pas appelé.

Et si c'était un plan cul, maintenant que j'ai dit ça, il va me prendre pour une dingue.

Il incline la tête sur le côté et me répond d'un air plein de douceur :

– Je ne voulais pas te donner l'impression de…

– Je comprends. Ce n'est pas ce que je voulais dire.

Je tripatouille la sangle de mon sac pour m'occuper les mains avant de reprendre :

– Je voulais juste m'assurer que notre soirée n'était pas entrée dans la catégorie FUBER.

Gunner éclate de rire. Nous nous dévisageons, chacun sur notre bout de trottoir, et là, sans dire un mot, il fait un pas vers moi, prend mon visage en coupe et me roule une pelle.

Pas un effleurement des lèvres, hein. Non, non, *une belle pelle pour apaiser les angoisses*. Le genre de baiser qui me fait oublier que je porte un sac à main ou que je suis sur un trottoir en plein centre-ville.

Aussi sensuelle que sentimentale. Comme une drogue à laquelle je ne me savais pas accro jusqu'à cette nouvelle dose.

Quand le baiser prend fin, il laisse ses mains sur mon visage et caresse mes lèvres de ses pouces. Un peu à bout de souffle, mais très séduite, je lui demande.

– C'était pour quoi, ça ?

– Je me suis dit que ça pouvait écarter tout ce qui était gênant et bizarre entre nous, dit-il en souriant d'un air timide. Il n'y a jamais eu de gêne entre nous, alors il ne devrait vraiment pas y en avoir maintenant.

– Ok, ça me va.

– Deuxièmement…

– Deuxième ? Je ne savais pas qu'il y avait eu de première.

Et là encore, ses lèvres viennent retrouver les miennes et tout mon corps se réveille.

– Voilà pour la première.

La chaleur de son souffle chatouille le bas de mon visage quand il continue :

– Tu as oublié bien trop vite, il fallait que je te fasse un rappel.

– Rappelle-moi, déjà, c'était quoi, je murmure avant de me reprendre brusquement parce que j'ai l'impression d'être débile. Mais bon, le deuxième était peut-être mieux que le premier.

– Deuxièmement, j'allais finir, pouvons-nous être d'accord pour dire que j'avais envie de te revoir et que toi aussi ?

– Je crois que ce baiser a bien résumé la situation.

Nous éclatons de rire. Je déteste l'admettre, même pour moi-même, mais j'adore la sensation de ses mains sur mon visage. Son sourire qui me réchauffe le cœur. Cette envie que je n'avais pas assumée de le revoir.

– Alors on est d'accord, dit-il en hochant la tête d'un air déterminé. Quand puis-je te revoir ?

Mon sourire est timide et mon désir bien réel quand je lui réponds :

– Gunner, il faut que je sois honnête avec toi.

– Pourquoi j'ai l'impression que c'est une mauvaise nouvelle ? blague-t-il en me caressant les bras avant de mêler nos doigts.

– Ce n'est pas mauvais en soi… C'est juste que… ma présence à Destiny Falls est temporaire. Je ne veux pas te faire croire que je projette de rester ici. Enfin…

Sa bouche revient encore sur la mienne. Cette fois-ci, nos lèvres se touchent à peine, mais la sensation est si puissante. À mon tour, je pose une main sur sa joue pour lui demander :

– C'était quoi, ça ?

– On s'en fout, Chase. J'ai appris qu'il fallait profiter de l'instant présent, c'est tellement mieux.

Il lève nos mains nouées vers ses lèvres, embrasse le dos de la mienne et propose :

– Alors, vivons l'instant présent, d'accord ?

Je n'ai rien entendu de mieux depuis un bail.

– J'aime beaucoup cette idée.

– Ah oui ?

J'acquiesce d'un signe de tête et mon sourire ne me quitte pas quand nous commençons à déambuler sur les trottoirs sans but précis.

– Alors à quoi tu pensais ?

– Eh bien…

– Coach Gunner ?

Une voix nous interpelle sur la gauche et je me tourne pour voir un adorable petit garçon lui faire signe depuis l'entrée d'un salon de manucure.

– Trey ? Que fais-tu ici ?

En le voyant, son attitude entière s'est modifiée. Il lui tend la main et se lance dans un check hyper-compliqué avec ce gamin trop mignon.

– Tu ne devrais pas être à l'école, à draguer toutes ces minettes ?

– Ah non, beurk ! Et puis l'école est déjà finie.

– Ta maman se fait faire une manucure ?

– Ouais.

Il lève les yeux au ciel avant de me regarder, alors je lui dis bonjour à mon tour.

– Salut.

Il doit avoir sept ou huit ans. Ses yeux sont gris clair, sa peau café au lait et il est doté de la plus incroyable des chevelures. Il est bien parti pour briser pas mal de cœurs plus tard.

– Trey, je te présente Chase.

– C'est ta copine ?

Il pose sa question en levant le menton dans un geste hilarant. Difficile de nous retenir. Gunner lui répond en lui faisant un clin d'œil au passage :

– J'y travaille.

Trey m'examine encore une fois et approuve d'un mouvement de tête en lui répondant :

– Fais plus d'efforts.

Une voix l'interpelle depuis l'intérieur de la boutique :

– Trey ? À qui parles-tu ? Oh, Gunner. Salut.

Une femme au teint de la même couleur que Trey vient à notre rencontre et dépose une bise sur la joue de Gunner.

– J'allais te demander comment tu vas, mais on dirait que tu t'en sors plutôt bien.

Elle me dévisage comme son fils et glousse de rire à sa propre blague. Gunner nous présente un instant avant qu'on la rappelle à l'intérieur.

Puis Gunner s'adresse à Trey :

– Tu ferais mieux de gagner demain.

– J'ai déjà perdu, peut-être ?

Le sourire du petit garçon est diabolique. Il nous salue ensuite d'un geste de la main et détale à l'intérieur du salon. Gunner se contente de rire en le voyant partir. Quand nous reprenons notre balade, je commente :

– Il est adorable, drôle et va causer bien des ennuis à sa maman quand il se rendra compte à quel point il est beau.

– Il le sait déjà.

– Il t'a appelé Coach ?

– Ouais. C'est comme ça que nous nous appelons au Centre. On préfère. Si on s'appelait accompagnateur ou éducateur, les gamins pourraient croire qu'on essaie de savoir ce qui se passe dans leur tête. Ils ont les thérapeutes de la base pour ça. Pour eux, je suis juste l'entraîneur rigolo qui les fait marrer, prendre l'air et, avec un peu de chance, les aide à oublier un peu.

J'accepte son explication d'un hochement de tête. Une fois encore, son altruisme s'impose à moi.

– C'était Trey. Il a huit ans et vient du Tennessee. Son père est mort… tué par une bombe artisanale à Kandahar. Grosso modo, il ne s'en sort pas si mal en ce moment, mais on a eu quelques problèmes avec lui l'an dernier et on a dû bosser dessus un bon bout de temps.

Je me contente de le dévisager et, gêné par mon regard, il me demande :

– Quoi ?

– Pourquoi tu fais ça ? Enfin, je comprends ta démarche… mais *pourquoi* ?

– Pour faire court ? Parce que ça me fait du bien. Pour aller plus dans le détail ?

Il pousse un long soupir et fourre ses mains dans ses poches. Son regard se fait lointain quand il reprend :

– Parce que je culpabilise tellement à cause de tous ceux que je n'ai pas pu sauver. Ceux qui ont laissé derrière eux des petits garçons qu'ils ne reverront jamais. Ces petits garçons qui lutteront pour comprendre ce que ça signifie que d'être un homme. Alors je les aide comme je peux, comme pour m'excuser de ne pas avoir pu les sauver.

Lorsqu'il arrête de parler, je chasse les larmes qu'il ne peut pas voir. Rien de ce que je pourrais dire ne saurait être à la hauteur de tout ce qu'il fait.

– Gunner. Je ne sais même pas comment…

– J'ai une idée, m'interrompt-il avant que je puisse le féliciter.

Il se met face à moi avec son immense sourire et ses grands yeux bruns.

– Quoi ?

– Tu as dit que tu venais faire des recherches sur la vie militaire, non ?

Merde.

– Oui.

Je n'assume pas du tout ce mensonge. Je me sens hyper-mal. Et c'est à ce moment-là qu'il me bombarde de questions :

– Tu cherches du boulot ? Tu t'y connais un peu en sport ? On aurait besoin d'un peu d'aide si tu souhaites en donner.

– Je ne te suis pas du tout.

– Désolé. Je ne cherchais pas à dire que tu avais besoin d'aide ou de bosser ou de…

– Tu as besoin d'aide pour quoi ?

– C'est pas ça. Enfin si, on a besoin d'aide. *On a toujours besoin d'aide*, parce qu'on ne tourne qu'avec des bénévoles. Mais si tu cherches à écrire sur la vie militaire, *la vraie*, alors tu dois parler des gamins. Ces mômes de familles de militaires et ce qu'ils doivent encaisser. Sur les assos qui essaient de les aider aussi.

Je regarde Gunner comme si j'avais décidé un truc. C'est très étrange. J'ai le même genre d'intuition que lorsque je veux décrocher un nouveau client et que je sais que je vais y parvenir.

Tu as peut-être besoin de te battre pour une cause.

Les mots de Lennox me reviennent en tête tandis que je dévisage cet homme qui non seulement est un héros, d'après Nix, mais continue en plus d'agir en tant que tel, même après avoir retrouvé la vie civile.

– Tu t'y connais en sport ?

Je le dévisage, telle la biche prise dans les phares de la voiture, en essayant de ne pas rire devant l'ironie de la situation.

– En sport ?

– Les battes. Les balles. Les buts. Les paniers. Les uniformes dépareillés. Ce genre de trucs, me taquine-t-il.

– Bien sûr que je m'y connais, lui dis-je en lui tapant sur le bras. Qui ne s'y connaît pas ?

– Je sais que ça paraît dingue, mais… on a besoin d'aide au Centre. C'est le début de notre saison de baseball et on a besoin d'aide pour organiser le tournoi, les équipes et les inscriptions. Il n'y en a que pour quelques semaines. Rien de très compliqué. C'est un moyen de te faire un peu de fric pendant que tu fais tes recherches pour ton mémoire.

Et comme ça, tu aurais l'opportunité d'en apprendre beaucoup plus sur la vie militaire. Sur le coût émotionnel que ces gamins doivent payer. Les bons et les mauvais moments.

Immédiatement, je me sens merdeuse. De lui faire croire que je suis là pour mes études. De lui laisser imaginer que je suis une étudiante en master qui a besoin d'argent.

Pour tout ça.

Et je sais que je dois lui dire la vérité, mais…

– Allez. Est-ce que je peux te persuader en te disant que, comme ça, tu me verras plus moi aussi ?

Ces yeux sont pour le moins envoûtants.

– Tu es tellement mignon quand tu me supplies.

Je m'avance vers lui pour lui donner un baiser qui rivalise avec celui avec lequel il m'a séduite.

– Mais pas besoin de me supplier. J'aimerais vous filer un coup de main. Devenir bénévole.

Et je suis sérieuse. Ce n'est que lorsque les mots franchissent mes lèvres que je me rends compte qu'en fait, j'en ai vraiment envie. Moi aussi, j'ai été une gamine qui venait de perdre un parent. J'ai été perdue, j'ai été endeuillée, j'ai pété les plombs. Il y a quelque chose dans cette situation qui tombe un peu trop juste.

– En plus, tu pourras me remercier d'une autre manière, je lui annonce en lui faisant un clin d'œil.

– Je ne pense pas avoir trop de mal à trouver comment y parvenir.

13

CHASE

Si quelqu'un me demandait comment tout ça a fini par arriver, comment moi, Chase Ava Kincade, je me suis retrouvée à l'accueil d'un centre de loisirs, à informer un dénommé Guillermo, âgé de dix-sept ans, qu'un demi-cookie aux pépites de chocolat n'est pas suffisant pour corrompre une fille, moi en l'occurrence, et la persuader de sortir avec lui, je lui dirais que c'est impossible. Que cette personne est dingue.

Qu'on ne me verrait jamais dans ce genre de situation.

Je suis tout sauf patiente avec les gamins, je suis nulle pour les encourager et jouer avec eux et, pourtant, me voilà.

Le Centre est un ancien centre de loisirs. Il comprend un gymnase qui a atrocement besoin de travaux d'entretien, quelques terrains de jeux extérieurs au bitume craquelé et un terrain de baseball à l'autre bout.

Les équipements sont vieux et usés, mais ce qui leur manque en modernité est largement compensé par les rires qui y résonnent et l'amour qu'on y trouve partout.

Ellie, la collègue de Gunner, m'explique le principe de fonctionnement de la structure :

– Donc, en gros, on organise des programmes sportifs ouverts à tous les gamins de la base pour nous aider à offrir davantage à ceux qui ont perdu un parent.

– Et qu'est-ce que tu penses de…

Je m'arrête au milieu de ma phrase quand je vois passer Gunner par la fenêtre. Il a un petit garçon agrippé à son dos et un autre qui leur court après tandis que Trey leur crie dessus à distance. Mais ce ne sont pas les enfants qui attirent mon attention, c'est l'expression du visage de Gunner. De la joie pure et simple. Et, en toute honnêteté, je ne suis pas sûre à cent pour cent de comprendre pourquoi ça me frappe autant, mais c'est le cas. *Il est… beau. Généreux.*

– Ouais, il est du genre génial, dit Ellie en me faisant sortir des vapes.

Je sursaute et la dévisage. Puis, confuse, je lui demande :

– *Quoi ?*

– Tu t'es arrêtée au milieu de ta phrase quand tu l'as vu courir, puis tu as oublié de terminer, explique-t-elle en me souriant d'un air entendu. Alors je me disais que je pouvais finir pour toi.

Je m'éclaircis la gorge et me force à ne plus regarder par la fenêtre derrière laquelle semble se dérouler une bataille invisible aux proportions dantesques.

– Oui. C'est ça. Euh… On en était où ?

– Tu veux revenir avant ou après t'être mise à l'admirer ?

Je l'assassine du regard comme Dekker le fait, mais ça la fait juste rire.

– Avant.

– Oh, très bien, accepte-t-elle en continuant à me sourire. Je t'expliquais comment on utilisait les cotisations pour financer les aides pour ces gamins.

Elle désigne les six garçons qui jouent à présent à attaquer Gunner.

– Tous les enfants qui ont perdu un parent au front bénéficient de la gratuité pour tout ce que nous offrons.

– *Pourquoi ?*

C'est un mot tout simple, mais il peut poser tant de questions.

– Pour aider le parent restant. Pour donner à ces enfants un peu de ce qui leur manque. Une figure paternelle ou maternelle. Nous essayons de les aider à traverser la période de deuil associée à la perte d'un père ou d'une mère sans qu'ils aient à accabler de tristesse le parent veuf.

Je hoche la tête pour contourner la boule en formation dans ma gorge. Combien de fois ai-je pleuré, cachée sous mon oreiller la nuit, pour éviter de la peine à mon père après le décès de ma mère ?

– C'est incroyable. Alors, c'est juste du sport ou vous…

– C'est plus que du sport. On organise des tournois et des événements locaux, comme nettoyer des parcs ou mettre en place un système de mentorat, de coaching pour les plus jeunes.

– Mais ce sont eux-mêmes des enfants, je remarque en riant.

– Oui, mais pour des gamins qui sentent que le contrôle sur leur vie leur échappe, la notion « d'aider » les autres leur donne assez de confiance en eux pour affronter tout ce contre quoi ils sont en lutte. C'est un peu comme de la psychologie inversée, si tu veux. On organise un week-end de retraite à l'automne aussi. On prend tous les gamins et on les met au défi de faire des activités dans la nature. Ils ne sont pas conscients du fait que tous les bénévoles sont des éducateurs qui ont reçu une formation spécifique pour les aider à surmonter leur chagrin. Ils les poussent pour qu'ils recommencent à se sentir vivants. Nous faisons tout pour les aider à surmonter leur deuil.

Son sourire s'adoucit au son des rires renouvelés à l'extérieur. Puis, la voix pleine de fierté, elle reprend ma question :

– Alors pourquoi ? Parce que nous pouvons le faire et parce que nous faisons la différence.

– Que puis-je faire pour vous aider ?

Ellie me charge de tâches relativement simples. Comment inscrire les nouveaux gamins. Quels formulaires faire remplir à leurs parents ou tuteurs. Les tarifs et les encaissements. Et une fois que j'ai assimilé tout ça, comment les classer pour que nous puissions commencer à constituer des équipes par âge.

Ce n'est que lorsque j'en suis à classer les formulaires sortis pour la journée que je lève le nez et tombe sur Gunner dans l'encadrement de la porte, une épaule sur le chambranle et les mains dans les poches. Après un petit moment de silence, il m'interpelle :

– Salut.

– Salut. Tout le monde a été récupéré ?

Je fais référence aux derniers enfants qui attendaient que leurs parents viennent les chercher.

– Récupéré ? Ah oui.

– La journée a été bonne ?

– Voyons voir. Je suis tombé sur toi. Je t'ai persuadée de venir bosser ici. Joey a plus rigolé qu'il n'a pleuré aujourd'hui. Oui, définitivement une bonne journée.

– Joey ?

– Mon sac à dos humain tout à l'heure.

– Il est mignon, lui.

Je revois ses grands yeux bleus et ses cheveux blonds en épis.

– Il a perdu son père le mois dernier. Un kamikaze s'est fait exploser à côté de lui lors d'un contrôle routier. Sa mère est dans un sale état, m'explique-t-il, le regard soudain triste. J'essaie de faire tout ce que je peux pour l'aider, le temps qu'elle se reprenne.

– Vous faites un travail incroyable, je dis en me levant. *Tu* es incroyable.

– Ellie et moi faisons de notre mieux avec ce qu'on a, commente-t-il en haussant les épaules.

– Tu ne sais pas recevoir un compliment, hein ?

Il glousse de rire en détournant le regard avant de me répondre :

– On aimerait en faire plus pour mieux les aider.

– Il y aurait d'autres moyens pour vous obtenir des financements ?

Je sais très bien qu'il a esquivé ma remarque sur les compliments. Il a beaucoup d'humilité. Je ne suis pas habituée à tomber sur ce type de comportement ces temps-ci.

– En plus des compétitions sportives, on organise aussi un événement pour collecter des fonds. On écrit aux universités pour leur demander de nous donner leurs anciens équipements sportifs. Quelques vétérans qui ont monté leur entreprise nous font aussi des dons de temps à autre. Mais l'important, ce n'est pas le matériel ou les fonds. Bien sûr, les gamins viennent ici pour faire du sport, mais notre but, c'est surtout de leur donner un sens de la camaraderie, de l'entraide avec les autres enfants qui comprennent toutes les phases du deuil qu'ils doivent traverser.

– Et que tu les comprennes toi-même ne fait pas de mal.

Son regard se fait sombre.

– Oui. On les comprend tous. Moi. Ellie. *Toi.* Personne n'a envie de faire partie de ce club, pourtant c'est le cas.

– Que se passe-t-il quand ils deviennent trop vieux ?

– C'est l'armée. On fait de notre mieux dans le temps imparti. La plupart des gamins ne restent que quelques années, à peine. Certains d'entre eux ont leurs deux parents engagés, alors ils sont envoyés ailleurs. La plupart d'entre eux ne restent pas aussi longtemps.

Il baisse les yeux au sol, puis revient vers moi avant de reprendre :

– Et certains d'entre eux, comme Joey… Bon Dieu, ils te prennent aux tripes.

Oui, ce qu'ils font est important. Vraiment. Le sourire de Joey aujourd'hui et son rire aussi.

Je suis super-contente d'être là. D'apporter ma contribution.

Je souris et fais un pas de plus vers lui. Le sourire de Gunner devient timide et son regard s'assombrit quand il prend ma main dans la sienne. Ce simple contact réveille une merveilleuse douleur dans tout mon corps.

– Est-ce que c'est interdit de t'embrasser ?

C'est tout ce que j'ai envie de faire, là. L'embrasser. Le toucher. *Entrer en contact avec lui.*

– Ce n'est pas interdit, nous taquine Ellie en rentrant.

Gunner la chasse d'un mouvement de main.

– Va-t'en, Ellie. On va bientôt m'embrasser.

Son rire accompagne le couinement de ses baskets dans le couloir quand elle s'éloigne en nous disant :

– Amusez-vous bien, les enfants. Je rentre à la maison. Tu fermeras ?

– On est en train de s'embrasser, là, lui répond Gunner.

Il m'attire alors contre lui et effleure mes lèvres des siennes. Son geste est doux et tendre. Il recule un peu et me dévisage un instant avant de recommencer. Cette fois-ci, sa langue se glisse entre mes lèvres et je l'accueille avec plaisir. Il y a une certaine douceur dans ce baiser, comparé à ce que nous avons partagé l'autre soir au milieu de toute cette passion. Le genre de douceur qui réchauffe le cœur et qui donne envie de se fondre en l'autre.

Et quand notre baiser prend fin, il glisse ses mains autour de ma taille en gardant mes doigts prisonniers sur mes reins avant de me tirer contre lui. Je ne m'attendais pas à ce mouvement. Il me prend par surprise, mais surtout parce que je l'apprécie plus que je ne voudrais le repousser, comme je l'aurais fait en temps normal.

– Je n'ai absolument aucune envie d'aller bosser.

Je pousse un grognement et m'interroge sur ma réaction. Impossible de me souvenir de la dernière fois où j'ai voulu passer autant de temps avec un autre être humain. D'habitude, je me sens facilement étouffée et j'ai rapidement besoin d'espace, de faire une pause et tous les autres clichés du genre. En temps normal, je suis assez à l'aise dans la phase entre les draps, mais dès qu'on sort du lit, je suffoque.

Et pourtant, je me retrouve là, avec les battements du cœur de Gunner contre mon oreille, et j'éprouve une véritable sensation de déception.

– Est-ce que je peux être égoïste et te dire que je n'ai absolument aucune envie que tu ailles bosser non plus ?

Je ris doucement et l'embrasse sous le menton avant d'ajouter :

– Mais hélas, je dois aussi aller trimer de mon côté.

Lui aussi grogne tout comme moi et nous rions tous les deux, jusqu'à ce que ses lèvres trouvent les miennes et qu'il me propose :

– Demain ? Tu veux qu'on fasse un truc ?

Je crois que mon baiser répond pour moi.

14

CHASE

Conversation Zoom. Dekker me fait face. Comme moi, ses cheveux sont rassemblés en un vague chignon, mais à côté d'elle se trouve aussi un paquet de gâteaux vide et elle assume complètement. Rien à faire de s'être descendu toute une boîte de Ding Dongs.

– Alors, des nouvelles de notre mystérieux joueur de baseball ?

– Pas encore. J'ai posé des questions à droite à gauche, mais je n'ai rien trouvé. Kelly bosse dessus pour moi.

– Donc, tu auras bientôt ta réponse, conclut-elle, sachant à quel point Kelly est efficace. Sinon, tu fais quoi à part être bien trop productive pour une personne qui n'est même pas au bureau ?

– Qu'est-ce que tu veux dire ?

Je retourne me vautrer contre la tête de lit derrière moi.

– Ça veut dire que j'ai halluciné du nombre de mails que tu as envoyés hier.

J'ouvre la bouche et la referme en silence, parce que c'est vrai. J'en ai envoyé un bon paquet.

– Ça veut dire aussi qu'on avait parlé de peut-être trouver un moyen de te…

– C'est bon, je me détends, je…

– Qu'est-ce que tu as vu ? Où es-tu allée ? J'aimerais savoir si tu sors un peu ou si tu es juste partie pour bosser ailleurs. Parce que si tu as une vie, tu devrais avoir des trucs à me raconter.

– J'ai des trucs à te raconter. J'ai réduit mon choix à trois candidats pour s'occuper de notre problématique des médias sociaux. J'ai enfin signé Micah Hanover et nous savons toutes les deux à quel point il a été pénible. Je suis en rapport avec un analyste marketing pour qu'il nous fasse un rapport sur nos pratiques et sur la façon dont nous pourrions nous rendre plus attirants aux yeux des athlètes. J'ai…

– Je parlais de trucs pas en rapport avec le boulot, Chase. Arrête de détourner la conversation.

Elle lève les yeux au ciel et juste à cet instant, son mari, Hunter, passe derrière elle. Je l'interpelle en mimant l'étouffement.

– Sauve-moi, Hunter. Au secours.

– Ah ah. Non. Ne compte pas sur moi pour ça.

– Merci pour rien, je marmonne alors qu'il se marre dans son coin.

– Arrête de changer de sujet, reprend Dekker de sa voix la plus maternelle en croisant les bras sur sa poitrine.

Elle doit ajuster sa position pour laisser place à son ventre et elle continue son interrogatoire :

– Parle-moi des endroits et des choses que tu as vus.

– J'ai vu…

D'un seul coup, le visage de Gunner me vient à l'esprit. Comment ses dents se plantent dans sa lèvre inférieure quand il me pénètre. Et je lutte pour ne pas exploser de rire. Je ne sais pas d'où vient ma joie soudaine.

– J'ai vu des trucs.

– Des trucs ? répète-t-elle en fronçant les sourcils.

Je perds ma bataille contre moi-même et souris franchement.

– Oui, des *trucs*.

Elle me dévisage de son côté de l'écran et elle sourit, elle aussi, d'un air entendu.

– Des trucs, hein ? Donc un homme. Tu es partie depuis moins d'une semaine et tu vois déjà quelqu'un ? demande-t-elle en murmurant mais avec fermeté, comme si j'avais fait une bêtise. Et c'est qui, ce petit quatre heures inattendu ?

– Un quatre heures ? j'explose de rire. Tu parles de goûter comme une maman déjà.

– Tu préfères quoi ? Que je parle de sa saucisse ?

– T'es dégueu.

Nous rions toutes les deux, mais quand nous nous calmons, je suis toujours face à ma plus grande sœur qui attend ma réponse.

– C'est le propriétaire du bar où je suis allée pour poser des questions et commencer à tâter le terrain. Il était derrière le comptoir. Il s'appelle Gunner et, sur le plan humain, il est carrément au-dessus de tout ce que je pourrais être.

– Comment ça ?

– En gros, il est bien trop beau pour en plus être vraiment un mec bien !

– Il y a beaucoup de superlatifs dans cette phrase.

– Il est bénévole dans une association pour aider des enfants. Il y a des chances pour qu'il soit un héros de guerre aussi, avec les médailles qui vont avec.

– C'est lui qui l'a dit ou…

– C'est quelqu'un d'autre qui me l'a dit. Gunner minimise le tout.

– Mmm. Oh ! Je vois déjà de beaux muscles, un bras tatoué et des cheveux qui retombent sur son regard pendant qu'il rumine en te matant de l'autre côté du bar.

– Ou quand il est au-dessus de moi, je réponds sans hésiter, sur un ton trop sérieux.

Son visage se transforme quand elle comprend, ça me tue.

– Quoi ? Hein ? Tu as déjà couché avec lui ? Mais moi, je croyais que c'était une blague.

Elle se déplace à la vitesse de la lumière pour aller fermer la porte de sa chambre juste à l'instant où Hunter allait y entrer, l'air frétillant, pour entendre la meilleure partie de notre discussion.

– C'est une conversation entre sœurs, annonce Dekker en mettant sa main sur son torse pour le forcer à sortir.

Quand elle revient s'asseoir, son sourire va limite jusqu'aux oreilles.

– Allez, raconte-moi tout.

C'est dans des moments comme ça que j'adore vraiment avoir des sœurs. C'est comme avoir trois meilleures amies dont l'amour est inconditionnel. Ce qui est à la fois bon et mauvais.

Bon, je vais commencer par m'amuser avec elle.

– J'ai décidé de faire du bénévolat tant que je suis ici.

– Attends. Je ne viens pas de virer Hunter pour t'entendre parler de tes bonnes actions. Ce n'est pas ton genre. Ton truc à toi, ce sont les machinations. Tu agis pour gagner en notoriété. Alors, ne me parle pas de ton côté propret et gentillet quand je veux que tu me parles de tes saletés.

J'éclate de rire en l'entendant.

– C'est cruel.

– Et c'est la vérité, avance-t-elle en écartant mes protestations d'un geste de la main. Alors, crache le morceau.

– Promis, c'est lié.

Elle continue à m'assassiner du regard.

– Gunner est bénévole dans une asso qui propose des activités sportives à des enfants qui ont perdu un parent à la guerre. Il m'a demandé si je voulais leur donner un coup de main en m'occupant des inscriptions à leurs tournois sportifs. J'ai accepté. Ce n'est pas grand-chose. Et ça pourrait être sympa.

– Est-ce que tu viens juste de dire que fréquenter des enfants pourrait être sympa ?

Elle me taquine, parce qu'elle ne sait que trop bien que je n'ai pas encore décidé si je voulais en avoir plus tard ou pas.

– Non, ce que j'ai dit, c'est que je faisais du bénévolat, d'une parce que c'est bon pour mon karma. De deux, parce que *Gunner*. J'ai besoin de développer ? Et de trois, parce que ça me rapprochera peut-être de ce Ryan.

– Quand tu commences à faire des listes, je sais que tu es sérieuse.

– T'es chiante.

– Je sais. C'est marrant. C'est juste que je suis… impressionnée, c'est tout, ajoute-t-elle en souriant.

– Ce n'est pas toi qui m'as mis pour objectif de trouver une cause…

– C'était Lennox. Moi, je t'ai dit de sortir avec quelqu'un.

– Tu vois ? J'ai fait d'une pierre deux coups.

– Bien évidemment. *Il n'y a que toi pour être aussi efficace.*

– Il faut que j'y aille.

– Attends.

– *Quoi ?*

– Tu ne me dis jamais les trucs salaces.

Je mords ma lèvre inférieure en réfléchissant. Je ne sais pas quoi lui dire. Moi qui n'ai jamais hésité à parler de sexe, bizarrement, ce coup-ci, je suis un peu timide.

– Disons que j'attends toujours avec un peu d'angoisse ma prochaine occasion d'en avoir plus.

Dekker fait mine de trembler, tout en souriant.

– Vas-y, sœurette… mais euh… que se passera-t-il quand tu trouveras le mec de la lettre et que tu quitteras Netflix Ville ?

– Netflix Ville ?

– Brex m'a dit le nom de ton bled, mais on est toutes les deux tombées d'accord pour dire que ça ressemble à un faux nom, comme celui d'une romance Netflix à l'eau de rose.

– Vous êtes ridicules toutes les deux.

– Que se passera-t-il, Chase ?

– Rien. J'ai été très claire avec lui. Il sait que je ne suis pas là pour rester. En plus, tu me connais, je ne reste jamais longtemps avec un garçon.

– Ouais, c'est ça.

– Arrête.

– D'une, tu fais du bénévolat avec lui, elle se moque. De deux, c'est un barman trop canon et un héros de guerre. De trois, tu viens juste d'admettre que tu avais hâte de baiser comme un lapin en rut avec lui encore une fois.

– Baiser comme un lapin en rut ? Sérieux ?

– Tu sais exactement de quoi je parle.

Elle me sourit tellement en se moquant de moi que je suis surprise de voir ses joues tenir le coup.

– On dirait que notre petite Chasounette pourrait avoir un faible pour son Beau Barman Baisable.

– Un faible. *Rien de plus.* Arrête d'insinuer des conneries. Il n'y a pas d'amour dans cette histoire.

– C'est ce que tu dis maintenant. Reviens m'en parler dans quelques semaines quand il sera temps de rentrer à la maison.

– J'ai bien trop de choses à rayer de ma liste avant d'y inscrire quoi que ce soit d'autre, lié à de l'amour.

– Voilà la preuve que tu prends le problème à l'envers. L'amour n'est pas un objectif à atteindre. C'est un truc qui s'impose à toi à n'importe quel moment.

– Pour toi, peut-être. Mais nous ne sommes pas faites pareil toutes les deux.

Mais même après avoir raccroché, ses mots continuent à tourner en boucle dans ma tête et ça m'énerve profondément.

L'amour n'est pas un objectif à atteindre. C'est un truc qui s'impose à toi à n'importe quel moment.

Et la cerise sur le gâteau ? Je redoute le moment où je vais devoir finir par faire mes adieux à Gunner. Je déteste cette sensation. Alors je marmonne toute seule dans ma chambre d'hôtel :

– C'est mon côté dingue qui pointe le bout de son nez.

15

CHASE

Quand j'entre dans le Foubar à vingt et une heures, je me dis que c'est pour me prouver que j'ai tort. Que Dekker a tort.

Que si j'ai envie de voir Gunner alors que je l'ai quitté lui et le Centre il y a moins de six heures, c'est juste parce que son corps me manque atrocement.

Je suis restée dans ma chambre d'hôtel ces dernières heures, à me poser des questions existentielles, alors que d'habitude, je ne fais jamais ça. À la maison, je fonce toujours à mille à l'heure, donc je n'ai aucune envie de passer du temps avec quelqu'un ; je suis trop occupée. Mon emploi du temps est trop rempli. Et quand parfois j'ai quelques heures devant moi, je peux appeler mes deux meilleures copines et sortir boire des coups avec elle pour me détendre.

Mais là, à Destiny Falls, tout est différent. J'ai moins de travail, plus de temps libre et pas d'amie dans le coin à appeler.

Est-ce pour cette raison que j'ai soudain une envie folle de compagnie ?

Ou tout simplement pour m'envoyer Gunner ? L'alchimie de notre relation ? Juste parce que je suis une femme avec des besoins et qu'il est un homme qui sait très facilement les satisfaire ?

Lorsque je prends une grande inspiration pour ouvrir la porte, je suis parfaitement consciente que je ne fais que me mentir à moi-même.

Des têtes se tournent vers moi quand j'entre, simplement parce que je suis une femme seule dans un environnement plein de cibles potentielles. En temps normal, je ferais l'inventaire de l'offre à ma disposition avant de l'analyser, mais ce soir, je ne cherche qu'un seul homme en naviguant entre les tables.

Gunner est occupé, il s'occupe d'Aubrey et termine de préparer une commande. Mais quand elle s'éloigne et qu'il lève les yeux, il me repère. Son sourire s'affiche lentement. Il est tellement sexy lorsqu'il s'essuie les mains sur le torchon coincé à sa ceinture. Il contourne alors le bar pour venir à ma rencontre.

– Salut. Qu'est-ce que tu fais là ?

– J'avais envie d'un verre, d'un dîner et d'un peu de compagnie et je me suis dit que je connaissais un homme qui pouvait me procurer les trois.

Je me glisse sur un tabouret que Nix a réussi à dénicher, même si le bar est plein à craquer.

– Ah oui ? Et qui pourrait être capable de te procurer tout ça en même temps ?

– *Nix.*

Les gens qui m'entourent éclatent de rire quand l'intéressé se redresse, puis époussette ses épaules.

– Je savais que tu ne pouvais pas résister à mon charme, proclame celui-ci.

Pour le taquiner, Gunner lui prend sa bière.

– Hé !

– Si tu me piques ma copine, je te pique ta pinte.

– J'ai le droit à un bisou ? continue Nix, toujours dans le jeu.

– Nan, les bisous, c'est surfait.

Je pensais que c'était vrai jusqu'à ce que je rencontre Gunner. Jusqu'à ce que ses baisers, qui me font l'effet d'une douce et lente danse séductrice, m'attirent vers le fond pour ne plus me laisser remonter et deviennent une tentation que je n'ai jamais connue.

Mais ça, je ne peux pas le dire à voix haute.

Déjà que j'ai du mal à l'admettre.

Alors, je me contente de lever le menton et de lancer un défi silencieux à Gunner en souriant de toutes mes dents.

– Je crois que je devrais être vexé, puisque c'est mon baiser qui était sur tes lèvres en dernier, annonce Gunner en sortant de derrière son bar pour me rejoindre.

Il y a quelque chose de déluré dans son regard qui me retourne délicieusement les entrailles. Je reste face au bar et pousse un petit glapissement quand il fait pivoter mon tabouret sans prévenir et m'embrasse avec voracité en nous donnant en spectacle au passage.

Autour de nous, les gens poussent des cris de joie et d'encouragement, puis il se place entre mes cuisses, attrape mes cheveux à peine main et reprend son impitoyable baiser.

Mais le bruit s'estompe en arrière-plan, nos lèvres se séparent et je reste à dévisager un homme avec un sourire en coin et une érection naissante entre mes cuisses.

Je suis contente de savoir qu'on est sur la même longueur d'onde.

Il se penche vers moi et me murmure à l'oreille :

– Les bisous, ce n'est pas surfait.

– J'en prends note, je murmure à mon tour.

Je souris en le voyant regagner sa place derrière le comptoir. Puis je prends une grande inspiration et me retourne pour faire face au bar. Là, il me glisse un gin-tonic en souriant d'un air suffisant, mais très mignon. Presque comme s'il n'arrivait pas à croire à ce qu'il venait de faire. Presque comme s'il était surpris que moi, je l'y aie poussé.

Mais tout ça, c'est lui. Il observe. Il écoute. Il agit.

Et je suis là, à cent pour cent pour ça.

À mes côtés, Nix lance la conversation :

– On dirait bien que tu lui as laissé une sacrée impression.

– Je ne sais pas trop si c'est bien ou mal.

Ce que je sais très bien maintenant, c'est que j'ai attiré l'attention de beaucoup plus de monde que je ne le souhaitais en entrant dans ce bar.

– C'est bien. Définitivement bien, murmure-t-il en buvant une gorgée de bière.

– Comment tu as connu Gunner ?

– On a tiré notre temps ensemble.

– Ici ? Sur le terrain ? Ou ça ?

J'essaie d'en apprendre le plus possible sur l'homme qui détient mon regard captif.

– Les deux.

Il croise le regard curieux de Gunner et je remarque un bref échange de hochements de tête entre eux, un peu comme s'il l'autorisait à m'en dire plus.

– Je sais que Gunner est un héros, parce que j'étais là quand ça s'est produit. J'ai fait partie de ceux qu'il a sauvés ce jour-là.

– Je ne savais pas du tout. Je ne sais même pas quoi dire, dis-je doucement dans le brouhaha du bar.

Et c'est la vérité. Gunner écrabouille si rapidement toute conversation sur son héroïsme que j'étais partie du principe que Nix avait surtout fanfaronné le premier soir. Comme s'il m'avait dit ça pour que j'apprécie son copain.

Mais quand je vois son visage et y découvre une part d'ombre et d'admiration, je me rends compte que Nix n'était pas seulement un gars qui essayait de présenter son pote sous un meilleur jour. Il était sérieux.

– Rien d'autre à dire, que je ne serais pas là sans ce mec.

– Ça t'embête de me dire ce qui s'est passé ou c'est un truc que je devrais lui demander à lui ?

– Tu peux demander tout ce que tu veux, Gunner ne te dira rien. C'est pas son genre. Pourtant ce qui s'est passé ce jour-là le hante encore toutes les nuits, quand il dort, tout comme moi.

– Je suis désolée.

Je ne sais pas quoi dire d'autre.

– Tu n'y es pour rien. On a signé pour ça.

Son rire est amer, plein d'autodérision, presque résigné, avant de tomber dans le silence. Mais nous sourions tous les deux en entendant le rire de Gunner résonner de l'autre côté du bar.

– Mais quand même…

– Mais quand même, répète-t-il. On faisait notre ronde habituelle au pied des montagnes de Tora Bora. On nous avait donné un tuyau sur l'une des villes de notre circuit. Ils fabriquaient des bombes artisanales, ou une merde dans le genre, dit-il comme s'il avait oublié.

Je sais très bien qu'il doit se souvenir du moindre détail.

– … Quoi qu'il en soit, on est allés voir si notre informateur nous menait en bateau et on a foncé droit dans un piège. On nous a canardés comme jamais, ça venait de partout.

Nix frissonne et reprend une gorgée de bière.

– Je ne peux même pas imaginer.

C'est tellement étrange d'entendre parler de choses qu'on ne voit normalement que dans les films et encore plus de savoir que Nix et Gunner l'ont vécu.

– On était vraiment mal. Pour le coup, c'était FUBER, commente-t-il en levant sa bière en direction de l'enseigne au néon de l'autre côté de la pièce. On était dix en entrant et on tombait tous les uns après les autres. On n'avait rien pour se mettre à couvert, personne pour nous aider, les renforts aériens étaient à plus de vingt minutes et il nous restait à peine cinq minutes de munitions. Putain, c'était terrifiant. Gunner a réussi à retourner dans l'une des jeeps. C'était l'une des seules blindées qu'on avait et ce mec l'a démarrée et s'est mis à littéralement labourer tous les bâtiments dans lesquels les ennemis s'étaient planqués. Il a débarqué comme un putain de super-héros.

– Je t'entends parler, Nix, l'avertit Gunner en passant chercher de nouveaux verres à bière avant de repartir de l'autre côté du bar où je le soupçonne de rester intentionnellement.

– Il peut me menacer tout ce qu'il veut, ça ne marchera pas, dit Nix en lui faisant un doigt, tout sourire. Faut que tu saches, il a foncé direct dans cette baraque et est retourné au milieu des tirs. Il venait de s'en sortir. Il était comme un dingue, il allait partout sans qu'on puisse le couvrir. On a tous été touchés d'une manière et une autre et il a fait tout ce qu'il a pu pour nous mettre à l'abri. Il nous a portés, balancés dans le blindé, et il a repris le volant pour nous planquer quelque part où on pouvait se défendre jusqu'à ce que les hélicos se pointent. On aurait dit un autre mec, Chase. Il s'est mis à balancer des ordres à droite, à gauche, à essayer de dégommer les connards en face quand il le pouvait tout en faisant son possible pour nous sauver en même temps. Il a fait ça trois fois. Trois allers et retours avec le blindé en le plantant dans un bâtiment pour nous sortir du village et nous sauver. *Trois putains de fois* avant…

Nix secoue la tête et s'éclaircit la gorge, bouleversé par une émotion à laquelle je ne m'attendais pas.

– Merci de me dire tout ça. Je ne voulais pas te forcer à…

– Le blindé, sur son troisième retour… il a roulé sur une bombe artisanale. Putain, je ne sais pas comment il a fait pour ne pas en déclencher plus tôt, tout ce bled de merde en était jonché. Mais ça, on ne l'a découvert qu'après. Mais bon, il en a trouvé une sur son troisième et dernier trajet. Je me souviens de l'avoir vu exploser. Comment des morceaux, comment *tout* s'est juste envolé. C'est à ce moment-là que les renforts aériens sont arrivés, alors il fallait qu'on se mette à couvert parce qu'ils allaient frapper le village. On ne savait pas si Gunny et les deux gars qu'il avait sortis étaient en vie, mourants ou autre chose.

J'attrape la main de Nix pour la serrer. Je ne l'ai croisé que deux fois, mais l'émotion qui fait vibrer sa voix me dit tout ce que j'ai besoin de savoir sur lui. Gunner est peut-être un héros aux yeux de son ami, mais Nix a aussi participé à cette bataille. Lui aussi est un héros.

Ils ont tous les deux fait des sacrifices. Tous les hommes et les femmes installés dans ce bar aussi, probablement.

Des héros silencieux.

Des héros de l'ombre.

Humbles.

Pas étonnant qu'ils se retrouvent ici, dans un endroit convivial où les autres peuvent les comprendre. Pas étonnant qu'ils soient inséparables. Pas étonnant que je…

– Il était vivant. À peine. Il avait des éclats d'obus partout. Il était dans un sale état et les deux autres qu'il avait essayé de mettre à couvert ne s'en sont pas sortis.

– Oh merde.

Je bois une gorgée en dévisageant Gunner qui rigole de l'autre côté du bar. Je pense aux cicatrices sur son torse. Aux blessures que son corps a dû subir qui ne sont probablement rien, comparées à ses blessures psychologiques. Et pourtant il est là, à illuminer l'espace de son sourire contagieux et de son esprit plein d'humour.

– Pas étonnant que vous soyez comme des frères.

– Il y a effectivement un lien entre nous que je ne peux pas décrire.

– Tu es aussi propriétaire de bar ?

Son sourire est ténu. Son regard, sombre.

– Il l'a ouvert en leur mémoire. Les gars qu'il n'a pas pu sauver. On a tous contribué à la mise de départ, mais il nous a tous remboursés depuis. Il a dit qu'il voulait avoir la conscience tranquille avec ses dettes avant de donner une part des bénéfices tous les mois aux familles de ceux qui ne s'en sont pas sortis.

– Hein ? Quoi ?

Je ne suis pas sûre de l'avoir bien entendu. Mais c'est le cas. J'en suis certaine et son léger mouvement de menton qui se lève me le confirme.

– Ouais. T'as bien entendu. Il se casse le cul ici tous les jours et envoie le pactole aux veuves des mecs qu'il n'a pas pu sauver, parce que ça le boufferait de ne pas le faire.

– Je ne sais même pas quoi dire.

– Je te comprends.

Il rit un peu en levant son verre vide dans la direction de son ami lorsqu'il nous regarde.

– C'est dur à croire, mais les mecs comme lui existent vraiment.

– Effectivement, je confirme doucement alors qu'il revient vers nous en prenant les pourboires sur le comptoir pour les glisser dans un gros bocal derrière lui.

– Est-ce que tu vas me causer des ennuis ? demande-t-il en souriant quand il nous rejoint.

– Comme toujours, je lui réponds sur le même air, en le dévisageant un peu plus longuement que la normale.

– Alors je vais rester là-bas, précise-t-il en riant. J'ai deux burgers qui arrivent pour vous deux. Ça vous convient ?

– Oui. Bien sûr. Merci. Je ne m'attendais pas…

– Tu as dit que tu voulais un verre, un dîner et un peu de compagnie. Tu en as trouvé deux sur les trois, analyse-t-il en désignant Nix. Alors je me suis dit que le moins que je puisse faire, c'était d'aider ton rencard avec le dernier élément sur ta liste.

– Très drôle.

Je lève les yeux au ciel quand Nix explose de rire et tape le comptoir du plat de la main.

– Oserais-je demander de quoi vous parliez tous les deux, là ? s'enquiert-il en prenant une gorgée de bière lui-même.

– Je disais à Nix que tu m'avais invitée à sortir avec toi demain et…

– Ah bon ?

Il jette son torchon sur son épaule et plante son regard dans le mien en croisant les bras sur son torse.

– Oui. Tout à fait, j'assume pleinement. Et donc, j'écoutais ses suggestions d'idées de sorties et d'activités.

– Je sais très exactement ce qu'on *devrait faire*, dit Gunner avec un grand sourire canaille au coin des lèvres.

Je me lève et lui fais signe d'approcher, puis je me penche sur le comptoir pour lui murmurer à l'oreille :

– Si je suis à fond pour aller droit au but, parfois quelques préliminaires ne font pas de mal.

Nix recommence son manège en explosant de rire et en tapant sur le comptoir, attirant l'attention sur nous.

– Bon Dieu de bon Dieu, je l'aime bien, elle, Gunny.

– Moi aussi, répond-il en me rivant de son regard. Alors tu demandais à Nix ses meilleurs plans préliminaires ?

– Quelque chose dans le genre.

– J'ai entendu beaucoup d'histoires sur Nix depuis qu'on se connaît. Si tu as envie d'aller faire tomber des vaches endormies la nuit dans des champs pour te chauffer, vas-y, c'est le mec qu'il te faut.

– Hé, ça, c'est un coup bas.

Ils sourient tous les deux de toutes leurs dents, et le biscuit apéro que Nix lui jette à la figure est repoussé sur un éclat de rire.

– Comme de me piquer ma copine, conclut Gunner avant de retrouver Aubrey qui attend avec une commande à lui passer.

– Enfoiré, l'insulte Nix dans son dos.

– Et pourtant, tu continues à venir ici régulièrement pour te prendre une claque.

C'est plus une affirmation qu'une question, comme un signe de la force de leur relation.

– Je n'arrêterai pas, dit Nix, la voix radoucie, en regardant ses pouces triturer l'étiquette de sa bière avant de me faire face. *J'étais là,* Chase. J'étais bloqué dans un coin, loin des échanges de tirs, avec une balle dans la hanche, mort de trouille, à prier pour qu'il puisse me sauver. Il était mon seul espoir. Puis j'ai fait ce que j'ai pu pour le sauver, en versant des granulés autocoagulants sur ses plaies, parce que notre secouriste était en plus mauvais état encore que lui. J'étais là quand on lui a remis la médaille d'honneur. Et je serai toujours là pour lui, parce que sans lui, cinq d'entre nous ne seraient pas là en ce moment.

Je dévisage cet homme bourru, avec son attitude réservée, le sarcasme facile, et j'y vois de la loyauté, mais aussi de la gratitude quand il regarde Gunner.

– Je pourrais dire que je comprends, mais c'est impossible de concevoir ce que vous avez traversé.

– Heureusement, peu de monde le peut.

Du tapage et des cris s'élèvent depuis la table de billard où on dirait que quelqu'un vient de se faire battre à plate couture, et tout le monde s'en mêle. Nous observons les moqueries et les blagues. J'ai la très bizarre impression que tout le monde dans ce bar semble être à sa place. Comme s'ils avaient tous partagé des expériences auxquelles ils peuvent se rattacher d'une manière ou d'une autre.

Et là, je me demande pourquoi j'ai le sentiment d'y être moi aussi, même si ce n'est pas le cas.

Est-ce à cause de cet homme ? Ce garçon aux cheveux bruns qui lui retombent sur les yeux, en ce moment occupé à faire rire un couple un peu plus loin.

– Est-ce que je peux te poser une question personnelle, Nix ?

– Ça dépend.

– Pourquoi tu restes à Destiny Falls ? Tu as certainement une famille quelque part, alors pourquoi tu choisis d'habiter ici ? Tu as pourtant terminé ton service, non ?

Il observe un moment de silence. La mélodie du bar nous entoure avant qu'il réponde :

– Comme Gunner, je pense que c'est dur de quitter cet endroit. De laisser derrière nous les familles qui souffrent encore, de laisser derrière nous la culpabilité du survivant que nous éprouvons encore.

– Je n'y aurais jamais pensé comme ça.

– La guerre reste dans ton cœur, Chase, longtemps après avoir quitté l'uniforme.

Il marque un temps d'arrêt, puis soupire avant de reprendre.

– Un jour, on quittera tous les deux cette ville et on ira vivre ailleurs, mais pour le moment, elle nous procure un endroit où panser nos blessures quand on décide de s'en occuper.

Voyant Aubrey approcher avec nos assiettes, il fait de la place devant lui et conclut en regardant son ami :

– C'est ma maison, ici. Ces mecs sont mon foyer. Surtout lui, il m'a permis de retourner au pays.

Et il y a un truc dans ce dernier commentaire de Nix qui ne me lâche pas. Longtemps après avoir fini de manger, beaucoup ri et pas mal bu, et encore plus chargée de pensées impures à force de regarder Gunner œuvrer derrière son bar. Il se marre avec certaines personnes, baisse le ton et se penche vers d'autres pour leur parler doucement, tout en continuant à faire tourner son affaire.

Et elles restent encore avec moi quand Gunner me raccompagne à ma voiture pour m'embrasser rapidement avant de retourner bosser quelques heures avant la fermeture.

Ces mecs sont mon foyer. Surtout lui, il m'a permis de retourner au pays.

Même en ouvrant ma chambre d'hôtel pour y rentrer.

Qu'est-ce ce que je cherche ?

Ma place ?

Mon foyer ?

Alors oui, j'ai mes sœurs et je les aime, mais n'ont-elles pas toutes trouvé leur place dans le monde ? Leur foyer ? Les hommes qui leur permettent de le construire ?

Est-ce que c'est ça qu'elles veulent que je trouve ?

Cette personne avec qui je pourrais partager une expérience, qui me comprendrait véritablement… *et qui pourtant voudrait partager sa vie avec moi quand même ?*

16

GUNNER

C'ÉTAIT UNE BONNE SOIRÉE.

Très animée, contre toute attente. Il y avait plein de monde, l'argent dans la caisse en est la preuve.

Et il se pourrait bien que je sois assez fatigué pour me faire une vraie bonne nuit de sommeil. Enfin, si je peux me sortir Chase de la tête.

Elle est venue. Elle est venue et s'est tapé la discut' avec Nix, elle s'est marrée avec les habitués. Elle n'a pas pété les plombs parce que j'ai passé le plus clair de mon temps avec les clients, et pas avec elle.

C'est tellement rare.

Quand la porte du bar s'ouvre, je grimace. J'ai oublié de la verrouiller après le départ d'Aubrey.

– Désolé. On est fermés… *Chase ?*

Elle est là, sur le pas de la porte, un sourire faussement timide accroché au coin des lèvres.

– Je peux partir si vous êtes fermés, m'indique-t-elle en levant son pouce par-dessus son épaule.

– N'y songe même pas, je lui réponds en passant devant le comptoir.

D'un seul coup, je ne suis plus du tout aussi fatigué que je l'étais il y a quelques secondes. Je fonce droit sur elle, tourne rapidement la clé dans la serrure avant de la regarder bien en face.

– Personne ne t'a dit que c'était dangereux d'aller seule dans les bars à deux heures du matin ?

J'ai tellement envie de la toucher que ça me démange. Je veux voir si cette tension qui crépite entre nous ferait des étincelles si je cédais à cette pulsion.

– Je ne savais pas qu'il y avait un tel problème de criminalité à Destiny Falls et qu'il fallait que je m'en inquiète.

Son regard vient brièvement se poser sur mes lèvres avant de revenir sur le mien.

– Ce n'est pas le cas.

– Alors je n'ai pas à être inquiète.

– C'est vrai.

Je replace une mèche de ses cheveux derrière son oreille. Son souffle accélère, elle lutte contre le même désir que moi. La même tentation dévorante.

– Qu'est-ce que tu fais là ?

Putain, je suis tellement content qu'elle soit venue.

– Je me suis dit qu'il fallait que je reste loin de toi.

Sa voix n'est plus qu'un murmure. Je pose mes mains autour de son cou pour qu'elle soit obligée de me regarder en face.

– Pourquoi faire un truc aussi dingue ?

– Parce que je n'arrive pas à ne plus penser à toi.

La pression qui s'était soudain accumulée dans ma poitrine se relâche d'un coup. Je lui souris doucement avant de répondre.

– Comme ça, on est deux.

– Ce que j'essaie de te dire, c'est que ce n'est pas normal pour moi. Revenir ici, même si je t'ai déjà vu ce soir, seulement parce que je ne peux pas m'en empêcher.

Elle secoue la tête comme si son comportement la frustrait. Comme si elle ne comprenait pas pourquoi elle avait ses sentiments.

– Généralement, je n'ai même pas envie de voir les gens. Je veux m'envoyer en l'air. Je veux le plaisir qu'ils peuvent me procurer. Mais je ne suis pas très fan de tout ce qui pourrait me conduire à passer plus de temps que nécessaire avec ceux qui en sont capables. Est-ce que je suis froide ? Oui. Est-ce que j'assume ? Toujours.

– Ton honnêteté est séduisante.

Et rare. Putain, cette femme est incroyable. En est-elle consciente ? Le voit-elle ? Se doute-t-elle seulement qu'elle me fout sur le cul elle aussi ? Et que j'en suis également surpris ?

Tout ça est trop soudain et inattendu, mais c'est tellement bon que j'ai essayé de ne pas me poser de questions et de ne mettre d'étiquette sur rien. C'est juste le début de ce truc, quoi que ce soit, et elle a déjà été bien claire, notre temps est compté… alors est-ce si mal que ça d'en profiter tant que ça dure ? De jouir de l'instant comme j'estime que toute la vie devrait être vécue ? De prendre du plaisir même si je sais qu'à un moment où un autre, je devrai la perdre ?

Elle empoigne le bas de mon tee-shirt et m'attire contre elle en murmurant :

– Je ne voulais pas attendre demain avant de te retrouver, Gunner.

– On est déjà demain, je la taquine en la faisant sourire.

– Tu vois ? J'ai patienté le temps réglementaire. Maintenant, je n'ai pas l'air d'une fille désespérée.

– Si ça, enfin si toi, tu es l'image du désespoir, alors s'il te plaît, ne change rien, putain.

Le désir s'embrase dans son regard et elle s'humecte les lèvres.

– Bon à savoir.

Quand elle se penche vers moi pour m'embrasser et suivre ses pulsions, je dois lutter de toutes mes forces pour esquiver.

– Je croyais que les bisous, c'était surfait.

Ma main vient se poser sur ses reins et je la tire contre moi. Mon sexe est dur et il se presse contre la rondeur de son corps, contre sa chaleur, ajoutant toute une couche de complexité à mon irrépressible envie de lui prouver qu'elle se trompait tout à l'heure.

Son sourire est lent, hésitant, comme s'il lui fallait un peu de temps pour comprendre mon geste et mes intentions. Mon nom est prononcé dans un soupir résigné :

– Gunner…

– Et les préliminaires sont essentiels.

Je tire sur ses cheveux pour l'embrasser à pleine bouche, puis descendre le long de son cou. Sa respiration se fait haletante sur la musique toujours diffusée dans le bar. Je murmure alors contre sa peau :

– Dis-moi pourquoi tu es là, Chase.

– Je te veux. Aussi simple que ça. *J'ai envie de toi.*

Elle tire sur mon tee-shirt. Ses phrases sont hachées et son corps se couvre de chair de poule.

L'honnêteté et l'ingénuité de ses mots… J'en pousse un râle de plaisir. Tout comme cette putain d'ardeur, de volonté de coucher avec elle, mais également de prendre tout mon temps. Je crève de désir, je veux faire durer les préliminaires, risquer de la conduire à me supplier, sentir son désespoir pour que je puisse lui montrer très exactement ce que je ressens à cause d'elle.

– Tourne-toi, je lui ordonne.

Elle arque un sourcil interrogateur, et un air de défi embrase son regard un instant avant qu'elle ne se soumette.

Elle se tourne effectivement.

Et bon sang, ce que c'est beau ! Une femme forte qui sait ce qu'elle veut et me fait assez confiance pour que je le lui procure.

Elle se crispe quand je me glisse sous son tee-shirt pour lentement le faire remonter. Elle lève les bras tandis que je le lui passe par-dessus la tête. Je répète la manœuvre avec son short.

Pas un mot.

Juste mes mains qui expriment ma volonté. Mes demandes. Et comme si elle était extraordinairement synchronisée avec mes envies, elle les exécute.

Elle fait un pas de côté pour laisser son vêtement derrière elle et se retrouve devant moi en soutien-gorge de dentelle noire avec une culotte assortie, et en sandales à lanières.

Putain, elle est parfaite.

Elle essaie de se tourner en m'interpellant, mais je l'arrête en posant mes lèvres juste au-dessus de ses fesses. Mes mains agrippent ses hanches et, de ma langue, ma bouche et ma barbe naissante, je m'amuse le long de sa colonne vertébrale. Chaque baiser est délibéré. Lent. Méthodique. Séducteur.

C'est aussi une torture pour moi à tous les niveaux.

Mes doigts s'attaquent aux agrafes de son soutien-gorge tandis que mes dents égratignent ses clavicules. Son dos se cambre et sa tête repose alors sur mon épaule. Mes mains viennent ensuite prendre ses seins en coupe pour jouer avec ses tétons. Mes lèvres trouvent sa nuque et le creux sous son oreille.

Elle s'exprime en gémissement, en petits cris et en murmures incohérents. En sons qui m'excitent tout autant qu'ils me stimulent.

La cambrure de son dos, la pression de son cul contre mon bassin, le mouvement de ses pieds pendant que je la chauffe sur tous les plans et crée de nouvelles sensations.

Mes mains redescendent sur son ventre et s'insinuent sous sa culotte, passent sur sa toison et glissent dans son intimité qui m'attend déjà, trempée.

C'est à moi de grogner quand je la sens si mouillée et qu'elle écarte les jambes pour m'accueillir. Elle gémit un « s'il te plaît ». Mon sexe palpite contre son cul et j'ai tellement envie de m'enfouir jusqu'au bout dans ce paradis qui occupe toutes mes pensées.

Pas encore.

Putain, pas encore.

– Tourne-toi.

Ma voix est rauque, teintée de cette ardeur qui me possède.

Et je laisse ma main exactement là où elle est, dans la chaleur de son corps, lorsqu'elle obtempère. Elle lève les yeux pour rencontrer les miens, son regard est voilé de désir, ses lèvres écartées et ses joues écarlates.

Je me penche comme si j'allais l'embrasser, mais bifurque vers son oreille.

– Quand j'en aurai terminé avec toi, Chase, je t'assure que tu ne penseras plus jamais que les baisers sont surfaits.

Ma bouche se referme sur un téton. Puis sur l'autre. Ses doigts viennent se perdre dans mes cheveux et tirent dessus à chaque succion, caresse ou mordillement. Nous reculons de quelques pas et je fais tomber sa culotte quand elle heurte la table de billard.

J'avance et la soulève pour l'y asseoir, puis j'écarte les boules pour l'allonger. Nous éclatons de rire quand elles rebondissent sur les bandes et reviennent doucement sur elle, mais je ne m'en inquiète pas.

Je n'ai qu'un seul objectif.

La goûter.

Lui donner du plaisir.

Je mène le même assaut de face que celui que je lui ai infligé de dos. Une combinaison de baisers, de caresses de ma langue et d'éraflures de barbe. Le long de son ventre, sur l'intérieur de ses cuisses, sur son mont-de-Vénus.

L'odeur de son excitation m'embue l'esprit, me possède complètement. Je pose mes mains sur ses genoux et les écarte un peu plus pour me faciliter l'accès.

L'extase de ses gémissements quand je lèche sa fente avant de m'introduire dans sa chaleur humide. Elle revient m'agripper les cheveux et je savoure la petite pique de douleur lorsqu'elle tire dessus. Je l'accueille à bras ouverts, car je sais ce que je lui fais avec ma langue en allant de bas en haut, en l'excitant, en passant sur son clitoris puis, enfin, en m'y enfouissant de nouveau.

Elle est mon paradis.

Elle est mon enfer.

Elle est ma tentation. Impossible d'y résister, tout comme à la torture que je m'inflige volontairement pour la voir jouir avant de prendre mon plaisir.

Son souffle se fait de plus en plus court. Ses cuisses se crispent contre mes épaules et elle est emportée par sa sensualité. Son dos se cambre, ses hanches se cabrent, son sexe se contracte et ses lèvres crient mon nom, comme preuve de mon succès.

Je me redresse pour respirer et mettre en pause mon besoin insatiable d'avoir ma bouche sur elle, mais également pour l'observer descendre de son extase.

Mon corps me supplie de trouver la mienne.

Mais ce moment est trop important pour le précipiter.

Elle est allongée sur la table, les cheveux éparpillés sur le tapis vert, la poitrine soulevée par son souffle haletant, les yeux voilés de plaisir. Putain, je n'ai jamais rien vu d'aussi beau.

Nos regards se croisent et se soutiennent mutuellement un instant. Même lorsque je passe mon tee-shirt par-dessus ma tête, nous gardons le contact, comme si nous nous disions quelque chose que nous aurions peur de perdre en y ajoutant des mots.

Elle se dresse sur ses coudes et m'observe retirer ma ceinture, déboutonner mon pantalon et le laisser tomber par terre. Elle ne me quitte pas des yeux quand j'enfile une capote et caresse d'une main mon pénis endolori.

Je murmure son prénom en me penchant vers elle.

Mes lèvres rencontrent les siennes. Impossible de résister à mon envie de l'embrasser. De plus en plus profondément à mesure que je prends et exige plus d'elle. Putain de merde, elle est tout aussi exigeante que moi.

Et je ne peux pas me retenir. Avec son goût sur ma langue et son odeur dans ma tête, je m'enfonce en elle sans plus y réfléchir.

Notre baiser suspendu.

Nos muscles crispés.

Nos corps immobiles.

Elle repositionne son bassin pour mieux m'accueillir, et son gémissement emplit toute la salle.

Le monde s'arrête pour le plus bref des instants, et le seul son audible est celui de la musique encore diffusée dans les haut-parleurs.

Puis je commence à aller et venir à un rythme effréné, désespéré, insatiable. Je veux tout. Sa langue. Ses lèvres. Sa peau. Sa chatte.

Tout ça.

Simplement ça.

Elle.

Simplement elle.

Je ne peux me concentrer sur rien. L'une de mes mains soutient sa nuque et l'autre est posée sur son cul. Nous ondulons tous les deux au même rythme sur le rebord de la table de billard.

Mon début est sa fin.

Mon expiration est sa prochaine inspiration.

Les spasmes de son intimité autour de moi, ma putain de destinée.

Mais merde, qu'est-ce qui m'arrive ?

17

CHASE

Eh bien, voilà qui s'est magnifiquement retourné contre moi.

C'est la première chose que je pense en me levant dans ma chambre d'hôtel pour voir la tête de Gunner profondément endormi à mes côtés.

Je suis allée au bar pour me prouver qu'il n'y avait que du sexe entre nous. Une relation purement physique. Et maintenant, je me retrouve dans un enchevêtrement sentimental encore plus complexe que celui du drap entre nos jambes mêlées.

Mais comment pourrait-il en être autrement ?

Et pourquoi seulement me refuser cette sensation étrange, cette agitation, ce flottement quand je me réveille pour le trouver toujours à chauffer la couette à mes côtés.

Ce n'est pas normal pour moi.

Ce n'est pas normal, tout court.

Et pourtant, impossible de le quitter du regard, de m'empêcher de caresser son visage ou de toucher les cicatrices sur son torse. D'en sentir les creux et les bosses, d'en palper ce qui a abîmé sa peau. La désolation de ce qu'il a pu voir est inimaginable, tout comme le traumatisme sans nom qu'il a dû traverser.

Comme quoi, on ne connaît jamais vraiment quelqu'un, parce que de Gunner, je n'avais été le témoin que des sourires et du charme. Et jusqu'à hier soir, jusqu'aux explications de Nix, je n'aurais jamais cru qu'il était si tourmenté derrière la surface calme et avenante qu'il affiche. Qu'il lutte en silence contre les horreurs qu'il a vues et vécues.

Mais c'est le cas de la plupart des gens, non ? On a tous des profondeurs cachées qu'on dissimule. Une part de ténèbres qui nous appelle quand on est au repos, tranquille.

Est-ce la raison pour laquelle il fait en sorte de toujours être occupé ? Pour éloigner ses démons intérieurs ?

Est-ce la raison pour laquelle je fais en sorte de toujours être occupée ? Pour éloigner mes démons intérieurs ?

Je m'approche un peu et l'embrasse sur l'épaule avant de me lover contre lui. Il réagit par réflexe et ajuste ma position en marmonnant un bonjour. Mais il s'immobilise lorsque mes lèvres s'attardent encore sur ses cicatrices.

Et encore.

Sa poitrine se soulève, il retient son souffle. Mais je place ma main sur lui pour qu'il sache que je les sens, ces atroces aspérités qui ont massacré la surface de sa peau.

Il murmure mon prénom.

– Elles ne me font pas peur.

Un autre baiser sur ses pectoraux tendus et je continue :

– Elles font partie de toi, elles ne me font pas peur.

Je ne sais pas trop combien de temps nous restons ainsi. Lui qui me tient contre son torse, ma joue sur ce que je ne peux imaginer que comme les vestiges d'une source de tourments. Mais c'est assez long. Assez long pour que je me pose des questions sur ce que je fous dans un lit à câliner un homme quand, franchement, ce n'est pas mon genre de faire des câlins. Jamais. Et j'ai une liste de trucs à faire de plusieurs kilomètres à assumer.

Ce qui me met face à la réalité : je ne m'arrête jamais, je ne fais jamais de pause pour *réfléchir*. Parce que sinon, même si personne n'a jamais aperçu mes cicatrices, je saurais qu'elles sont bel et bien là. Celles de Gunner sont récentes et, d'une certaine manière, celles sur son âme le sont également. Le décès de son père il y a si longtemps a aussi laissé des traces qui ont en partie fait de lui l'homme qu'il est aujourd'hui.

Comme les tiennes. Mais personne ne peut les voir, je ne le permettrai pas.

Parce que tu mènes ta vie comme si elles n'existaient pas.

Comme si elles n'avaient pas contribué à faire de toi la personne que tu es devenue.

Comme si elles n'allaient jamais voir la lumière ni trouver un endroit pour guérir.

Puis, étrangement conscient que je commence à péter les plombs, il rompt le silence :

– C'est ridicule de rester ici. Tu es au courant, hein ?

– Tu ne vas pas recommencer.

Je ris en repensant à hier soir, quand il m'a raccompagnée « à la maison » pour découvrir que « chez moi », c'était à l'hôtel.

– Bah si, je recommence.

Il dépose un baiser sur mon crâne en rigolant doucement.

– Je t'ai déjà dit que j'avais une chambre d'ami des plus acceptables chez moi et qu'elle est à toi si tu la veux.

– Et je crois t'avoir dit qu'il n'est pas question que j'emménage chez toi.

Son soupir exaspéré résonne entre les murs. Il se gratte la barbe, puis passe ses mains sur son visage dans un geste de frustration.

– Tu n'emménagerais pas avec moi. Je… Merde, j'ai partagé mon espace vital avec toutes sortes de personnages divers et variés pendant que j'étais en service. Je vois ça simplement comme une manière de te procurer un endroit où loger pour t'éviter d'avoir à rester à l'hôtel.

Je recule un peu pour le regarder droit dans les yeux.

– Et je te remercie pour l'offre. Vraiment.

Je passe mon index le long des courbes de son torse en continuant :

– Mais tu m'as dit que tu comprenais mon indépendance et que…

– L'indépendance et le côté pratique sont deux choses complètement différentes.

– Je te connais à peine, Gunner. Enfin…

– Mais tu connais mon meilleur côté, en revanche.

Il m'offre un large sourire et ondule des hanches contre moi.

– Je crois être très biaisée par ton meilleur côté.

J'éclate de rire en roulant sur lui, acceptant avec joie le changement de direction de notre conversation. Je me redresse pour me mettre à califourchon sur lui. Je le sens durcir, ce qui ne m'aide vraiment pas à me concentrer sur mes explications et la raison pour laquelle je refuse.

– Je ne m'en plains pas du tout.

Il ajuste sa position pour que son sexe déjà tendu vienne se frotter contre la plus tendre de mes chairs.

– À partir de maintenant, je vais dire que tout ce que je veux de toi est surfait, comme ça, tu pourras me faire une démonstration tout en lenteur. Tu m'as tuée.

– Ah oui, tu es comme ça, toi ?

– Mmmm.

J'enfonce mes dents dans ma lèvre inférieure et hoche la tête dans un geste affirmatif en l'admirant : ses cheveux bruns sur l'oreiller blanc, son teint bronzé, sa peau sculptée, son regard profond. Je n'arrête pas de me dire de ne pas m'y perdre.

Mais c'est impossible. Je suis comme totalement aspirée par tout ce qu'il est et je ne sais absolument pas quoi faire ni ce que je ressens.

– Est-ce que tu es en train de me dire que je t'ai tuée hier soir ? demande-t-il en souriant de travers, d'un air trop fier de lui.

Je revis chacune des exquises sensations de la veille et me penche vers lui en posant mes lèvres sur les siennes pour le taquiner.

– Peut-être.

– Hé, Chase ? m'interpelle-t-il entre deux baisers en attrapant mes hanches. Le sexe.

– Le sexe ?

– C'est complètement surfait, marmonne-t-il.

Je me soulève pour me placer correctement au-dessus de lui.

– Je vois très bien ce que tu essaies de faire.

Je m'abaisse en l'engloutissant. Centimètre par centimètre. Ce que c'est bon !

– Qu'est-ce que tu comptes faire ? me demande-t-il dans un gémissement.

– J'imagine que c'est mon tour de te montrer que tu as tort.

J'ondule mon bassin. Ses mains trouvent ma taille et il me guide.

Nos regards sont rivés l'un à l'autre.

Alors oui, on s'envoie en l'air, c'est ce qu'on a fait toute la nuit, mais il y a comme une intimité dans notre étreinte.

En plein jour. Moi qui le chevauche. Toutes ses cicatrices au grand jour.

Et peut-être, juste peut-être, que certaines des miennes essaient aussi d'être vues.

18

CHASE

Je regarde Gunner, une épaule appuyée sur le chambranle de la porte de ma chambre d'hôtel.

– Je n'ai pas besoin d'un guide touristique.

– Je sais, mais tu as dit à Nix qu'on sortait ensemble ce soir et je n'ai strictement aucune envie de te poser un lapin, même pour un rencard que je ne t'ai pas proposé.

– Mais c'était une blague.

– Mais c'était intentionnel, contre-t-il, un sourire au coin des lèvres.

Il fait un pas vers moi, il sent le savon, le déodorant et tout ce qu'il y a de plus désirable. Lui, quoi.

Quand il est parti tout à l'heure après notre exercice matinal, je ne m'attendais vraiment pas à ce qu'il revienne assurer le prétendu rendez-vous que j'ai inventé pour amuser la galerie, hier au bar.

Et maintenant qu'il est là, comme ça, et que sur le bureau j'ai tout mon travail accumulé, un travail qu'il faut absolument que j'abatte aujourd'hui, eh bien, finalement je me dis que mes clients peuvent bien attendre un peu.

– J'ai du boulot.

– Ah oui. Les intimidantes recherches de notre brillante étudiante. L'université de New York a un génie parmi ses rangs.

Il me dévisage sans se départir de son petit sourire légèrement arrogant sur les bords. Un sourire qui me donne envie de me blottir contre lui pour faire passer mon mensonge.

– Il faudrait que je t'appelle Dr Kincade, en fait ?

– Non, par pitié !

Je m'étouffe, les joues en feu. Jusqu'à cet instant, je ne m'étais pas rendu compte à quel point l'idée de me voir faire des études de psycho était ridicule. L'introspection et l'examen de problèmes personnels, ce n'est vraiment pas mon truc, déjà pour moi, alors pour les autres…

– Allez, viens, on va sécher le boulot, toi et moi.

– Il faut que je bosse, je réitère sans enthousiasme.

– Ton travail attendra, insiste-t-il en avançant vers moi.

– Tu n'as rien à faire, toi ? Avec les garçons ? Au bar ?

– Non, pas avec les garçons. Mais au bar, si, explique-t-il en haussant les épaules. Alors, tu vois ? On peut passer la journée ensemble et, ensuite, on pourra prendre un peu de cette distance qui t'est si nécessaire ce soir, tu sais, celle en vertu de ce fameux principe « Chase ne perd pas de temps avec les autres ».

– Tu as déjà tout prévu, hein, c'est ça ?

– Effectivement.

Il a le sourire du petit garçon fier de lui en arrivant sur moi.

– J'ai gagné un bon point ?

– Je crois que tu revends tes bons points à la récré.

– Les bons points, c'est surfait, conclut-il en étouffant mon éclat de rire d'un baiser.

***

De l'autre côté de la table, entre deux chevalets, je regarde Gunner et lui annonce :

– J'aurais dû te prévenir que j'étais d'une nullité hallucinante en peinture.

– Comme ça, on est deux. Non, mais elle parle de poils de pinceaux et de technique et, moi, j'espère juste que mon œuvre sera un peu plus présentable qu'un truc fait par un gamin de maternelle.

Faites le portrait de la personne qui vous accompagne ou d'une chose avec laquelle vous l'associez.

C'était nos instructions quand on s'est assis face à face avec les dix autres couples qui participent à l'atelier *Pinceaux & Picole*. Nous sommes dans une grange réaménagée, en périphérie de la ville, où d'énormes toiles sont accrochées aux murs. Vives et colorées, elles représentent des animaux, des sujets floraux ou des scènes de la vie quotidienne et elles donnent au lieu un côté indubitablement artistique.

Des tables sont disséminées çà et là. Elles sont équipées de chevalets et de deux chaises l'une en face de l'autre. Notre animatrice, Mimi, les a appelées les « tables des amoureux ».

– Nous allons commencer dans un instant, annonce Mimi de sa voix bien trop guillerette avant de replacer ses lunettes à monture rouge sur son nez.

Son style personnel, pour le moins original et coloré, reflète définitivement l'atmosphère qu'elle a créée ici. Elle donne des détails :

– Mais je voulais tout d'abord vous réexpliquer le principe de notre atelier. Il s'agit de *speed painting*, où on peint en picolant, donc. Vous avez une heure pour terminer votre tableau.

– C'est minuté ?

Incrédule, Gunner explose de rire et l'entendre me met tout de suite à l'aise, car lui aussi se sent en difficulté. Je réponds en lui souriant à mon tour et brandis mon pinceau vers lui.

– C'était ton idée.

– Et durant ce temps impartis, continue Mimi, nous nous arrêterons toutes les cinq minutes pour poser des questions aléatoires sur vous et permettre à la personne qui vous accompagne d'apprendre à vous connaître.

Nous écarquillons les yeux tous les deux en ricanant. Nous ne savions rien de l'événement avant de nous y inscrire. D'humeur taquine, je le salue de mon verre de vin, d'un air positif.

– Ça pourrait être intéressant.

– Espérons qu'ils ne nous fassent pas jouer à Action ou Vérité, sinon, je risquerais d'être dans un sacré pétrin.

– Tes vérités sont si embarrassantes que ça ?

Son sourire met le feu à mes entrailles, enfin encore un peu plus, parce que, bon… il suffit de le mater.

– Et maintenant, Mesdames et Messieurs, Messieurs et Messieurs, Mesdames et Mesdames, à vos pinceaux !

– Et c'est parti pour le stress.

Je me lève et observe la toile vierge devant moi. Je suis comme prise d'une mini-attaque de panique. Ce qui n'aide pas, c'est que nos chevalets sont disposés en quinconce, donc chaque fois que mon regard se balade sur le côté, je tombe sur lui, et son physique me distrait au plus haut point.

Et pourtant, il faut que je peigne son portrait ou quelque chose qui me fasse penser à lui quand mes talents artistiques sont vraiment très en dessous de mes compétences en Lego.

– Les cinq premières minutes sont écoulées, il est temps de révéler un détail à votre rendez-vous. Parlez de vos petites manies. De l'une de ces habitudes qui vous embêtent chez l'autre, par exemple.

– Priorité aux dames, lance Gunner en fronçant les sourcils pour m'observer au passage.

Je déteste être le centre de l'attention d'un seul coup.

– T'es sérieux ?

– Je répondrai en premier à la prochaine question, continue-t-il tout en poursuivant son travail au pinceau, me jetant un rapide coup d'œil. On échangera. Alors, tes petites manies ?

– J'en ai trop pour choisir, j'annonce en me rendant compte que, jusqu'à présent, Gunner n'a montré aucun de ces défauts qui m'insupportent. Je dirais les bruits de succion en mangeant de la soupe ou en buvant le lait des céréales. Ça me dégoûte au plus haut point.

– J'en prends bonne note, m'informe-t-il en faisant mine de l'écrire dans un carnet.

– Et toi ? Tu as une bête noire de ce type ?

Il me regarde droit dans les yeux, et une lueur amusée y fait des étincelles.

– Je ne supporte pas, enfin même ça me rend furieux, quand quelqu'un cuisine nu sous un tablier avec des chaussures à talons.

– Quoi ?

J'explose de rire en le voyant sourire de toutes ses dents.

– Bah oui, déjà côté hygiène, c'est atroce, complètement insalubre et ensuite, la plupart du temps, le repas n'est jamais préparé jusqu'au bout parce que… bon, c'est évident, quoi.

– C'est évident, quoi ?

Il me répond d'un rictus diabolique et je le relance :

– Et tu es souvent incommodé par ce type de comportement ?

– Non, mais je ne peux qu'imaginer l'agacement qu'il produirait sur moi si j'avais à en être témoin. Se pencher pour enfourner le rôti détourne assez l'attention de l'invité pour qu'il en oublie de se concentrer sur le repas à proprement parler.

J'explose encore de rire. Tout le monde se tourne vers nous pour nous mater, mais je n'en ai rien à faire.

– Quelle mise en scène, quand on pense qu'il finira par se repaître d'un tout autre type de gourmandise, en fin de compte !

– C'est une mise en scène à éviter à tout prix.

Je continue à rire quand nous nous dévisageons, flirtant du regard avant de revenir à nos toiles respectives. La mienne, d'ailleurs, rendra tout le monde perplexe dans la salle, mais fera au moins marrer Gunner.

J'ai l'impression qu'il ne s'écoule que quelques secondes avant que la cloche ne sonne à nouveau et que le brouhaha se dissipe. Mimi reprend le devant de la scène :

– Ok, question suivante. Qu'est-ce qui vous a attiré en premier quand vous avez rencontré la personne assise face à vous ?

Je me détourne de Mimi pour regarder Gunner et j'aurais tellement aimé immortaliser sa tête à ce moment-là. J'y vois un mélange d'intensité maîtrisée et d'adoration amusée, je ne pense pas avoir été autant scrutée de toute ma vie.

– C'est facile ! Ton assurance. Ton rire. Ta façon de me rentrer dedans… et puis j'ai appris à te connaître et tu as confirmé toutes tes promesses, et bien plus encore.

– Merci.

Je ne suis pas sûre à cent pour cent de l'origine des larmes qui brûlent mes yeux, mais je fais comme si elles n'étaient pas là et l'admire avec bienveillance.

– Pour moi, c'était ta gentillesse, ton sourire, tes bras musclés, car j'assume totalement. Et ta façon de me regarder.

– Ma façon de te regarder ?

– Comme si j'étais l'unique fille dans les parages.

Son sourire s'adoucit, comme tout ce qu'il projette, avant de timidement hausser les épaules et de retourner à son chevalet.

J'analyse ma toile un instant et je jurerais ne pas y voir un seul de mes coups de pinceau. Je suis trop préoccupée par Gunner et par l'importance qu'il a prise pour moi si rapidement.

« … et puis j'ai appris à te connaître et tu as confirmé toutes tes promesses, et bien plus encore. » Et c'est dû en grande partie à sa capacité à me conquérir grâce à sa gentillesse. *Son authenticité.*

Juste après cette réflexion, mon refrain habituel revient, celui qui dit que je n'ai pas de temps à lui accorder, mais cette fois-ci, je le repousse. Kelly a peut-être raison. Peut-être ai-je besoin de prendre du recul par rapport au stress et aux listes sans fin, et éventuellement de m'amuser un peu.

Profiter de Gunner.

Je l'interpelle de derrière ma toile :

– Je te préviens, cette croûte est absolument abominable.

– Et je crois que tu es trop dure avec toi-même, mais j'imagine que c'est habituel.

– Si tu le dis.

– Je suis sérieux. Bizarrement, je ne te vois pas du tout en étudiante. En fait, j'ai l'impression que tu devrais négocier des gros contrats, dans des costards super-sexy, pour un énorme salaire, quelque part à Manhattan.

Je suis contente qu'il ne puisse pas détailler mon visage. Mais comment a-t-il fait pour me cerner aussi bien ? Comment peut-il sentir le vrai moi caché ? Je marmonne un truc.

– Un jour, peut-être.

Et avant que j'aie pu me sortir du malaise que j'éprouve à lui mentir, Mimi revient avec une autre question :

– Ensuite, dites-lui quel métier vous vouliez faire quand vous étiez petit.

– Vétérinaire, je lui réponds.

– Comme toutes les petites filles, non ? Moi ? Je rêvais d'être joueur de baseball professionnel.

– Ah bon ?

– Comme tous les petits garçons, non ? s'interroge-t-il lui-même.

– C'est pas faux. D'ailleurs, je voulais te poser une question à ce…

Mais je suis coupée dans ma lancée par une voix très forte qui résonne dans toute la grange, attirant l'attention de l'ensemble des participants de l'atelier.

– Oh mon Dieu ! Tu es sérieux ?... Oui ! Bien sûr, oui !

Quand je me lève pour regarder, le couple à l'autre bout de la pièce vient juste de se fiancer, si je me fie à cette image de la fille qui saute au cou du garçon qui tient fermement un petit écrin de bijouterie dans sa main. Tout le monde se met à applaudir et je discerne tout juste la toile peinte qu'il lui présente et sur laquelle il a écrit « Tu veux m'épouser ? ».

Encore quelques larmes, des baisers, puis des embrassades précédant quelques photos avant que tous les participants retournent à leur chevalet.

– Là, tous les mecs dans cette pièce doivent suer à grosses gouttes en envisageant que leur rencard ait la même idée en ce moment, je commente en faisant marrer Gunner.

– Mais tellement ! Regarde le type en chemise bleue, par là, répond-il en me le désignant d'un geste du menton. Il n'arrête pas de tirer sur son col en descendant des verres de pinard.

J'explose de rire, car il est justement en train d'enchaîner ces deux actions. Il est super mal à l'aise, ça se voit comme le nez au milieu de la figure.

– Eh bien, que d'excitation ! C'était notre première demande en mariage sur un atelier *Pinceaux & Picole* et nous ne pouvons que nous en réjouir. Maintenant, revenons à vous tous et continuons à faire connaissance. Peut-être rencontrerez-vous autant de bonheur que ce couple. Alors, passons à notre prochaine question. Dites à la personne que vous avez tant de chance d'accompagner ici aujourd'hui ce qui, pour vous, est rédhibitoire. Il peut s'agir d'un trait de caractère, d'une situation, n'importe quoi, mais c'est *le truc* qui vous fait immédiatement mettre un terme à une relation.

– Tu commences, décide Gunner en s'adossant à sa chaise pour boire une gorgée de vin.

Je le dévisage et mordille mes lèvres en réfléchissant un instant avant de lui dire ce à quoi je pense :

– Qu'on me manque de respect.

Pour toute réaction, il hoche la tête et arque un sourcil interrogateur.

– Et toi ?

– La duperie, répond-il sans hésiter. Rien de pire qu'une personne qui te ment, et de découvrir ensuite la vérité.

D'un seul coup, j'ai l'impression que ma langue pèse trois tonnes et j'essaie de ravaler la grosse boule dans ma gorge sans avoir l'air coupable.

Parce que je suis coupable.

Je lui mens.

Je le mène en bateau, c'est de la duperie.

Et là, je suis trop enfoncée dans ma connerie pour dire la vérité. Bon Dieu, j'ai sorti ça comme ça sur l'instant, au comptoir, en flirtant avec un barman *super canon*.

Je ne l'ai pas fait pour le berner. Mes propres pensées se contredisent quand j'en viens à essayer de définir le concept de *mensonge*. Ai-je eu assez de temps pour corriger la situation ? *Oui.*

Mais est-ce que ce qu'entend Gunner s'applique à moi ? Oui, mais je n'avais pas anticipé tout ça : les rendez-vous, les rires, l'envie de retrouver quelqu'un et la frustration de ne pas le voir. Mais ce qui est rédhibitoire pour lui ne vaut que pour les relations amoureuses, pas pour les relations amicales de personnes qui jouissent de quelques petits bénéfices sur le plan physique en plus, non ? Parce que c'est ce que nous sommes, hein ? *Temporairement. Même si tout est si bon avec lui, vraiment tout.*

Tu te cherches des excuses, et elles sont trop nulles, Chase.

Et pourtant, je m'y agrippe, parce qu'elles sont bien plus faciles et beaucoup plus séduisantes que ma situation actuelle entre le marteau et l'enclume, car moi aussi, je déteste qu'on me mène en bateau.

Pour faire simple : je dois trouver comment lui dire la vérité. Comment lui assurer que je pensais que nous n'irions pas plus loin que quelques ébats nocturnes, un soir comme ça en passant, quand je lui ai menti…

Heureusement, les questions suivantes sont plus légères. Gunner me fait rire. Nous en venons à parler du sens selon lequel il faut positionner le rouleau de papier toilette sur son dévidoir. Nous sommes d'accord tous les deux sur le fait qu'il doive être tiré par le dessus. Puis nous discutons de nos moments préférés dans la journée. Il est plutôt coucher du soleil et moi lever. Nous passons ensuite aux couleurs (orange pour moi, vert pour lui) et combien de temps avant de refaire le plein de la voiture. Il attend que le voyant s'allume quand j'agis dès le quart du réservoir atteint.

– Et enfin, annonce Mimi, pour occuper les dix dernières minutes allouées à la fin de votre travail, dites à la personne qui vous accompagne ce que vous craignez le plus qu'elle découvre sur vous.

– Oh bordel, marmonne un homme derrière moi.

Il en a clairement assez que ce rendez-vous soit plus une séance de thérapie de couple qu'autre chose. Gunner l'entend et réprime un éclat de rire quand nos regards se croisent.

– C'est mon tour ? demande-t-il.

Comme je lui réponds d'un hochement de tête, son visage se fait soudain grave.

– Je crains que tu découvres que je ne suis pas une aussi bonne personne que tu le crois.

– Gunner, c'est parfaitement ridicule. Non, mais regarde à quel point tu te soucies de ces pauvres femmes qui cuisinent nues sous leur tablier. Et…

Il éclate de rire. Je suis si contente d'avoir pu apporter un peu de légèreté à cet instant grâce à l'humour, parce que ce qu'il vient de dire est complètement stupide, pourtant je sais qu'il le pense vraiment.

Tout comme moi avec ce que je vais lui révéler :

– Si tu me connaissais dans mon milieu naturel, je crains que tu n'aimes pas la personne que je suis.

Il s'interrompt en plein coup de pinceau et nos regards se croisent pour ne plus se quitter. Je lui ai parlé de plein de choses très vraies, mais je crois que c'est la première fois que je suis aussi honnête avec lui.

– Pourquoi dire un truc pareil ?

Il penche la tête sur le côté et me sonde avec intensité. De mon côté, je hausse les épaules, comme une gamine qui a peur de donner sa réponse.

Dis-lui la vérité, Chase.

Cet ordre me hante, mais je n'arrive pas à trouver la force de tout casser, de potentiellement endommager *tout ça*, parce qu'il y a bel et bien quelque chose entre nous.

Je hausse encore les épaules, incapable d'identifier les mots que je devrais prononcer, incapable de le blesser… ou plutôt, trop égoïste pour prendre le risque de le perdre.

Il se lève et se penche par-dessus la table pour presser ses lèvres contre les miennes.

– Hé ! Il arrive à tout le monde d'être différent de temps en temps, me rassure-t-il entre deux baisers. Parfois, c'est plus simple de se laisser aller à être soi-même quand on sort de son cadre quotidien habituel, quand on s'écarte de la routine qui nous tient à notre place.

Il retourne s'asseoir et soutient mon regard. Je me contente de hocher la tête, incapable de lui affirmer que je suis d'accord avec lui. Au final, je suis sauvée par le buzzer de Mimi qui nous prévient que notre temps est écoulé.

– Mesdames et Messieurs, il faut maintenant révéler votre portrait à la personne qui vous accompagne, ou l'image qui vous fait penser à elle. Allez, on respire. Et… c'est parti !

19

GUNNER

Chase s'écarte de quelques pas et marche à reculons en souriant d'un air faussement timide.

– Tu as rigolé tellement fort que tout le monde s'est tourné pour nous regarder.

– Mais tu m'as représenté en tourte à la pomme !

Je ne peux même pas le dire sans me marrer.

– Et par n'importe laquelle ! Une tourte chaude, dégoulinante et juteuse. Pleine de douceur, ajoute-t-elle en me faisant une révérence. Tu n'as peut-être pas vu tous les détails, mais je t'assure que dans l'esprit, ils étaient tous là.

J'ai failli tomber de ma chaise quand elle a tourné son portrait vers moi. Eh oui, j'ai éclaté de rire et j'étais bien content d'avoir déjà avalé ma gorgée de vin avant qu'elle le fasse.

– C'est magnifique. Je le porterai à jamais dans mon cœur. Le mien n'est pas aussi spirituel que le tien.

– Des Converse rouges dans un champ de pâquerettes. Je suis plus qu'impressionnée par tes talents d'artiste. Et par le fait que tu aies également pris en compte cette journée pour l'incorporer dans ton œuvre.

Elle avance sur le chemin que nous remontons. Il traverse effectivement un pré couvert de petites fleurs blanches à cœur jaune.

– Je suis bien meilleur peintre que bâtisseur de Lego.

– Pour ma part, je l'adore et je sais très exactement où je le mettrai à la maison.

À la maison.

Cette idée résonne bien plus fort que son rire, parce qu'elle nous rappelle sévèrement que, quelle que soit la nature du truc que nous partageons, il a une date d'expiration.

Est-ce pour cette raison que je me sens si libre d'être moi-même lorsque je suis à ses côtés ? De dire ce que je pense et ce que je veux quand, en temps normal, je serais beaucoup plus réservé et sur mes gardes ? Je suis vraiment le précepte de vivre chaque journée comme si j'allais mourir le soir même, et pourtant, je n'ai jamais été aussi ouvert avec les femmes que je fréquente. Je me suis toujours protégé en les tenant à bonne distance. Avec Chase ? Bon Dieu, je lui ai même proposé de venir habiter chez moi tant qu'elle est ici. D'emménager dans ma maison.

La question, c'est pourquoi ?

Je regarde autour de nous. Le calme du lac au bout du chemin, l'amas de nuages menaçants au-dessus de nos têtes. Et ceux un peu plus loin, qui sont plus espacés pour laisser place entre eux aux rayons roses et orangés du soleil couchant. Le bar sur la rive opposée, décoré de lampes sur sa terrasse. Le blues qui y est joué si fort qu'on peut l'entendre comme si on y était.

C'est magnifique. C'est fascinant.

Mais pas autant que la femme qui me fait face avec son sourire taquin et son regard curieux.

Je tire sur sa main pour l'attirer contre moi et déposer un baiser sur son crâne.

Elle ondule des hanches et, cédant à la poésie de l'instant, je passe ses bras au-dessus de sa tête pour la faire tourbillonner.

– C'est une bonne chanson.

– Côté danse, je ne peux pas faire mieux, je l'avertis en l'incitant à revenir vers moi.

– Je commence à croire que ton but, avec ce rencard, c'est de me faire boire pour profiter de moi.

Elle lève ses grands yeux bleus qui me font des choses étranges avant de se remettre à virevolter en rigolant.

– Ouais. C'est exactement ça. Mon plan, c'est de te faire boire pour te regarder te trémousser et tournicoter sous le soleil couchant.

– Ah ah, tu es démasqué ! s'exclame-t-elle en dressant son index. Et grâce à notre petit atelier inquisition, je sais que ton moment préféré dans la journée, c'est le coucher de soleil.

J'acquiesce d'un hochement de tête en observant la lumière orangée jouer dans ses cheveux et je la désire tellement que c'en est douloureux. Qu'il s'agisse de son sourire, son rire, son esprit ou son corps, j'en veux toujours plus, putain.

– Parle-moi de ta vie amoureuse, Gunner.

– Quoi ?

Elle part en courant devant moi pour ramasser un pissenlit.

– Tu m'as bien entendue. Mais attends, chut… D'abord, il faut que je fasse un vœu.

Elle ferme les yeux un instant, puis lentement, un air ravi naît sur ses lèvres. Elle prend alors une grande inspiration et souffle sur les aigrettes qui s'envolent un peu partout avant de conclure :

– Ok, maintenant, dis-moi tout.

– D'accord, mais à une condition, je concède, totalement certain que je vais tout lui raconter de toute façon.

– Ah oui, une condition ? demande-t-elle en arquant un sourcil.

– Absolument, dis-moi ce que tu as souhaité en soufflant sur la fleur.

Elle penche la tête sur le côté et m'observe un instant. Elle me répond ensuite d'une voix très douce :

– Qu'on ait plus de soirées comme celle-ci.

Et même si ce n'est pas ce qu'elle a voulu, elle m'a convaincu à cent pour cent, je ferai un vœu de ce type aussi.

– Tu sabotes souvent les bonnes choses toi-même ? Me demander de te parler de ma vie amoureuse, c'est un peu ça, non ? je l'avertis en souriant tout de même.

– C'est si terrible ? Je suis simplement curieuse. Tu es le genre de mec auquel on s'accroche quand on le chope…

– Je dois prendre ça pour un compliment ?

– Un très gros.

– Alors merci.

– Je t'en prie.

Elle s'arrête pour me regarder et continue :

– Je suis plus que certaine que tu as brisé bien des cœurs…

– Dit la femme qui est elle-même la reine des briseuses de cœurs, j'en suis certain.

– N'ose même pas retourner la conversation contre moi, me morigène-t-elle en agitant son index.

– On n'a pas fait assez de questions-réponses pour un seul rendez-vous ?

Elle rejette la tête en arrière et part d'un grand rire avant de se lover contre moi et de m'embrasser à m'en faire perdre la raison. Ses mains dans mes cheveux, sa langue qui joue avec la mienne, son gémissement qui sort de sa gorge. *Le meilleur type de baisers.*

Cette femme est un enchevêtrement de contradictions, j'en suis abasourdi. Elle dit qu'elle aime le sexe, mais pas les gens avec qui elle le pratique, et pourtant elle est très ouverte, libre et affectueuse avec moi. Elle se présente comme calculatrice et très organisée, et puis elle m'embrasse comme ça, sans chercher à me provoquer ou à se soucier de quoi que ce soit.

La voir se comporter ainsi est si facile, comment est-ce possible ?

De me faire tomber amoureux d'elle ?

Ok, c'est mon côté dingue qui s'exprime, mais tout de même… Je n'arrive pas à me la sortir de la tête, même quand elle est là, devant moi, avec ses grands yeux si perspicaces et son beau sourire désarmant.

Est-ce juste parce qu'il n'y a pas cette pression de la prochaine étape ? Elle partira et nous nous en tenons à ma devise : vivre chaque jour comme si c'était le dernier.

– Allez Gunner, je ne mérite pas de savoir si je vais bientôt recevoir des lettres d'insulte dans ma chambre d'hôtel parce que j'ai volé l'idole du quartier ?

– Tellement pas.

– Bon, je commence alors. Je sors avec des garçons, mais rien de sérieux. Je n'aime pas quand ça devient trop mignonnet, que je dois parler de moi ou de sentiments tout court d'ailleurs.

– Et pourquoi ?

Je suis curieux. Elle est comme ça avec moi.

– Parce que je n'ai pas le temps. Je me fixe des caps et des objectifs à atteindre dans des délais déterminés par avance. En toute honnêteté, je trouve que les relations sont un bazar sans nom, elles m'accapareraient et m'empêcheraient d'arriver là où je veux aller.

Elle croise mon regard pour la première fois depuis sa confession, et je vois qu'elle en est gênée.

– Je sais que ça fait de moi quelqu'un de dur et d'égoïste…

– Pas du tout.

– Mais si c'est accepté pour les hommes qui souhaitent faire carrière, alors pourquoi pas pour les femmes ? Et pourquoi ces deux poids deux mesures, parce que…

– Hé !

Je l'interromps en déposant un baiser sur sa main. Interdite, elle lève les yeux vers moi.

– Quoi ?

– Tu n'as pas à expliquer ou à justifier tes ambitions. J'aime ce trait de caractère chez toi.

– La plupart des hommes disent ça au début et, quand ils en veulent plus et que je leur annonce que ce n'est pas possible, ils se transforment en enfoirés de première, tendance enragés.

Qui est cette femme ? Pendant l'atelier peinture tout à l'heure, elle s'inquiétait que je ne l'apprécie pas elle, vraiment elle. Et là, elle est d'une franchise que la plupart des gens, *la plupart des filles*, n'assumeraient pas. Et je la kiffe encore plus. Je ris doucement. J'ai du mal à y croire.

– Tu es incroyablement géniale.

– Pourquoi tu dis ça ?

– Parce que très peu de gens se connaissent assez pour savoir ce qu'ils veulent. Toi si. Tu sais. Tu ne cherches pas à t'en excuser et, à mes yeux, c'est très sexy. Séduisant, même. Ça me donne envie de mieux te connaître, comme ça, je pourrais te suivre et t'encourager à chacun de ces objectifs que tu atteindras.

Je le pense complètement. Qu'elle souhaite me voir sur son banc de touche ou non, c'est une autre histoire. *Il se peut qu'elle ne veuille plus de toi après ça.* Et en fin de compte, ce n'est pas ce que je veux. Du tout. *J'en veux plus.*

Son sourire est hésitant, ses yeux se remplissent de larmes en me dévisageant.

– Personne ne m'avait jamais dit ça.

Et avant que je puisse répondre, la première goutte d'eau nous tombe dessus. De bonnes grosses gouttes d'eau tiède qui explosent sur l'asphalte. Je regarde autour de nous pour chercher où nous abriter et je repère un kiosque à musique à une trentaine de mètres, que la municipalité a fait installer pour animer les pique-niques.

– Viens. Par là !

Je fais quelques pas dans la bonne direction avant de vérifier qu'elle me suit. Je m'attends à des petits cris, aux fameux « ah non pas mon brushing » ou « ça va pourrir mes fringues », mais je me retrouve stoppé net dans mon élan quand je la vois.

Chase est debout sous la pluie. Sa jupe à fleurs et son débardeur lui collent au corps, ses cheveux sont trempés, mais elle lève le visage vers le ciel, les mains en l'air, et elle sourit de toutes ses dents.

Je me contente de la dévisager. Je crois tomber un peu plus amoureux à chaque goutte.

– Chase ?

Elle pousse un cri, mais pas comme j'aurais pu m'y attendre. Non, elle tourne sur elle-même en agitant les mains, comme lors de notre premier rendez-vous, et elle rit à en perdre haleine.

– Viens danser avec moi !

– Pourquoi ?

– Parce qu'à partir de maintenant, chaque fois qu'il pleuvra, tu penseras à moi.

Putain, elle a raison. Je ne pourrai plus jamais sentir une goutte de pluie sans me remémorer cet instant. Son sourire sensuel et son regard sauvage.

– Tu es dingue, tu le savais, ça ?

– Oui, assume-t-elle en me prenant la main sans arrêter de rire. Tu l'entends ?

Elle met l'autre contre son oreille. Quand je ferme les yeux, je décèle quelques notes de « What a Wonderful World » de Louis Armstrong, diffusé dans le bar sur la rive opposée.

– Allez !

Et nous dansons.

Corps contre corps, sous la pluie chaude d'un orage d'été qui nous tombe dessus.

Au milieu d'un champ recouvert de pâquerettes.

Et il y a définitivement un truc entre nous.

20

CHASE

La sonnerie de mon portable me réveille en sursaut, ce qui provoque la chute de mon ordinateur sur le lit. Il me faut une seconde pour me rappeler où je suis et retrouver mon téléphone entre les deux oreillers contre lesquels je suis adossée.

Je regarde l'écran et pousse un soupir de soulagement en voyant qu'il ne s'agit ni de mon père ni de mes sœurs. Tout le monde semble en bonne santé et l'éternelle angoissée que je suis respire un peu mieux.

Mais c'est Gunner. Le même Gunner qui devrait être en train de bosser en ce moment. *Parce qu'il est une heure du matin.*

– Hé, salut. Tout va bien ?

Son petit rire masculin vient se nicher dans mon tympan et je m'autorise à me liquéfier sur les oreillers en l'entendant.

– Ça va. Tout roule. Je ne voulais pas te faire peur. Tu dormais.

– Non. Oui. Je me suis assoupie sur mon travail.

J'ai un milliard de questions à lui poser sur les raisons de son appel, mais j'opte pour un comportement très rare. Du moins de ma part. J'attends qu'il me le dise sans l'interroger.

– Je suis encore au boulot, alors je ne peux pas discuter longtemps, mais euh… Je n'ai jamais répondu à ta question ce soir et je ne voulais pas que tu croies que je te cachais quoi que ce soit.

– Mais de quoi tu parles ?

Je me repasse tous les moments de l'atelier peinture et toutes nos conversations, mais aussi notre slow sous l'orage.

– Ma vie amoureuse. Tu avais envie d'en discuter et je n'ai rien dit.

– Ce n'est pas grave. Je n'y ai même pas repensé.

Et c'est vrai, mais maintenant qu'il aborde le sujet, je me demande ce qu'il y a de si important pour qu'il éprouve le besoin de me téléphoner à une heure du matin.

– Si, c'est grave. Tu t'es ouverte là-dessus et pas moi, commence-t-il avant de faire une petite pause. Je n'ai pas de cadavre dans le placard de ma vie amoureuse. Comme toi, je sors avec des femmes, mais je n'ai jamais laissé personne devenir proche. J'ai eu beaucoup de trucs à gérer après tout ce qui s'est passé.

– D'accord.

Et je suis certaine que « beaucoup de trucs à gérer » est encore un bon euphémisme. Pour se remettre de ses abominables blessures, c'est sûr, le processus de guérison a dû être plus qu'éreintant. Tant sur le plan physique que psychologique.

– Et avant de t'appeler pour tout te dire, il se peut que j'aie bu quelques verres, histoire de me donner du courage.

– Le courage se trouve souvent sous forme liquide. Il est parfois nécessaire d'en prendre une dose.

Soudain sur les dents à l'idée qu'il veuille à ce point me parler de quelque chose, je me mets à murmurer.

– Tout comme un coup de téléphone, parce que c'est toujours plus dur de dire ça en face.

Il part d'un petit rire nerveux tellement mignon, merde.

– C'est noté.

Il prend une grande inspiration et se lance :

– Après… *tout ça*, j'ai eu besoin de guérir avant tout. J'étais toujours engagé sous les drapeaux et je m'étais promis que je ne laisserais jamais personne s'attacher à moi tant que j'y étais, à cause du risque que ça représentait. Et si tout ça recommençait ? Je ne pouvais pas faire subir ça à quelqu'un, comme mes frères d'armes qui n'étaient pas revenus.

– Gunner, tu n'as pas à m'expliquer tout ça.

– J'en ai envie. S'il te plaît. Je suis resté ici à servir des coups toute la soirée en me sentant comme une merde parce que tu t'étais ouverte à moi et que je n'avais rien dit de mon côté. D'accord ?

– D'accord, je murmure.

– Donc, c'était mon excuse quand j'étais encore dans l'armée : je gardais les femmes que je fréquentais à bonne distance parce que je ne voulais pas les blesser. Ce n'est qu'après ma démobilisation que ça s'est corsé. Je ne pouvais plus utiliser cette excuse, mais je me suis rendu compte que je devais continuer jusqu'à ce que je réussisse à me sortir de mon traumatisme par moi-même. Il fallait que j'accepte les trucs atroces dont j'ai été le témoin et que j'avais commis. Et même si je pensais que je n'y arriverais jamais, j'ai appris à vivre avec. À gérer. Et pendant longtemps, j'ai su que je devais travailler sur moi avant de laisser qui que ce soit être suffisamment proche pour comprendre que les cicatrices à l'intérieur son bien pires que celles à l'extérieur. Je craignais que ce tandem de l'horreur leur fasse peur.

Une larme glisse le long de ma joue et je la repousse. Punaise ! Il est en train de mettre son âme à nu devant moi, de me montrer sa vulnérabilité et je suis complètement sur le cul. Les hommes ne font pas ça. Ils ne parlent pas comme ça. Ils ne s'ouvrent pas spontanément pour s'expliquer.

Du moins aucun de ceux que j'ai fréquentés. Mais bon, peut-être ne me suis-je jamais sentie assez concernée pour les écouter non plus.

Mais là, je me sens concernée. *Je veux l'écouter.*

Tu es incroyablement génial.

Je lui rends à voix basse son compliment de cet après-midi. Une larme roule sur ma joue, un sourire joue sur mes lèvres.

– Il fallait juste que je te le dise. Que tu saches que je suis sorti avec des filles et, comme toi, je n'ai laissé personne approcher, mais pour d'autres raisons. Tu es la première à qui j'ai montré toutes mes cicatrices, Chase, internes comme externes.

– Et les deux sont belles à mes yeux.

Gunner va se remettre à parler, mais sa voix se brise. Il s'arrête pour s'éclaircir la gorge. Mais je jurerais l'entendre renifler de son côté et, du coup, j'ai terriblement envie de le prendre dans mes bras pour le câliner.

J'en suis à espérer qu'il verra le mensonge par omission que j'entretiens depuis le début de notre relation comme une remarque désinvolte et irréfléchie, balancée comme ça, que je n'ai jamais pris la peine de clarifier. *Et de le supplier de ne pas en faire tout un fromage.*

Il en sait plus sur moi que n'importe qui. Et je refuse qu'il me déteste. Qu'il en vienne à avoir une moins bonne opinion.

Parce que quand il est comme ça, j'en veux plus.

J'en veux plus, tout court.

Un point c'est tout.

– Euh… il faut que je retourne gérer le bar.

– Oui. Bien sûr.

Le silence s'installe dans notre conversation, mais il ne raccroche pas non plus.

– Courage sous forme liquide ou pas, au téléphone ou pas… merci de m'avoir dit tout ça.

– J'étais content d'entendre le son de ta voix. Bonne nuit, Chase.

– Bonne nuit, Gunner.

Et quand il met fin à notre échange, je reste assise avec mon portable dans les mains, plaqué sur mon cœur. N'est-ce pas là du cent pour cent Gunner comme j'ai appris à le connaître ? Pas l'homme qui parle de guérison, actuelle et à venir, mais celui qui veut s'assurer que je ne me sens pas plus vulnérable que lui. Celui qui appelle pour répondre à une question à laquelle je n'avais pas même pensé, depuis que je suis retournée dans ma chambre d'hôtel.

Qui est cet homme et comment fait-il pour être tellement, tellement bon ?

Le vœu que j'ai fait en soufflant sur mon pissenlit me revient en mémoire et je souris en m'emmitouflant un peu plus dans ma couette.

Plus de soirées comme celle-ci.

Je le pensais tout à l'heure et je l'espère encore plus maintenant.

Après avoir dansé sous la pluie.

Après ce coup de téléphone.

Vraiment, je souhaite plus de soirées comme celle-ci.

21

GUNNER

7 ANS PLUS TÔT

Sal tire sur mon bras avec une telle force que tout mon corps crie de douleur.

Partout. Une Mustang de 1965 n'a pas tout à fait les mêmes normes de sécurité que les voitures actuelles et, putain, chacun de mes muscles et de mes os le ressent profondément.

Ce qui n'aide pas non plus, c'est que les poings de Sal s'en soient donné à cœur joie quand il a découvert le pot aux roses après l'accident, hier soir.

– Dieu merci, personne n'a été blessé. Dieu merci, tu es entier.

Que ma mère répète ces mots en boucle n'apaise pas vraiment la situation. Pas quand il lui a dit de sortir de la pièce. Pas quand il l'a menacée d'avoir à en subir les conséquences si elle ne le laissait pas me donner *une bonne leçon*. Pas quand son regard a croisé le mien lorsqu'il a fermé la porte en la virant. *Lâche.*

Et je suis resté planté là, avec mon grand sourire de connard et un air de « va te faire foutre » dans mon menton levé tandis qu'il me cognait et m'insultait pour me faire apprendre cette fameuse leçon.

Il tire sur mon bras et je serre les dents. Il me traîne à côté de cette vitrine dans ce mini-centre commercial à ciel ouvert.

Personne ne peut nous voir et il m'annonce avec un rictus de mépris :

– Que Dieu me vienne en aide, petit con, je vais faire de toi un homme d'une manière ou d'une autre.

– Pour quoi faire ? Devenir aussi naze que toi ? J'irai pas. Jamais de la vie.

Alors oui, j'ai défoncé sa bagnole, mais cet enfoiré l'a bien cherché. À un moment donné, il y a une limite à ce qu'on peut encaisser. On ne peut pas toujours être dans l'équipe B et à tort ou à raison, hier soir, je l'avais atteinte.

– Je crois que tu n'as pas bien compris la situation, *fiston*, dit-il comme si c'était une insulte. Tu as conduit une voiture en état d'ivresse, sans avoir l'âge requis pour boire de l'alcool, et tu as eu un accident. Ensuite, tu as quitté les lieux en douce…

– C'est pas vrai. Je t'ai appelé.

Et j'ai dû puiser dans mes dernières réserves pour y arriver, mais j'avais peur. J'étais blessé et Boone s'était tiré en vitesse à pied pour ne pas se faire choper parce qu'il avait déjà eu quelques démêlés avec la justice.

– Tu es venu me chercher et tu as sorti la Mustang de l'ornière avec ta Jeep.

Il sourit avec malveillance et feint l'innocence :

– Vraiment ? Parce que moi, ce que je sais, c'est que je vais être super content de dire aux flics, quand je vais aller déclarer l'accident, que mon beau-fils à problèmes a volé ma voiture car il était vexé. Et même s'il n'a que vingt ans, il a fait un raid dans mon placard à liqueurs, a trop bu, piqué des espèces dans mon coffre…

– De quoi tu parles ?

Il tire encore plus fort sur mon bras, ses doigts laissent des marques sur mes biceps.

– Et après avoir volé mon alcool, mon argent et ma voiture, il a décidé de conduire en état d'ivresse. Puis il a eu un accident. Il a blessé son passager. Il a ensuite fui la scène de son crime non sans avoir endommagé une palissade et d'autres biens personnels.

– Tu es dérangé. T'as pété les plombs.

Je dis ça, mais en silence, je commence à paniquer sévère.

– Ah oui ? Monsieur l'agent, je sais que c'est mon beau-fils et je l'aime beaucoup, mais je pense que, *cette fois-ci*, il faut qu'il retienne la leçon. Je veux porter plainte contre lui pour la totalité de ses infractions, parce que là, il a eu de la chance et n'a tué personne. Mais la prochaine fois… *et je suis sûr qu'il y aura une prochaine fois*, ce sera peut-être pire.

– Tu n'oserais pas.

Mais dans son regard, je vois bien que si, il oserait.

– Je peux être très convaincant.

Un autre sourire flippant me donne l'impression qu'il mijote ce plan pour me dégager de leur vie depuis un bout de temps et que je viens juste de lui offrir l'opportunité d'enclencher sa machine infernale.

– J'ai déjà appelé mon copain au poste hier soir. Il m'a dit que tu te prendrais bien trois ou quatre ans, m'explique-t-il en haussant les épaules.

– Va chier, connard !

Il bluffe. Il ne ferait pas ça. Mais tout au fond, je sais qu'en fait, si. Il essaie de me dévaloriser aux yeux de ma mère depuis qu'ils se sont mariés. Et maintenant que mon demi-frère, Marcus, attire un peu l'attention du monde du baseball, il est beaucoup plus pratique de se débarrasser de celui qui brille légèrement plus que lui, non ?

J'ai envie de gerber, et pas seulement parce que j'ai la gueule de bois. Mais parce qu'il est sérieux. Il irait vraiment faire ça.

– Bon, à voir ta tête, on dirait que tu commences à comprendre.

Il se penche vers moi et je sens l'odeur de vieux tabac froid et d'alcool mal digéré dans son souffle.

– Tu m'appartiens, maintenant, Ryan.

– Va te faire foutre !

Son rire est bas et méprisant. Il me pousse à serrer les poings.

– Qu'est-ce que tu penses que ton paternel dirait s'il te voyait ? Au moins, lui, c'était un homme honorable. Au moins, il aurait assumé la responsabilité de ses actes. Au moins…

– Tu ne sais rien de mon père, connard !

Des larmes de rage me déchirent. Qu'il aille se faire foutre ! Sal. Papa. Je lui en veux de ne jamais être revenu à la maison et de m'avoir abandonné à cette raclure. Et à ma mère aussi, de s'être laissé faire.

Tout. Absolument tout, putain.

– Ce que je sais, c'est que tu vas rentrer dans ce bureau de recrutement et t'engager dans l'armée, sinon j'appelle les flics et je porte plainte. Rien à foutre. Mais tu as le choix, soit tu passes quatre ans à devenir un homme en servant ton pays, soit quatre ans derrière les barreaux à servir de petite copine au Gros Bob. À toi de voir, *fiston*.

Mon cœur s'arrête. Ses mots me donnent envie de crever… surtout quand je constate qu'on est à moins de cinq mètres d'un bureau de recrutement.

Je m'inquiétais tellement de me faire encore cogner et d'anticiper son prochain coup que je n'ai pas compris où il s'était garé. Où on allait.

Et là, la terreur me fige sur place.

– Mais le baseball. Et le baseball et…

Son rire m'arrête net.

– Le baseball, c'est mort. Tu as une tonne de talent, mais il te manque tout le reste pour avoir du succès. Tout le monde le sait et c'est pour ça que personne n'a appelé pour venir te voir. Tu penses vraiment qu'un recruteur signerait un petit con qui a des problèmes avec la loi ? Un *gamin* sans aucun sens moral qui volerait celui qui le nourrit ? Des lanceurs comme toi, il y en a treize à la douzaine, ils sont tous clean et ont une auréole au-dessus du crâne. Tu t'es mis tout seul dans la merde, Ryan. Tout seul. Tu n'as qu'à t'en prendre à toi-même.

Je le dévisage et je n'éprouve que de la haine pour lui. Les larmes montent et je fais tout ce que je peux pour les empêcher de sortir.

– La prison ou l'armée. À toi de voir.

N'importe quoi sera toujours mieux qu'être avec toi.

Et putain, c'est là le problème. Je suis coincé ici, à aller dans une petite fac locale qui n'offre que des cycles courts, à jouer pour eux parce qu'on n'a pas de fric… Aussi parce que j'ai peur de ce qui arriverait à ma mère si je la laissais… Et par miracle, deux ans plus tard, on trouve de l'argent pour que Marcus s'inscrive dans une vraie université.

J'aurais dû me barrer.

J'aurais dû ne pas vouloir protéger maman. Parce que c'est clair et net, elle est tellement conditionnée à vivre comme ça que, quoi qu'il lui fasse, elle ne le quittera pas.

Elle ne choisira jamais son fils à la place de son mari violent.

N'importe quoi sera toujours mieux qu'être avec toi.

Et c'est ce que je me répète en boucle quand je me tiens devant le sergent recruteur pour ne pas vomir.

Il jauge mon œil au beurre noir et mes contusions et demande :

– Vous êtes sûr d'être venu ici de votre plein gré ?

J'ai l'impression de respirer sous l'eau quand je le regarde en clignant des yeux, comme si je le suppliais en silence de voir que ce n'est pas le cas. *Je crois qu'il sait.* Qu'on me force. *Que je déteste chaque seconde de ce processus.* Que le sadique à mes côtés est en train de tuer mon rêve d'enfance.

Que c'est ici que meurent les rêves.

À cause de lui.

Va te faire foutre, Sal !

Et je répète ces mots régulièrement, à chacune des étapes de la procédure.

La signature sur les pointillés.

Le serment.

Tout, putain.

Va te faire foutre, Sal !

22

CHASE

– Easton Wylder ? C'est toi ?

Je souris automatiquement à mon portable en entendant sa voix grave. Je revois tout de suite nos virées nocturnes dans les bars avec son équipe, les Austin Aces après leurs grandes victoires. Ce mec est tellement chou ! Un sacré fêtard aussi.

– Malheureusement oui, rien de plus, pas de quoi s'exciter.

– Dit l'homme qui est toujours l'âme de la soirée.

– Genre !

– Comment vas-tu ? Et ta sublime épouse. Et les jumeaux ? Je veux tout savoir, je dis en m'asseyant sur mon lit, trop contente de rattraper le temps perdu.

– Tout va bien. Pour nous tous. Scout est très occupée à gérer son empire. Elle a placé des psys spécialisés dans le sport dans vingt fédérations, c'est dingue. Juste dingue.

– Pas vraiment. C'est du Scout tout craché. Elle est phénoménale.

– C'est pas faux.

J'adore entendre comme il est fier.

– Et les gamins ? Comment vont tes deux nains ?

– Ils grandissent tellement vite, c'est fou.

– Qui aurait cru que le jour viendrait où en parlant à Easton Wylder, j'entendrais tout l'amour qu'il porte à sa femme et ses enfants ?

Et je le pense. C'est juste stupéfiant, mais aussi génial à la fois. Sa rencontre avec Scout l'a totalement transformé, de la meilleure manière possible.

– C'est flippant, hein ?

– Très.

– Tu es la prochaine.

– Drôle. Très drôle, Wylder.

– Et c'est là que tu changes de sujet de conversation parce qu'en silence tu as grave les chocottes, de ton côté du téléphone.

Je ne dis pas un mot, parce qu'il a raison. Mais tellement raison. Et je refuse de lui donner satisfaction. Du coup, il explose de rire.

– Tu vois ? Je le savais. Tu balises. J'étais comme toi, Chase, si ça peut te rassurer. Quand ta vie change complètement aussi rapidement, tu flippes. J'ai l'impression qu'hier encore, j'étais célibataire et que je te draguais.

– Genre ! J'étais trop jeune pour toi et déjà bien trop sage pour faire autre chose que boire des coups dans un bar avec un athlète sous contrat.

– Je savais que tu étais intelligente, mais je crois que quelque part tes sœurs ont raté un truc.

Certes. C'est assez ironique, mais effectivement, mes trois sœurs sont en couple avec des sportifs professionnels. Toujours souriante, je vais dans son sens :

– Visiblement, oui. Et comment se passe ton émission ? Le résultat te convient ?

– Oui pour la première question et, oui, je suis encore avec ton connard d'ex pour la deuxième.

Notre petite blague habituelle sur Finn Sanderson nous fait rire, comme à chaque fois, quand il conclut :

– Non, je ne changerai pas d'agent.

– Un jour, tu changeras d'avis.

Je le taquine. Je suis un peu déçue de ne toujours pas avoir réussi à inclure Easton dans les fichiers de KSM. Dans mon milieu, ce mec est une rareté. Authentique, pro, gentil et sans embrouille. En plus, on se l'arrache. Tout ce que j'aime chez un client.

– Mais ce n'est pas pour ça que je t'ai appelé.

– Qu'est-ce qui se passe ?

Pendant quelques minutes, je lui parle du Centre et de Gunner pour lui soutirer le meilleur moyen de trouver des subventions ou de l'aide. Comment les faire remarquer par les membres de la Ligue majeure de baseball pour qu'ils les parrainent, par exemple.

– Cette asso a l'air géniale. Laisse-moi poser quelques questions aux gens qu'on emploie dans notre fondation avec Scout pour voir s'ils peuvent donner un coup de main et te dire où chercher.

– Vraiment ? Je te demandais seulement des conseils, je ne m'attendais pas à ce que tu tires quelques ficelles pour moi.

– Je sais, mais c'est pour des gamins et, ces temps-ci, on doit tant à ceux qui ont tout sacrifié pour notre pays.

– Tu es le meilleur, Easton. Merci.

– Je te rappelle.

Je suis sur le point de reposer mon téléphone quand il se remet à sonner dans ma main. En voyant le nom qui s'affiche, je m'exclame :

– Kelly ! Salut.

– Que d'enthousiasme pour m'accueillir ! me dit-il en riant.

– Ah oui ?

– Ah oui. Et tu as toutes les raisons de l'être par avance, parce que j'ai trouvé ton type.

– Sérieux ?

Je tape dans mes mains comme une gamine.

– Raconte-moi tout.

– Je suis en train de t'envoyer un mail avec toutes les infos. Où le dénicher, son passé, tout…

– Tu as fait tout un travail de recherche sur lui, même si je ne t'avais rien demandé ? Merci, Kell, dis-je en crapahutant à travers le lit pour aller regarder mon ordinateur et charger son message malgré le WiFi merdique de l'hôtel.

– Je pensais que tu voudrais toutes les infos avant d'aller à sa rencontre.

– Tu me connais trop bien.

– Ça t'embêterait de me dire ce que tu comptes lui faire quand tu le trouveras ?

– On n'a pas tranché. Il y a débat pour savoir si c'est pour lui annoncer que son rêve n'était pas sans fondement et, s'il joue encore, peut-être tenter de lui faire passer des essais pour une des équipes de la Ligue afin qu'il puisse se dire qu'il a eu sa chance. Ou alors, on peut avoir une approche complètement différente qui consisterait à sponsoriser un match de vétérans pour remercier nos héros. N'importe lequel d'entre eux pourrait nous faire de la super pub.

– Ha, tu as toujours ce truc avec Finn coincé en travers de la gorge, hein ?

– Non. Oui. Enfin on s'en fout, je réponds en me moquant doucement de moi-même.

– Pas sûr que ton gars morde à l'hameçon, par contre.

– Pourquoi tu dis ça ?

– La guerre change les hommes. Sur le papier, ce n'est plus du tout la même personne.

– Comment ça ?

– Je n'ai vu nulle part qu'il s'était remis à jouer depuis son retour. Il s'est fait pincer pour quelques petites infractions avant de s'engager, mais depuis qu'il est revenu à la vie civile, c'est un vrai boy-scout. C'est comme si c'était une tout autre personne. Tu sais, il a même abandonné son nom, il a gardé celui donné par son peloton. Ce mec est un héros de guerre et il fait des tonnes de trucs pour aider les vétérans, en plus d'être propriétaire de son propre bar.

– Attends. *Qu'est-ce que tu viens de dire ?*

J'ai le cœur qui se comprime et je me redresse d'un coup.

– Sur le bar ? Il en est propriétaire. Deux secondes, je regarde le nom. J'ai besoin d'une seconde, je ne veux pas me planter…

– FOUBAR, je murmure, plus pour moi que pour lui.

– Oui. C'est ça. Pourquoi tu ne m'as pas dit que tu l'avais trouvé ?

– Ce n'est pas le cas. Je ne pense pas. Son surnom. C'est quoi son surnom, Kell ?

C'est à ce moment que le mail arrive enfin et je me retrouve nez à nez avec une photo de Gunner qui me regarde. Il est un peu plus jeune, habillé en tenue de camouflage désert, un grand sourire aux lèvres et des plaques d'identification autour du cou.

Et putain de merde !

Je bloque sur l'image en clignant des yeux sans pouvoir m'arrêter, comme si ça allait m'aider à mieux encaisser la réalité. Comme si Gunner n'était pas Ryan et que Ryan n'était pas Gunner. Comme si tout ce qui s'était passé cette semaine venait de changer. Mais ce n'est pas ce que je veux. Du tout.

– Chase ? Ça va ?

– Oui, oui. Désolée. Je lisais juste ton mail.

J'essaie de me concentrer, mais je ne vois rien. Tout me semble flou.

– C'est un sacré type. Remercie-le vraiment pour tout ce qu'il a fait quand tu lui parleras.

– Promis, dis-je sans me détacher de la photo. Merci Kelly.

Notre conversation est terminée. Mon téléphone tombe sur le lit à côté de moi. Et tout ce que je peux faire, c'est regarder cette photo de Gunner plus jeune et mourir un peu à l'intérieur.

Comment est-ce possible ?

Ai-je été si occupée à profiter de l'homme que j'avais trouvé que cette idée ne m'a même pas effleurée ?

Je suis folle furieuse. Parce que j'ai tout bousillé.

Absolument tout.

Nous supposons tous les deux avoir affaire à une personne différente. *Correction* : j'étais partie du principe qu'il n'était pas celui que je cherchais, mais maintenant je sais que c'est lui. Lui, il croit toujours que je suis quelqu'un d'autre, ou du moins que ma vie n'a rien à voir avec ce que je lui ai présenté. Que va-t-il penser quand il se rendra compte que non seulement je suis agent sportif mais qu'en plus, je suis venue pour lui dire qu'il aurait pu faire carrière avant ? Et par-dessus le marché, que je voulais exploiter son statut de vétéran pour mon entreprise.

La définition de la duperie.

N'a-t-il pas annoncé que c'était rédhibitoire pour lui ?

N'est-ce pas ce que j'ai fait ? Ne l'ai-je pas dupé ?

J'ai la tête qui tourne en traversant ma chambre pour sortir l'enveloppe tout abîmée de mon sac. J'effleure son écriture et me demande qui était ce jeune de vingt ans avant qu'il ne devienne l'homme qu'il est.

Coach Bassett disait de lui qu'il était arrogant et que son comportement était limite, et pourtant, la personne que je connais est aujourd'hui complètement différente.

Comment est-ce possible ?

Qu'est-ce qui s'est passé ?

Chère équipe KSM,

Je viens récemment d'apprendre que vous vous intéressiez à moi sur le plan sportif et je souhaitais vous en remercier.

Toutefois, mon rêve de jouer en Ligue majeure de baseball est maintenant terminé. On m'a recommandé de laisser tomber les vieux rêves. D'accepter que ma vie avait changé pour toujours.
Ryan Camden

J'essaie de trouver une logique à tous ces événements en arpentant la chambre de long en large.

Rien de pire qu'une personne qui te ment et de découvrir ensuite la vérité.

Ça ne devrait pas m'embêter, *il* ne devrait pas m'embêter, parce que comme nous en avons parlé hier soir, j'ai des caps et des objectifs que je me suis fixés, et tout le reste à faire. Je devrais juste tout abandonner, faire mes valises et rentrer chez moi. Lâcher cette amourette sans trop d'égratignures, rien que des questions pour me demander comment j'ai pu être aspirée par ce vortex.

Mais c'est impossible.

Impossible, car même avec toutes les conneries que je lui ai sorties, comme quoi je n'avais pas de temps à accorder à une relation et que j'avais des choses à faire, etc., mon discours sonne creux. Ce sont des mots que j'ai répétés à l'envi, des idées qui m'ont collé aux neurones et qui maintenant me semblent bidon. J'étais là, à lui débiter mon laïus, et pendant tout ce temps, mon cœur se serrait. Je n'avais jamais ressenti ça.

Et puis il m'a appelée. Il m'a appelée et cette douleur que je ne comprenais pas s'est mise à me brûler encore plus, de la meilleure manière qui soit.

Comment quelqu'un peut passer de croire qu'un truc n'existe pas à espérer que ce soit le cas ?

C'est complètement dingue.

Est-ce que tu vas t'écouter ?

Le problème, c'est que oui. Je m'écoute et j'entends bien. Je prends en compte toutes les idées à la con envoyées par mon corps et la seule chose qu'il souhaite, c'est plus de temps, plus d'instants, plus de rire – *plus de tout* – avec Gunner.

Partir d'ici, raccourcir la durée de mon histoire avec lui, ce n'est pas ce que je veux.

Mais lui mentir est encore pire. *Non ?*

23

CHASE

Après une grande inspiration et le cœur toujours serré, j'avance sur le trottoir pour aller chez Gunner. Je ne suis que colère.

Comment tout ça a pu se produire ?

Comment je n'ai rien vu venir ?

Comment je ne lui ai jamais demandé s'il connaissait le Ryan Camden que je cherchais ?

Comment notre histoire pourrait-elle bien être terminée ?

Je suis sur le point de frapper à sa porte quand il l'ouvre inopinément et sursaute en me trouvant sur son paillasson.

– Hé ! Qu'est-ce que… *Chase* ?

Il prend immédiatement mon visage dans ses mains et se penche pour que nos yeux soient au même niveau.

– Que se passe-t-il ? On dirait que tu viens de voir un fantôme.

J'ouvre la bouche pour lui répondre, mais la referme sur mon silence, parce que c'est lui. Ce mec gentil, mignon, altruiste, le gars qui a acheté un bar, qui danse sous une pluie d'orage avec moi et qui a gagné mon adoration.

J'ai des nœuds dans l'estomac en le dévisageant.

Je ne peux pas faire ça.

Ma colère se transforme en peur et ma peur en révélation : la vérité va le blesser.

Je ne peux pas faire mal à cet homme. Il est trop bon. Trop attentionné. Trop heurté par son passé.

Ce qu'il y a entre nous, quoi que ce soit, en serait terminé.

Et ensuite, je devrais le quitter.

Merde.

– Chase ? Parle-moi.

J'entends qu'il est inquiet, son souffle caresse mes lèvres quand ses yeux fouillent mon regard en y cherchant des réponses que je ne me pense pas capable de lui donner maintenant.

– Ce n'est rien. Pas de fantôme.

Je me secoue pour me reprendre, puis je tente un petit rire pour le lui faire croire.

– Promis.

Il ne m'a pas menti.

Il ne mérite pas d'être blessé ou d'apprendre quoi que ce soit sur ma duperie.

– J'étais… j'étais juste excitée.

– Pourquoi ?

– Euh… Parce que… un ami de notre famille est commentateur de baseball à la télé. Je lui ai parlé tout à l'heure, histoire de trouver des idées pour faire en sorte que des clubs de Ligue majeure sponsorisent le Centre. Qu'ils offrent des équipements, des uniformes, peut-être des subventions. Sa femme et lui ont monté une fondation qui aide les jeunes défavorisés, alors je me suis dit que si je devais interroger quelqu'un, c'était lui.

Respire, Chase. Tu donnes trop de détails, comme une gamine en plein mensonge.

– Tu te fous de moi ?

Ses yeux sont écarquillés, son sourire pourrait bien remonter plus haut que ses oreilles quand il me prend dans ses bras pour me faire tournoyer en l'air et qu'il m'embrasse à en tomber à la renverse.

– C'est incroyable. Fantastique. Je ne sais même pas quoi dire, ni comment te remercier, ni…

– Attends, il ne s'est encore rien passé.

Je l'avertis en riant. Cette fois-ci, quand ses lèvres trouvent les miennes, je suis un peu moins surprise. Je suis bien plus consciente de ce qu'il me fait éprouver. *De ce qu'il est devenu pour moi en si peu de temps.*

Alors j'approfondis notre étreinte. J'essaie de me perdre en lui, son baiser, son corps. En fait, je tente de lui présenter mes excuses à travers ce baiser sans qu'il le sache. C'est tout ce que j'ai. Tout ce que je peux faire.

– Oh, wouahou…

Il me repose doucement par terre. Nos regards se croisent pour ne plus se lâcher et je prie pour qu'il ne voie pas les larmes que je lutte pour ne pas verser. Il plisse les yeux et je retiens mon souffle.

– Tu es sûre que tout va bien ?

Mis à part le fait que je ne suis pas celle que tu crois ? Bien sûr. Tout va super bien.

– Oui, oui, très bien.

Je m'éclaircis la gorge, sachant que je dois trouver une explication pour les émotions qu'il détecte parfaitement.

– J'étais juste super contente et j'ai appris ça sur la route. J'allais travailler au café, et…

– Et tu t'es dit que tu ferais bien un petit crochet pour me l'annoncer, finit-il pour moi.

– Un truc dans le genre, je confirme en reculant d'un pas. Désolée. J'aurais dû appeler. Tu allais clairement partir et…

– Je vais au FOUBAR, j'ai rendez-vous avec un fournisseur, mais ne t'excuse jamais de passer me donner une super-nouvelle ou pour n'importe quelle raison, en fait.

Il me caresse ensuite la joue du dos de la main, le sourire de plus en plus doux, le regard de plus en plus intense.

– Quoi ?

– Tu as demandé un service à quelqu'un pour aider les gamins. Tu sais ce que ça veut dire pour moi ?

Je déglutis la grosse boule dans ma gorge et secoue la tête en signe de négation, complètement bouffée par la culpabilité.

– Tu es incroyable. Absolument géniale.

Il effleure mes lèvres des siennes une fois encore avant de me dire au revoir et d'aller au bar.

Je reste assise dans ma voiture, dévorée par le remords, en regardant ses feux arrière s'éloigner.

Où était ton assurance habituelle, Chase Kincade ? Ton attitude sans concession ?

Où était mon honnêteté ?

Maintenant, il me prend pour une meilleure personne que je ne le suis en réalité.

S'il y a une chose qu'il m'a montrée encore et encore depuis que je suis à Destiny Falls, c'est celle-ci : son altruisme.

Et je viens juste de prouver que je suis tout l'inverse.

Et je ne sais absolument pas comment remédier à ce mensonge supplémentaire.

24

CHASE

Je prends la tangente.

Je suis mal à l'aise, tourmentée et en lutte avec mes propres pensées, alors j'aligne les kilomètres. L'autoroute à deux voies s'étend sous mes yeux. Je passe devant la base, je longe des champs avec des vaches, des cours d'école dans lesquelles les enfants s'amusent. J'enregistre tout, tout ce qui semble constituer la normalité d'une petite ville typique du fin fond des États-Unis, et je me retrouve à me garer quand je repère un terrain de baseball sur la droite.

Impossible de savoir s'il appartient à un établissement scolaire ou une collectivité, mais peu importe. Le voir me fait plaisir. Très bizarrement, il me donne l'impression d'être chez moi. Je suis captivée par le gars qui aligne les frappes et ses copains qui le vannent depuis l'extérieur où ils récupèrent ses balles pour jouer avec.

Ça, je connais.

Je suis dans ma zone de confort.

Pas étonnant qu'assise dans ma voiture, je me perde dans la cadence familière d'un exercice à la batte. Beaucoup plus simple à regarder que d'affronter ma lâcheté.

J'attrape mon portable plusieurs fois avec la ferme intention d'appeler, pour ne faire que le reposer. Mais à la quatrième ou cinquième tentative, j'appuie sur le bouton vert.

– Oh, tiens, tiens, voyons qui prend le temps de nous téléphoner et de faire comme si on comptait pour elle, me taquine Brexton en décrochant pour me saluer.

– Je ne suis pas d'humeur, Brex.

Le gamin en position de batteur réussit particulièrement son coup et envoie la balle par-dessus le mur du champ centre.

– Qui a pissé dans tes céréales, ce matin ?

– Personne. C'est rien.

Je pousse un gros soupir et prononcer les prochains mots me fait mal :

– J'ai besoin d'un conseil.

– Quoi ?

Elle en viendrait à cracher son café. Visiblement, elle a envie de me faire souffrir. Je me recule sur l'appui-tête, m'enfonce davantage dans mon siège, pince le haut de mon nez et ferme les yeux pour le lui confirmer :

– Tu m'as bien entendue.

– Attends. Tu es sérieuse ?

– Oui.

Le mot sort comme un coassement. Ma place de plus jeune de quatre enfants m'a toujours poussée à avoir une position de défiance, voire à franchement détester demander de l'aide. Au bout d'un certain temps, j'en ai eu tellement marre des « elles sont plus vieilles et plus expérimentées » que j'ai décidé de ne plus jamais les consulter et je prétendais ne pas les entendre quand elles me donnaient leur avis quand même.

Est-ce puéril ? Oui, complètement. Mais quand tu grandis sans ta maman et que tes trois aînées font comme si elles la remplaçaient, tu n'as absolument aucune envie qu'elle disparaisse de ta mémoire.

Depuis, j'ai appris que leurs conseils sont inestimables. Je sais aussi que mon comportement de petite dernière pourrie gâtée est toujours bien là. Et elles adorent me le rappeler en insistant lourdement dès qu'elles le peuvent et en remettant le sujet sur le tapis à toutes les occasions.

– Est-ce que je devrais appeler Dekk?

Elle interpelle déjà notre sœur par la porte de son bureau avant même d'entendre ma réponse. J'allais dire oui, mais le fait qu'elle parte du principe que c'est nécessaire sans me consulter met de l'huile sur le feu de mon irritabilité.

À bout de souffle, mais curieuse, Dekker arrive rapidement:

– Je suis là. Que se passe-t-il?

– Chase a besoin d'un conseil.

– Ooohh. Raconte-nous pourquoi.

Heureusement qu'elle n'en fait pas tout un fromage, je lui en suis reconnaissante.

– Donc le barman…

– Tu parles bien du Beau Barman Baisable, celui que tu t'envoies actuellement? demande Dekker.

– On peut dire ça.

– Pour être plus précises, pouvons-nous répondre par oui ou non à cette question pour que je puisse procurer un conseil approprié?

Dekker m'ennuie déjà. Je suis toutefois parfaitement consciente que je suis surtout énervée contre moi-même et par la situation avec Gunner.

– Oui. Ce barman-là. Celui que j'ai rencontré quand je suis arrivée et que je connais sous le nom de Gunner, mais que Kelly m'a appris être également le seul et unique Ryan Camden.

– Oh merde!

Je ne sais pas trop laquelle des deux a parlé, mais elle a exactement résumé mon état d'esprit.

– Attention, ça ne compte pas comme deux rencards avec deux mecs différents. On est d'accord, hein ? On sait toutes que tu es très à cheval sur les objectifs, mais ce n'est pas ce qu'on avait en tête, clarifie Brexton avec légèreté.

Mais sa blague tombe à plat et son sourire disparaît.

Ignorant complètement sa pique, je reprends :

– Donc vous voyez mon dilemme.

– Je ne vois pas où il y a dilemme, enchaîne Dekker. Tu lui dis la vérité, que tu es Chase Kincade, que tu bosses pour KSM. Que tu as reçu sa lettre et que tu voulais en savoir plus sur lui et s'il joue encore. C'est simple !

– Et tu lui expliques que tu ne lui as pas dit qui tu étais tout de suite parce que tu pensais que personne ne te donnerait volontairement d'infos sur *ce Ryan Camden*. Et ça alors, quelle surprise, c'est lui, poursuit Brexton.

Je ne réponds pas. Impossible. La femme que j'étais il y a encore quelques semaines aurait été tout à fait d'accord avec elles. Elle aurait dit : je sais, je l'ai déjà fait.

Mais pas maintenant que je le connais.

Maintenant que je l'apprécie.

Maintenant que je… je…

Pour toute réaction, je n'ai pas mieux qu'un grognement. Je n'arrive pas à croire que je suis… *tombée amoureuse* de lui. Gunner Camden est une sacrée belle prise. Peut-être même la meilleure de toutes, donc c'est logique que… *j'aie des sentiments pour lui. Des sentiments pour lui ?* Bon Dieu.

J'ai mal à la tête.

Non, je ne peux pas *ne pas* apprécier Gunner. C'est un de ces rares mecs bien. Il me l'a prouvé encore et encore. Et même si je pensais vraiment être amoureuse de lui, c'est juste impossible. *Notre histoire* est impossible. Nous habitons à des centaines de kilomètres l'un de l'autre…

– La Terre à Chase ! Tu ne peux pas ronchonner comme ça et ensuite nous laisser en plan, dit Brexton.

– Elle est énervée parce qu'elle ne va pas réussir à aller au bout de l'une de ses listes chéries. Elle va devoir lui dire et il va l'envoyer chier et là… Oh, Non, Alors, Zut, elle ne va pas pouvoir rayer « recruter Ryan Camden » comme elle le voulait, précise Dekker.

Mais c'est plus que ça. Tellement plus que ça. Comment le leur dire ? Ça ne devrait pas poser de problème avec elles, car elles me connaissent par cœur. Mais où sont les mots qui me m…

– Chase ? Parle-nous. Tu ne cherches pas à te disputer. Ce qui veut dire qu'il y a définitivement anguille sous roche, c'est ça ?

– Je ne *peux pas* lui dire qui je suis, mais en même temps, je *dois* le faire. Quoi que je fasse, je serai perdante.

– Pourquoi tu dis ça ? *Tu dois tout lui raconter.* Et s'il se fâche, on s'en fout, non ? Il s'en remettra quand il comprendra que tu es venue pour le trouver, lui, insiste Brexton. Quand il découvrira qu'on ne l'a pas oublié. Quand il saura qu'il pourrait participer à un match de gala, histoire de lever des fonds pour les autres vétérans. Ça devrait suffire à compenser le mensonge.

Je vois bien sa logique, mais c'est impossible. Je le lui murmure :

– Je ne peux pas le lui dire.

– Pourquoi pas ? s'esclaffe Brex. Tu lui as menti pour le bien de tous et, miracle des miracles, pour le trouver lui.

– Ce n'est pas pareil.

– Un petit mensonge par omission ne t'a jamais empêchée d'aller de l'avant, continue-t-elle.

Je me tais. Je suis incapable de parler. J'ai l'esprit encombré d'idées, de réflexions et de « et si ».

– Tu ne comprends pas ce qu'elle ne dit pas, Brex, intervient Dekker d'une voix plus douce et pleine de compassion. Tu l'aimes bien, c'est ça, Chase ? Genre vraiment, vraiment bien ?

– Oooohhhh.

Brexton a enfin pigé. Dekker avait peut-être entendu l'implicite lors de notre première conversation téléphonique, quand je venais d'arriver à Destiny Falls. Moi-même, je ne m'étais rendu compte de rien, jusqu'à maintenant.

– Ça change un peu tout.

– On s'apprécie mutuellement. C'est tout.

Encore un mensonge de ma part.

– Et c'est très bien, commente Dekker avant que le silence ne s'installe.

– Et si je ne lui disais rien ?

– Tu renoncerais à ta grande idée de l'utiliser pour faire de la pub à KSM ? demande Brexton.

Ce plan me semble détestable, maintenant. Sale. Instrumentaliser un soldat et ses années de service pour promouvoir notre entreprise.

– Depuis que je suis ici, avec lui, il ne m'a pas une seule fois parlé de baseball ou de son passé de lanceur, ni rien là-dessus. En fait, même, le sujet du sport n'est venu sur le tapis que lorsqu'on avait une conversation sur les gamins au Centre.

Je grimace tandis qu'elles me laissent le temps de faire le tour de mes réflexions et je reprends :

– Alors, même si je lui révèle mon identité, est-ce que ça aurait une importance ? Ce n'est pas comme s'il jouait encore.

– Est-ce que tu nous en informes ou tu te le dis à toi-même pour justifier ton mensonge ? demande Dekker avec les meilleures intentions du monde.

– Les deux. Moi. Je ne sais pas.

Je hausse les épaules comme pour montrer une indifférence que je ne ressens pas le moins du monde.

– Lors de notre rendez-vous hier, on a participé à un jeu de questions-réponses. Je vous épargne les détails, mais c'était ce genre de rencard sympa, drôle et très inattendu. Quoi qu'il en soit, l'une des questions concernait ce qui, pour nous, était rédhibitoire dans une relation. Sa réponse a été immédiate. Il a annoncé que c'était tout ce qui était en lien avec la duperie et le mensonge, j'explique en ravalant une boule dans ma gorge. Vous voyez un peu mieux ?

– Depuis quand tu te soucies de savoir que quelqu'un se trompe sur la nature de ton identité ? s'enquiert Brexton. Tu as déjà joué les femmes fatales, les connasses casse-couilles, la jeune fille patiente et modeste, pour choper l'athlète ou l'homme que tu convoitais.

– Parce que c'est important.

Cette histoire est importante.

Il est important.

– Pourquoi ? demande Dekker. Votre relation est purement sexuelle, non ?

Brexton rigole et le côté légèrement sarcastique de son rire m'énerve profondément.

– On est passées par là, Chase. On s'est d'ailleurs peut-être servies de la même excuse. Soyons honnêtes, votre relation n'est pas purement sexuelle.

– J'ai dit qu'on s'appréciait mutuellement.

– Oui. C'est ça. Vous vous appréciez mutuellement, c'est tout. Dans ce cas-là, je ne vois pas où est le problème. Tu as déjà brisé bien des cœurs, conclut Dekker. À moins que…

– Non. Je ne suis pas amoureuse de lui.

– Qui a parlé d'amour ? demande-t-elle sur un ton à la fois faussement innocent et triomphal.

– Personne. Vous oubliez que je ne suis pas comme vous.

Je leur ai répondu avec fermeté. J'essaie de garder un point de vue relativement objectif sur notre conversation.

Je n'ai franchement aucune envie de leur donner de quoi jubiler.

– C'est ce qu'on a toutes dit quand notre tour est venu, prévient Brexton.

Bien sûr, c'est elle qui est tombée la dernière dans le piège de la relation heureuse, ambiance « ils se marièrent et eurent beaucoup d'enfants ».

– Je sais que je suis passée par là, moi aussi, annonce Dekker.

– Bon, ok. C'est un mec bien. Je ne veux pas le blesser, mais c'est tellement mal de vouloir profiter du temps qui nous reste ensemble ? Il me fait rire. Avec lui, je me sens bien. J'ai vraiment envie de continuer à me régaler avec lui.

– *Quoiiii ?* Tu es sûre que ça va ?

Ce n'est qu'en entendant la question de Brexton que je réalise à quel point je sors des trucs qui ne me ressemblent pas.

– Très drôle. Je suis sérieuse.

– Laisse-la finir ce qu'elle avait à dire, propose Dekker.

– C'est si mal de simplement vouloir profiter du temps qui nous reste, quels que soient les paramètres de notre relation. C'est mal ou pas ? En plus, je me suis engagée dans son asso jusqu'à la fin du mois. Impossible d'abandonner les gamins.

– Et paf, quand ta mission sera terminée, lorsqu'il faudra rentrer à la maison, tu te casseras ? Tu penses vraiment qu'après tous ces « moments sympas » passés ensemble, ce sera facile ? *Et lui, alors ?* Mets-toi un peu à sa place. Comment tu te sentirais si quelqu'un te faisait le même coup ?

Je serais effondrée. Énervée. Perdue.

Je ne réponds pas à voix haute, parce qu'elles savent déjà ce que je dirais. Elles savent à quel point l'intégrité et l'honnêteté sont des valeurs importantes à mes yeux. Et là, je suis une putain d'hypocrite consommée.

– J'ai peut-être juste besoin de comprendre pourquoi ce mec, sa lettre et tout dans sa situation m'ont tellement bouffée depuis le début que j'en suis encore prisonnière.

– Voilà le conseil que je vais te donner, annonce Dekker en passant en mode maman/grande sœur. J'entends ce que tu veux dire et ton raisonnement, mais tu dois être honnête avec toi-même. Si tu es capable de compromettre ton intégrité et l'identité de la femme que nous connaissons toutes, c'est parce qu'il y a quelque chose entre vous. Tu le sais. Tu dois admettre que si tu fais ça, c'est justement parce que tu fais plus que l'apprécier. Et tu dois comprendre que ce ne sera pas aussi facile que tu le crois de le quitter quand tout sera terminé.

En l'entendant, j'ai l'impression que ma gorge se resserre.

– C'est ridic…

– Écoute-moi bien. Je ne… Non, nous ne te jugeons pas. Quelle que soit ta décision. Mais nous te connaissons et nous savons que tu culpabilises, ne serait-ce que si tu penses nous avoir blessées. Alors la question que tu dois te poser, c'est comment tu vas passer ce temps défini avec lui ? Tu vas caser l'équivalent de mois de relation dans l'espace de quelques semaines en en tirant le maximum possible sans te laisser bouffer par les remords ? Parce que si c'est ce que tu veux, tu vas être tellement stressée par tout ça que les heures que vous pourrez passer ensemble en seront gâchées.

– Je ne sais pas, je marmonne, plus pour moi que pour elles.

– Eh bien, il va falloir le découvrir, intervient Brexton. Si tu dois profiter de ta vie là-bas, tu ne peux pas culpabiliser à chaque seconde.

Et elle a raison.

– Vous avez un conseil pour supporter ça ?

– Il n'y a pas de réponse facile à t'apporter, annonce Dekker.

– Tu devrais peut-être aborder le problème sous un autre angle, suggère Brexton. Si ce mec n'est pas pour toi, alors ce ne sera pas dur de le larguer quand tout sera terminé.

Et je commence à prendre conscience que c'est précisément ce que je crains.

25

CHASE

Je ne sais pas pourquoi je pousse un soupir de soulagement quand j'aperçois le nom de Gunner s'afficher sur mon portable, mais c'est le cas.

Bizarrement, je m'étais convaincue qu'il avait découvert ma véritable identité. Par osmose ou par télépathie ou simplement en me cherchant sur Google. Bref, j'étais persuadée qu'il ne voulait plus jamais me voir.

Voilà ce qui se passe quand on se fait bouffer par la culpabilité alors qu'on essaie de prendre une décision. Ou plutôt quand tu sais ce qu'il faudrait faire pour être quelqu'un de bien, mais que tu fais le choix opposé.

Je souffle un bon coup avant de décrocher.

– Salut, toi !

– Salut.

Rien qu'à l'entendre, j'ai des frissons partout. Décelant un peu de musique et du brouhaha derrière lui, je lui demande :

– Tu bosses ?

– Bien sûr. Comme toi, j'en suis sûr, à mettre tout ton petit cœur dans tes recherches.

– On fait bien la paire, tous les deux.

– Effectivement.

Il laisse ensuite le silence s'installer et j'attends que le couperet tombe. Je déteste ça.

– Gunner ?

– Je voulais juste m'assurer que tu allais bien. Tu avais l'air bouleversée hier et ça m'a fait chier d'aller bosser sans être certain que tout roulait. Après, j'ai été super-occupé avec mes problèmes d'inventaire, puis il a fallu que je file au Centre pour entraîner les gamins, alors je n'ai pas pu te téléphoner… Je ne sais pas, je t'appelais juste pour voir, quoi.

Cette douleur au niveau du sternum, je commence à bien la connaître.

– C'est adorable. Je vais bien. *Promis.*

En temps normal, avec n'importe qui d'autre, je dois l'admettre, ce type d'attention m'aurait donné l'impression d'étouffer. Mais de sa part à lui, on dirait vraiment quelqu'un qui se fait du souci pour moi. Et au vu des circonstances, je ne sais pas si c'est pire ou mieux.

– En fait, je me suis trouvée un peu conne d'avoir foncé chez toi pour te parler alors que rien n'a encore abouti. Ajoutons d'ailleurs que je suis émotive comme une fillette depuis quelque temps, je ne me sens pas très bien.

– Tu as attrapé un truc ?

Il semble soudain inquiet.

– Ça m'apprendra à danser sous la pluie, non ?

Le souvenir me fait gentiment sourire. J'ai l'impression que c'était hier, mais aussi il y a une éternité.

– Sérieusement, tu vas bien ?

– Je crois que c'est simplement un petit rhume. Le nez qui coule. Mal au crâne. Rien de terrible.

– Je peux t'apporter quelque chose ? Tu veux venir chez moi ? Tu n'as besoin de rien ?

– Non. Merci. C'est bon, je t'assure. Il faut juste que je dorme. Beaucoup. Je suis sûre que ça ira mieux après une bonne nuit de sommeil, je serai là pour les inscriptions au tournoi.

– Je peux gérer les gamins, demain. Reste tranquille et repose-toi.

– Non. Ça va aller…

– Quand une femme dit « ça va aller », c'est qu'indubitablement rien ne va, se moque-t-il gentiment en riant. Arrête de dire ça, prends du repos et pense à moi.

– Alors ça, c'est dans mes cordes. Bonne nuit, Gunner.

– Bonne nuit, Chase.

Je ferme les yeux, un sourire aux lèvres que personne ne peut voir, mais que moi je sens.

Au seul son de sa voix, tout me semble aller mieux. Pourquoi ?

Comment puis-je faire une chose pareille ? Comment puis-je continuer à mentir pour être avec lui ?

Parce que pour lui, c'est une cause de rupture dans le cadre d'une relation. Une relation à long terme. Et ce n'est pas ce que nous vivons.

Je n'ai pas vraiment le choix. Il sait qu'un jour ou l'autre, je partirai pour rentrer chez moi. Alors je vais profiter de chaque minute en sa compagnie et ensuite, avec un peu de chance, je pourrai m'en aller avec un reste de dignité encore intacte.

J'ouvre mon ordinateur dans le lit avec moi et revois le mail de Kelly. La photo de Gunner m'accueille en premier, puis je descends dans le texte et les pièces jointes pour tomber sur un article parlant de lui. Je survole le chapeau. Je note toutefois qu'il évoque ses exploits sur le terrain, le bar qu'il a monté en mémoire de ses frères d'armes morts au combat et tout le travail incroyable qu'il abat pour le Centre. *Pourquoi n'ai-je pas pu trouver cet article sur Internet quand j'ai fait mes propres recherches ?*

Mais je n'arrive pas à le lire. Je me sens sale. Comme si je trichais alors que j'ai déjà copieusement triché.

Je préférerais apprendre tout ça de lui. Je préférerais lui poser la question.

Je préférerais apprendre à le connaître en voyant son sourire chaleureux, son regard bienveillant accompagné de son splendide sens de l'humour.

Je veux apprendre à le connaître ainsi.

Je ferme mon ordinateur, le repousse et, décidée, me recroqueville sous la couette.

Je vais profiter du temps que nous avons, savourer sa présence dès que je le peux.

Parce que je sais qu'une fois que je serai partie, je ne rencontrerai plus jamais d'homme aussi bien que lui.

26

GUNNER

– À NOS FRÈRES PERDUS, MAIS PAS OUBLIÉS. À NOS FRÈRES COURAGEUX. À CEUX QUI NOUS MANQUENT. À Pineman, parce qu'il avait une tête de pine, mec. Levons nos verres et souhaitons un joyeux anniversaire au sergent. Sergent !

Mon sourire est nostalgique quand j'entends tout le monde crier. D'un seul coup, contredisant parfaitement ce que je viens de dire, comme le veut notre tradition, nous tapons tous nos verres contre le bar avant de gueuler « Joyeux anniversaire, Pineman » et de faire cul sec.

Les applaudissements retentissent partout dans le bar. Comme un pansement sur une fête devenue une douleur chronique pour sa veuve à chaque année qui passe. Une souffrance à vie.

Une vie que je n'ai pas pu sauver.

– Gunner ?

Je jette un coup d'œil dans un coin de la salle et repère Jenny. Elle sourit, mais son regard est triste.

– Hé, salut ! Je ne t'ai pas vue entrer. On t'a un peu attendue, on ne voulait pas que tu manques ça, mais…

– J'étais là. Au fond, explique-t-elle en désignant un endroit d'un geste du menton. Merci de faire tout ça. De fêter son anniversaire.

Elle montre le groupe de vétérans et de soldats dans un recoin de la pièce avant de conclure :

– Je constate qu'il est toujours parmi nous, du moins dans nos souvenirs, c'est sympa.

– J'aimerais faire plus.

Je la vois, elle, mais ce sont ses cris d'agonie à lui que j'entends. Je décèle les larmes dans ses yeux à elle, mais le regard désespéré que je perçois, c'est celui de mon ami, lorsqu'il m'a attrapé par la chemise pour me supplier de l'aider. Pour me dire qu'il ne voulait pas mourir, celui à qui j'ai promis de m'occuper de Jenny.

C'est ça qui me revient en tête encore et encore.

– Tu en fais toujours beaucoup trop. Tu ressens aussi trop les choses. Et tu es trop dur avec toi-même, Gunner.

Elle me caresse la joue. Je souris. J'ai l'impression que c'est ce que je dois faire, mais à l'intérieur je suis une plaie vivante, un enragé plein de regrets à l'idée de ne pas avoir pu faire plus. *Je n'ai pas réagi assez rapidement. Je ne savais pas qu'il y avait une bombe artisanale. Putain, je n'ai pas pu le sauver.* Je ne peux rien faire d'autre que hocher la tête.

– Je t'ai envoyé un chèque la semaine dernière. Tu l'as bien reçu ?

– Oui, mais comme je te l'ai déjà dit, tu dois vraiment arrêter.

– C'est le moins que je puisse faire, je marmonne.

Je croise le regard d'Aubrey, puis lui fais signe de servir les pressions et de prendre les commandes deux minutes, le temps que je termine ma conversation avec Jenny.

– Non, je suis sérieuse, insiste-t-elle en posant maintenant sa main sur mon bras. J'ai déchiré ton chèque.

Et c'est là que je le vois. Le gros solitaire monté sur une bague autour de son annulaire. Ce bijou qui ne ressemble en rien à l'alliance argentée que Pineman lui avait offerte.

– Jenny ?

Quand je lève les yeux pour la regarder en face, elle lutte contre ses larmes en souriant. Je ressens la même chose. Je suis content pour elle, mais triste pour Pineman et, honnêtement, je ne sais pas quoi penser.

– Est-ce que c'est bien ce que je crois ?

Elle répond d'un hochement de tête avant de réprimer ses émotions.

– Je voulais te le dire, mais j'avais peur aussi. Je ne sais même pas par où commencer.

– Dis-moi qu'il te rend heureuse. C'est tout ce que j'ai besoin de savoir. Qu'il te traite comme il faut et que tu es sereine et satisfaite.

– C'est le cas. Vraiment. Pourtant, je n'aurais jamais cru que ce serait possible. Alors merci pour tout. Mais il faut absolument que tu arrêtes de m'envoyer ces chèques. Je suis consciente que ça t'aide à faire face, à surmonter ta culpabilité du survivant, mais tu ne dois rien à personne. C'est toi qui leur tenais la main, c'est toi qui as essayé de les sauver. On n'a pas besoin de connaître plus de détails. Leur meilleur ami était à leurs côtés quand nous ne le pouvions pas.

– Oui. D'accord.

Je suis incapable de dire autre chose, mes émotions prennent le dessus. Elles se battent pour sortir des remparts d'acier que j'ai érigés pour les contenir. Je montre l'arrière-salle d'un geste et tente de m'enfuir :

– Merci. Je dois… euh… faire des trucs.

Je la serre rapidement dans mes bras, elle me fait un bisou et je fonce vers le bureau pour avoir un peu d'intimité. De paix. Je cherche un endroit où je peux laisser ces saletés d'émotions me bouleverser.

Une vie s'éteint.

Une autre passe à autre chose.

C'est normal, mais putain, c'est tellement dur à encaisser. De savoir qu'elle doit tourner la page, être heureuse. Merde quoi, j'ai envie qu'elle connaisse le bonheur. Mais ça ne m'aide pas à accepter qu'en trois ans, elle ait trouvé quelqu'un. *Quelqu'un qui n'est pas Pineman.*

Je lève mon verre en même temps que tous les autres à chaque toast, mais je bois de l'eau, pas les shots qui défilent devant moi.

Parce que, cette fois-ci, je ne peux pas noyer mon mal-être. Je ne peux pas le dissoudre dans l'alcool. Il sera toujours avec moi. Il me fera toujours souffrir. Je le sais d'expérience.

– Hé, mec ? Ça va ?

Je jette un coup d'œil à Nix et lui réponds d'un hochement de tête.

– Je crois que pour mon propre bien, il faut que je rentre tôt ce soir.

– Tu n'es pas d'humeur à faire la fête ? demande-t-il en fouillant mon regard.

– Nan. Mais allez-y. Aubrey va prendre les commandes. Elle se fera de meilleurs pourboires, en plus. Ça tombe bien, elle cherche à s'acheter une nouvelle voiture.

Je m'essuie les mains sur mon torchon, le roule en boule et le jette dans un panier derrière le bar.

– Tu as le droit de penser que fêter son anniversaire et voir Jenny te nique la gueule. Moi aussi. On ne veut pas oublier, mais putain, ça fait mal de se souvenir.

– Merci de me comprendre, Nix.

– Chef, oui, Chef! Dis à Grainger que je suis désolé pour sa main.

Et sur ce, il boit une gorgée de bière.

***

– Sa mère, Gunny, s'exclame Grainger en secouant son gant. Ça douille, merde !

Je ne prononce pas un mot, je me contente de lever mon propre gant pour indiquer qu'une nouvelle balle rapide est en route. Puis une autre. Et encore une autre.

Grainger garde sagement le silence. Il est attrapeur pour l'équipe de baseball de la petite fac du coin et il saisit toujours la moindre occasion de passer un peu de temps sur le marbre. Je suis soulagé qu'il ne soit pas regardant sur les horaires, même la nuit.

Ce qu'il ne voit pas, c'est que ce qui est pour lui une opportunité de s'entraîner est pour moi une thérapie. C'est comme ça que je fais le tri dans les merdes qui m'encombrent l'esprit. Les blessures dans mon cœur. La culpabilité qui pèse encore beaucoup sur mon âme.

Ce n'est que le jour où j'ai dit adieu au sport que j'aimais de tout mon cœur que j'ai compris qu'il me procurait bien plus que je n'en avais conscience.

Lancer, se perdre dans les mouvements mécaniques du processus, est devenu ma thérapie. Je ne m'en étais pas rendu compte à l'époque, mais c'est vers le baseball que je me suis tourné lorsque mon père est revenu dans un cercueil recouvert d'un drapeau. C'est ce que je faisais quand Sal avait trop bu et que ses poings avaient envie d'entrer en action. Rester sur le terrain quelques heures de plus était bien plus simple que rentrer à la maison et supporter tout ça.

Quand j'étais au Moyen-Orient, c'est grâce au sport que je gérais ma peur et l'ennui. Les gars se relayaient pour attraper mes balles, ils devinaient quand j'allais m'y remettre. On en faisait un jeu. Tout pour retrouver un peu de normalité dans cet enfer.

Et maintenant, c'est comme ça que je fais face aux horreurs de la guerre et à la culpabilité de ne pas avoir été à la hauteur, de ne pas les avoir sauvés.

Putain de Pineman.

Je me secoue avant de lancer une balle lente à Grainger. Il tombe sur les genoux, car il en avait anticipé une rapide, mais il est pris au dépourvu par mon coup à trente kilomètres-heure.

– Oh, c'était bâtard, ça, commente-t-il en se marrant. Redis-moi pourquoi tu n'es jamais passé pro ?

– Je n'étais pas assez bon.

– N'importe quoi ! Si tu es toujours aussi fort après tout ce temps, tu devais vraiment être une bête quand tu avais mon âge.

Je ris en douce et j'agite mon gant pour le prévenir qu'une autre balle arrive.

Parce que ouais, j'étais bon.

J'avais le contrôle, la vitesse et le format. Tout ce que cherchaient les dénicheurs de talents de la Ligue, et pourtant on m'a snobé. Les agents promettaient d'appeler. Ils me disaient qu'ils voulaient me signer. Et quand ils me contactaient (et ça, je ne l'ai appris que plus tard), c'était pour me faire remarquer que mon *manque de respect pour la hiérarchie* ne serait qu'un handicap sévère pour la suite et un trop gros risque à prendre pour eux. Oh, et est-ce qu'ils avaient vu les performances de Marcus ? *Bande de glands !*

Descendant du monticule, j'étire mes épaules pour dégager le stress. Je ne peux pas réfléchir à toutes ces merdes, là. J'ai dit adieu à ce rêve il y a plus de cinq ans et je suis plus ou moins en paix avec ça, du moins, du mieux possible.

– Tu as déjà pensé à faire lanceur pour les exercices à la batte de notre équipe ?

– Je le faisais, avant.

Je ne donne pas plus de détail. Parce que je ne suis pas là pour m'entraîner ou améliorer ma balle glissante. Je suis venu expurger mon agressivité. Ma colère. Mon besoin de retrouver une vie normale malgré ma tête explosée quand mes objectifs continuent à être repoussés de jour en jour.

– Je t'ai vu l'autre soir au truc Lager et Lego. C'était qui la meuf trop bonne avec toi ?

Putain de Chase.

– Balle rapide.

Je coupe court à la conversation. Je ne veux pas parler d'elle non plus.

Elle est aussi une des raisons de ma présence ici ce soir. Je suis sur des charbons ardents. Et j'ai ce besoin viscéral de faire du baseball.

– Balle à changement de vitesse.

Je double mon avertissement d'un mouvement de gant dans une autre direction.

Cette femme me rend dingue.

– Balle courbe.

Mon épaule me brûle, mais je m'en fous. J'ai besoin de ça. De comprendre ce que je ressens pour elle, ce qu'elle m'a fait ressentir quand elle est venue chez moi avec l'air de paniquer… et le premier truc que j'ai pensé, c'est qu'elle se barrait.

J'ai stressé toute la journée.

Stressé alors que ce n'est pas mon genre.

Et rien que ça ? Ça m'a foutu une trouille bleue, putain. Notre relation n'est pas assez avancée pour avoir peur de quoi que ce soit.

Je l'ai laissée se glisser sous ma peau.

C'est la première fois que ça m'arrive.

Le rêve de revivre tout ce qui s'est passé hier soir.

Voir Jenny et fêter l'anniversaire de Pineman ce soir.

Chase Kincade.

Des émotions.

Des putains d'émotions de merde.

Voilà pourquoi je suis là, dans mon église, dans mon temple. Dans le bureau de mon psy. C'est toujours ici que je viens lorsque j'ai besoin d'encaisser des souvenirs qui remontent à la surface. D'affronter mes démons internes ou des crises de fureur. De celles qui me hantent et quand mon état de stress post-traumatique refait des siennes.

– Tu es sûr que ça va bien ?

Bien ? Je ne pense pas que ce soit possible, même dans le futur. J'essaie de rendre ce que j'ai. De donner plus. De compenser le fait que je n'ai pas pu sauver mes gars ce jour-là. Pourtant, j'ai l'impression que ce n'est jamais suffisant. Comme si, quoi que je puisse faire, rien ne serait jamais assez.

Et ce sera toujours comme ça.

Ils ne sont plus là. Tout comme une partie de mon âme s'est envolée avec eux.

Comme ce trou laissé dans celle de leurs familles.

Alors non, je n'irai jamais bien. Mais je ne le dirai jamais à voix haute, car qui suis-je pour ne pas avoir la belle vie quand je suis encore vivant ?

– Ouais. C'est juste que… je réfléchis à des trucs.

27

GUNNER

6 ANS PLUS TÔT

– Je suis sérieuse, Ryan. Il y a eu des appels. Des mails. Je les ai vus sur son ordinateur quand il a oublié par erreur de se déconnecter à la fin de sa session. Ils veulent te recruter.

La voix de ma mère et son inexplicable plaidoyer pour que je la croie me semblent limite irréels à travers la mauvaise communication, pleine de friture. On dirait que ses mots sortent tout droit d'un rêve.

Mais ce n'est pas le cas.

Impossible.

Je finis par lui répondre.

– Je ne comprends pas.

– Ils ont envoyé des messages à Sal, mon chéri. Des agents. Quatre. Ils voulaient te représenter. Te faire signer un contrat dans une grosse équipe.

L'espoir que je perçois dans le ton de sa voix me perce le cœur.

– Et tu découvres ça maintenant ?

Je regarde les cloisons de mon baraquement, si fines que j'entends la radio du mec en patrouille juste derrière.

– Oui. Il a fallu que je l'aide pour un truc sur son téléphone et je viens de les voir.

Personne n'a le droit d'approcher de l'ordinateur de Sal quand il est sur sa session. *Personne.* Donc si elle a pu lire ses mails, qu'il les a laissés affichés à l'écran pour qu'elle y ait accès, c'est que quelque part, il a cherché à la manipuler. Pour lui montrer que c'est lui le chef.

– C'était un accident. Tout ça, c'était un malentendu.

Mais le ton de sa voix me confirme qu'elle sait qu'elle ment.

– Il pensait qu'ils appelaient pour Marcus. Alors il leur donnait des informations sur lui. C'était une bête erreur. Je suis certaine qu'on peut revenir en arrière.

Je ne cache pas mon rire amer.

– Est-ce que tu t'entends parler, maman ? Tu cherches vraiment à lui trouver des excuses ? D'une manière ou d'une autre, tu as réussi à le regarder régulièrement frapper *ton fils* pendant des années. Tu prends sa défense quand il te cogne. C'est ton affaire. Mais maintenant tu essaies de justifier son comportement ? Il a foutu ma vie en l'air. Alors oui, tu peux être certaine que je ne vais pas laisser passer ça.

– Il m'a juré que c'était un accident.

– Ouais. C'est ça. Un accident parfaitement orchestré pour me virer de chez vous tout en préparant le succès de la carrière de son fils.

– Il peut inverser la tendance. Je te le promets. Tout ce qu'il a à faire, c'est les contacter pour tout expliquer. Expliquer la confusion, leur dire qu'il a deux fils…

– Ne dis plus jamais que je suis son fils.

Je serre les dents de rage. Elle se répète en boucle :

– Tout ce qu'il a à faire, c'est expliquer qu'il pensait que les appels étaient pour Marcus. Qu'il…

– Je ne sais pas ce que j'ai le plus de mal à comprendre. Que tu croies ses conneries ou que tu imagines sincèrement qu'on puisse revenir en arrière.

– C'est possible. Je suis certaine que c'est possible.

– Maman ? Tu t'écoutes parler ? Je suis en Afghanistan, putain. Tu crois que l'armée me libérerait parce qu'un agent a montré de l'intérêt pour mes résultats avant que je signe mon contrat avec eux, ou plutôt avant que ton mari me force à signer sous la menace pour les quatre prochaines années de ma vie ? *Ils n'en ont rien à foutre.*

– Mais ils veulent t'engager.

Sa voix semble moins sûre maintenant.

– Ils savent à quel point tu es bon.

– *Voulaient*, maman. C'est du passé.

– On ne le sait pas, ça.

Je ne l'ai jamais tant haïe qu'à cet instant précis. Une femme sans consistance qui défend son connard de mari. Alors oui, la vie ne lui a pas fait de cadeau, mais ça ne veut pas dire qu'elle doit être faible. Ça ne veut pas dire qu'elle doit s'incliner devant un homme. Elle vaut plus que ça, mais j'en ai tellement marre. Ras le cul d'avoir toujours à être le seul à me battre pour qu'elle le voie.

La colère qui court dans mes veines est comme une drogue. Je ne sais pas comment l'apaiser et, en même temps, je ne pense pas en avoir envie. J'ai besoin de la sentir. De la posséder. De m'y accrocher, parce qu'en ce moment, c'est l'unique chose qui m'empêche de complètement partir en vrille.

– Qu'est-ce que tu vas faire, alors ?

J'ai besoin d'entendre sa réponse. J'ai besoin de l'entendre dire qu'elle va le quitter à cause de ce qu'il a fait à son fils, sa chair et son sang. J'ai besoin de l'entendre dire qu'elle va me choisir *moi*, et pas *lui*.

– Je ne vois pas ce que tu veux dire, bégaie-t-elle.

Mon cœur éclate. Pour une fois, j'avais envie qu'elle se batte pour moi davantage qu'elle ne se bat pour garder sous la main quelqu'un qui puisse s'occuper d'elle.

– Ce que je veux dire, c'est que ton mari a bousillé la vie de ton fils. *Moi.* Il m'a menacé. Il m'a donné le choix entre aller en prison ou m'engager dans l'armée. Il a volé ma chance de faire quelque chose de *notre* futur, de voir plus loin que le prochain salaire. Il m'a volé *mon rêve.* IL A FAIT TOUT ÇA.

Je hurle dans le téléphone. Rien à foutre de ce qu'on peut penser de moi.

– Alors, dis-moi, *maman*, qu'est-ce que tu comptes faire ?

– Ryan.

Elle me parle sur le même ton apaisant que celui qu'elle utilisait après la mort de mon père. Quand je m'endormais en pleurant et qu'elle ne savait pas comment me réconforter. C'était cette voix. Ce ton.

Elle ne sait toujours pas quoi dire ni comment me réconforter.

– Tu as du talent. Je suis certaine que tu seras encore assez doué quand tu reviendras. Quand tu seras démobilisé.

Elle ne comprend pas que pour être aussi bon, il faut pratiquer tous les jours ? Avoir un calendrier d'entraînement. Avoir un coach pour te guider. Affronter la compétition.

Mais comment pourrait-elle le savoir ? Elle n'est jamais venue me voir jouer. Leurs places étaient vides dans le public, ça n'a jamais changé. Au début, je croyais que c'était parce qu'elle bossait pour compléter la pension de réversion qu'elle touchait en tant que veuve de guerre, puis parce que Sal l'en empêchait.

Une excuse à chaque fois.

Et puis, il n'y a plus eu que le silence.

– Ça a toujours été lui, maman. *Toujours.* Et maintenant, tu vas peut-être le voir. Tu vas peut-être arrêter de lui trouver des excuses. Tu vas peut-être comprendre ce qu'il nous a fait et…

– Ce n'est pas vrai.

Elle crie. Elle a tellement l'habitude de le défendre qu'elle ne sait plus comment faire autrement. La tête basse, je me pince l'arête du nez. Rien ne va bouger. Je pourrais lui parler à m'en fâcher comme jamais, elle ne m'entendra pas. Elle est trop conditionnée. Elle croira toujours ses mensonges. Pourquoi essayer de la changer ? *Son* choix. *Sa* vie.

– Ils t'ont adoré, mon chéri. Ils veulent te représenter.

Tu penses vraiment qu'un recruteur signerait un petit con qui a des problèmes avec la loi ? Un gamin sans aucun sens moral qui volerait celui qui le nourrit ?

Ils m'ont peut-être adoré, ils voulaient peut-être me représenter, mais ma putain de mère ne le fait pas, elle non plus.

– Ne t'inquiète pas pour moi. Continue à faire ta vie pendant que je suis ici et qu'on fait de moi un homme.

– Ryan. Mon chéri. S'il te plaît, ne…

– Tout va bien, maman. Ne t'en fais pas. Ça n'aurait jamais marché. Je suis une erreur, tu t'en souviens ? Je dois y aller. Salut.

Je mens.

Et puis merde.

Et quand je raccroche le téléphone satellite, je le passe au mec suivant dans la queue. Une fois sur ma couchette, j'essaie de cacher les larmes que je retiens. Elles me brûlent, putain de merde. Fais chier.

Ils t'ont adoré, mon chéri. Ils veulent te représenter.

Ces mots tournent en boucle dans ma tête. Ils me narguent, ils me torturent, ils me hantent. J'étais bon.

Ils voulaient me recruter.

Les larmes glissent le long de mes joues et j'écrase mon oreiller sur mon visage. Elles me crament, elles sont le fruit de ma haine et chacune d'entre elles m'éviscère. Elles sont le rappel cruel de ce que j'ai laissé derrière moi et que je ne retrouverai jamais.

Pineman avait raison.

La vie que j'ai connue avant de venir ici est complètement terminée.

Morte et enterrée.

Cette lettre que j'ai écrite, que j'ai glissée sous mon matelas, je ferais mieux de l'envoyer.

Adieu baseball.

Adieu mon rêve.

Adieu Ryan Camden.

Maintenant, je suis Gunner.

Un soldat orphelin qui n'a d'autre famille que celles des gars avec lui.

Un homme dépourvu de l'espoir qui l'a guidé toute sa vie.

Simplement Gunner.

Simplement un soldat qui pourrait mourir au combat.

Mais un soldat qui ne manquera à personne à la maison.

28

CHASE

– Merci. On a hâte de t'avoir dans l'équipe avec nous, je dis à un adorable petit garçon à lunettes plein de taches de rousseur.

– Mais je n'ai jamais joué, avant.

Il mâchouille sa lèvre inférieure et regarde le terrain sur lequel plusieurs gamins tirent des paniers. Il reprend :

– Et si…

– Tu n'as jamais joué avant ? l'interpelle Gunner en entrant dans la réception du Centre, tout sourire.

Le môme répond d'un signe de tête négatif.

– C'est une super bonne nouvelle.

– Ah bon ? demande-t-il en écarquillant les yeux.

– Ah oui. Moi c'est Gunner, se présente-t-il en tendant la main.

– Moi, c'est Robbie, annonce le gosse en la lui serrant.

– Je peux te dire que je suis super-content de t'initier et de t'entraîner à jouer au basket et au baseball.

– C'est vrai ?

– Oui. J'ai parlé à ta maman au téléphone l'autre jour et elle me disait que tu avais super-envie d'essayer.

Robbie hoche la tête, puis déglutit visiblement.

– J'attendais que mon papa m'apprenne, mais…

Sa lèvre inférieure se met à trembler et mon cœur se serre.

Gunner finit pour lui sans ciller :

– Mais il est occupé à se refaire une santé à l'hôpital Walter Reed, c'est ça ?

– Ou… oui.

– J'ai entendu qu'il avait été fort comme un super-héros, mais qu'il avait été blessé à la fin.

La lèvre tremble encore plus et Gunner poursuit :

– Tout va bien. Moi aussi je suis passé par là et regarde-moi. Les docteurs m'ont rafistolé et je suis comme neuf.

– C'est vrai ?

– Oui. Tout à fait.

La boule dans ma gorge continue à prendre de l'ampleur pendant que je reste dans mon coin à être le témoin de leur conversation. Un gamin qui doit grandir bien trop vite pour son âge et un adulte qui peut véritablement le comprendre. Je n'avais jamais vu ça.

Je remarque la mère de Robbie du coin de l'œil. Elle surveille la scène à l'autre bout de la pièce en remplissant les formulaires et essuie une petite larme avec un mouchoir en les observant, tout comme moi.

– Et ça veut dire que je suis vraiment très content de t'entraîner, jusqu'à ce que ton papa revienne pour pouvoir le faire à ma place. Ça te va ?

Gunner lui présente son poing pour sceller leur marché. L'air timide de Robbie s'estompe encore lorsqu'il lui rend son salut.

– Ça me va.

Il me jette un coup d'œil en souriant doucement avant d'être pris à partie par un autre gamin avant le début de la séance. Ce mec est juste extraordinaire.

Je ne le revois pas avant de faire le tri des inscriptions pour enregistrer les nouveaux dans le logiciel.

Il pose une fesse sur mon bureau et sa main sur mon front pour évaluer ma température.

– Tu ne te sens toujours pas bien, c'est ça ?

– T'inquiète. Comme je te l'ai dit, c'est juste un petit rhume.

– Un *petit rhume* et tu séjournes à l'hôtel avec juste un petit frigo. Tu es obligée de descendre à la réception pour réchauffer ta nourriture aux micro-ondes si tu souhaites manger chaud. Tu vas venir chez moi, décide-t-il en remettant une mèche derrière mon oreille, le regard planté droit dans le mien.

– Gunner…

– Tu diras tout ce que tu veux, mais à la fin, c'est moi qui gagne, conclut-il en m'embrassant sur le front. Je ne reculerai pas et je suis prêt à faire un gros caprice pour obtenir satisfaction.

– C'est toujours bon à savoir.

Il m'attire contre lui et je savoure la chaleur de ses bras autour de moi.

En toute vérité, il n'a pas tort. J'en ai assez de réchauffer des plats à emporter et des saletés achetées au supermarché. Je tuerais pour une connexion WiFi correcte et ne pas avoir à m'inquiéter de la propreté de la couette sous laquelle je dors.

Ou s'il y a des punaises de lit qui menacent d'entrer dans ma valise, même si je vérifie régulièrement avant de me coucher et quand je me lève.

Et le point le plus important ? Celui qu'il ignore totalement ? Je *veux* profiter au maximum de mes journées à ses côtés. Le plus possible, si je suis honnête. Je sais à quel point ma vie sera terne dès que je partirai de Destiny Falls.

Je n'aime pas avoir délibérément à lui cacher tout ce qui a trait à KSM. D'ailleurs, ce sera compliqué de prendre mes appels, mais ça peut marcher.

Je peux le faire.

Je ne veux pas qu'il soit blessé, qu'il pense que je ne suis venue ici que pour le tromper. Cet homme au grand cœur ne le mérite pas. Alors je vais tout lui cacher pour l'éviter.

Et en plus, quelle fille saine d'esprit irait refuser qu'un mec hyper-sexy s'occupe d'elle quand elle est malade ?

En tout cas, pas moi.

29

CHASE

Gunner me cale sous son bras et ajuste notre position pour que je puisse laisser ma tête sur son torse avant de me demander :

– Tu es sûre que je ne peux rien faire d'autre ?

– Voyons voir. Tu m'as fait des pâtes au bouillon de volaille, soit un truc que je ne sais pas faire toute seule. Tu m'as installée dans ta chambre d'amis pour que j'aie mon propre espace. Et ensuite, tu as fait un feu dans la cheminée parce que je t'ai dit à quel point ça me manquait.

Je me love un peu plus contre lui avant de reprendre :

– Oh, et tu me fais des câlins en me gratouillant le dos. Tu fais un carton plein, Gunner. Tu vas même avoir du mal à te débarrasser de moi plus tard.

– Je ne vais pas me plaindre.

Nous sommes sur son canapé, devant une cheminée aux briques blanchies à la chaux. Des flammes dansent sur le feu qui craque et étincelle. Je n'arrive pas à croire qu'il a lancé une flambée pour moi parce que je lui ai expliqué que, dans mon appartement à New York, je ne pouvais pas en faire et que ça me manquait.

– Tu es fatiguée ? Tu veux dormir, ou regarder un film, ou…

– Je veux en savoir plus sur toi.

– Moi ? demande-t-il en riant.

– Oui. Parle-moi de ton enfance. Dis-moi où tu as grandi. Est-ce que tu étais super-chiant et que tu donnais la migraine à tes parents ou un parfait petit ange ?

Ma question le fait marrer et je continue :

– Est-ce que tu as toujours voulu t'engager ou est-ce que c'est une décision prise plus tard dans ta vie ?

J'ai vraiment envie de le découvrir *et je refuse de me baser sur les infos trouvées par Kelly*.

– Pourquoi toute cette attention sur moi ? Je n'ai pas le droit d'en apprendre plus sur toi ?

– C'est toi le grand mystère, je le contre. Je ne connais même pas ton nom de famille.

– Camden, répond-il sans hésiter.

Je ne sais pas pourquoi, mais je me serais attendu à ce qu'il soit réticent. Ce n'est pas comme s'il faisait exprès de me cacher son identité ni qu'il était conscient que je le cherchais. Mais ça me fait bizarre qu'il me fournisse l'information aussi facilement.

– *Camden*, je répète en murmurant pour m'habituer à le sentir sur ma langue.

– Ryan Camden plus précisément, mais depuis mon premier passage en Afghanistan, on m'appelle Gunner.

– Il y a une histoire derrière tout ça, j'en suis certaine. Tu vois ? Je t'ai dit que c'était toi le grand mystère.

– Dit l'étudiante sexy qui habite à New York et mène des recherches sur un sujet dont j'ai fait l'expérience, mais dont je ne sais pas grand-chose.

– Mais si, tu sais. Tu sais que j'ai trois sœurs et que ma maman est morte. Tu sais que je fais un petit kiff sur les Converse et que j'aime danser sous la pluie, organiser le monde et que je suis super-nulle en peinture.

– Des trucs que tu détestes ?

– À part les punaises de lit, les hommes dont les biceps sont plus gros que mes cuisses et les glaces napolitaines ? Non, rien qui me vienne à l'esprit.

Gunner explose de rire.

– Tu es un sacré numéro, tu en es consciente ?

– Qui, moi ?

Je lève les yeux vers lui et bats des cils, mais une fois encore, je suis frappée par sa beauté. Et plus j'apprends à le connaître, plus je suis attirée par lui.

– On dit que je fais tout le temps ma difficile.

– Pas trop difficile apparemment, puisque tu es avec moi.

J'ai terriblement envie de l'embrasser, mais je ne veux pas lui donner mon rhume, alors j'opte pour la meilleure alternative et dépose un baiser sur sa joue, puis ferme les paupières pour mieux apprécier le moment. L'odeur de son savon. Le rythme puissant des battements de son cœur. Sa main torride qui parcourt mon dos.

Je ne sais pas trop combien de temps nous restons comme ça, à simplement savourer la calme présence de l'autre dans la chaleur du foyer.

– J'étais un bon gamin, annonce Gunner en rompant le silence. Et puis j'ai arrêté.

Son petit rire est plein d'autodérision avant qu'il reprenne :

– Mon père est parti en opération lorsque j'avais dix ans. Je me souviens de l'avoir serré dans mes bras à la gare routière, en lui promettant de m'occuper de ma mère quand il ne serait plus là et puis… d'une voiture qui s'est garée devant chez nous. Quelqu'un qui frappe à la porte. Les cris de ma maman qui s'effondre par terre.

Je prononce son nom comme pour lui annoncer que je suis désolée pour lui et que je le comprends, puis je le presse un peu plus fort contre moi sans rien dire.

– J'avais dix ans, je n'avais plus de père et les autres gamins se moquaient de moi. Je me suis mis au baseball et devine quoi ? J'étais vraiment bon. À cet âge-là, c'était plus facile d'être sur un terrain de sport qu'à la maison, à voir ma mère faire son deuil. Et en plus, là-bas, les mômes ont commencé à me respecter et plus à m'embêter.

– Tu avais trouvé ton mécanisme de défense. Ton truc, je conclus doucement en gagnant un regard me disant qu'il n'est pas habitué à ce qu'on le comprenne.

– Oui. Par contre, j'étais loin de me douter que le sport allait prendre une telle importance dans ma vie.

J'ai envie de lui demander ce qu'il entend par là, mais je me contente d'accepter ses mots et de me lover contre lui pour écouter le reste de son histoire.

– Ma mère s'est remariée deux fois. Aucun de ses mecs n'a été gentil avec elle et la promesse que j'ai faite à mon père m'a toujours beaucoup pesé. Peu importe le nombre de jours où j'ai essayé de lui faire prendre conscience qu'elle subissait des violences domestiques, elle refusait de le voir. Et puis Sal est arrivé.

Son soupir n'augure rien de bon, et je ferme les yeux pour tenter de me l'imaginer plus jeune à s'échiner en vain à devenir l'homme de la maison.

– Sal était mon beau-père numéro deux, il aimait l'alcool, contrôler tout le monde et utiliser ses poings pour s'assurer que son beau-fils connaisse sa place dans la chaîne alimentaire.

Oh bon Dieu, c'est une chose de perdre son père, mais en plus se faire battre par un type qui est censé s'occuper de lui ? Pourquoi sa mère n'en a pas fait plus ? Comment a-t-elle pu tolérer une telle situation ?

– J'ai peur d'entendre la suite.

Il hausse les épaules avec une indifférence que seule une personne ayant traversé une pareille épreuve peut afficher.

– Le baseball était mon refuge. J'ai passé de plus en plus de temps sur le monticule…

– Tu étais lanceur ? je demande en me sentant comme une grosse hypocrite.

– Moui. Et pas si mauvais à ce qu'on m'a dit, mais ce n'est que parce que j'étais en permanence sur le terrain.

Il attrape son verre pour y boire une gorgée d'eau tandis que j'essaie de m'imaginer ce que ça ferait de ne pas vouloir être à la maison, car c'est un endroit dangereux.

– Sal avait un fils qui jouait aussi au baseball. Il était plutôt médiocre, mais il ne l'acceptait pas, surtout quand j'ai commencé à attirer l'attention des équipes universitaires et des dénicheurs de talents.

– Tu devais être vraiment bon.

– J'étais pas mauvais, soupire-t-il.

L'agent qui est en moi veut le secouer pour lui faire comprendre que si la Ligue s'intéressait à lui et que mon père a étudié la possibilité de le représenter, alors il était plus que « pas mauvais ».

Un bras capable de propulser une balle à plus de cent soixante kilomètres à l'heure régulièrement sur cinq lancers d'affilée, c'est plus que « pas mal ».

C'est juste terriblement phénoménal.

Mais je ne peux pas dire un mot et je crois que c'est le plus dur dans tout ce jeu de dupes. Je veux lui dire qu'il est merveilleux. Je veux lui dire qu'une équipe l'aurait signé directement pour un contrat d'un an pour voir s'il allait tenir ses promesses. Je veux lui dire que peu importe ce qu'il pensait de son manque de contrôle sur lui-même, les pros auraient tout de même été intéressés par lui. Qu'ils ferment les yeux sur ce genre de détail quand on a de telles capacités.

Mais c'est là que mon dilemme entre en jeu. C'est là que je ne peux pas être honnête avec lui et lui dire que, même si

Sal était une raclure de première qui le discréditait par pure jalousie, il était merveilleusement incroyable.

J'essaie de faire passer le message le plus discrètement possible.

– Si des équipes de Ligue majeure s'intéressaient à toi, je suis plutôt certaine que tu étais plus que « pas mauvais ».

Il hausse les épaules.

– C'est relatif. J'aimais vraiment ce sport et la porte de sortie qu'il me procurait. Il me permettait d'échapper à la toxicité de mon foyer. Je suis resté à la maison plus longtemps que j'aurais dû, j'essayais de tenir la promesse que j'avais faite à mon père. Je tentais l'impossible pour m'assurer qu'elle allait bien. Je ne sais pas… Tout est parti en couille. Je faisais n'importe quoi et je m'en foutais complètement, putain, peut-être que je me conduisais mal pour qu'elle me remarque et me choisisse moi, et pas lui. Quoi qu'il en soit, je pensais pouvoir l'aider à quitter mon beau-père, mais j'ai appris qu'on ne peut pas changer les gens ni leur avis comme ça. Je m'en suis brutalement rendu compte et j'ai dû payer les pots cassés.

– Comment ça ? Enfin, si tu veux m'en parler.

Gunner évoque alors Coach Bassett. Il croyait en lui et il avait envoyé des lettres et des enregistrements vidéo à une tonne de pros et surtout à des dénicheurs de talents. Puis il me relate le soir où il a volé la voiture de son beau-père et l'a détruite. L'impitoyable ultimatum qu'on lui a imposé : la prison ou l'armée. Puis l'horrible vérité de découvrir, des mois plus tard, que des agents avaient voulu lui parler. Qu'ils avaient cherché à le recruter et que Sal les avait prétendument ignorés ou mal orientés sur les performances de son fils au lieu de les mettre en relation avec Gunner.

C'est là que ça coince. Pourquoi n'ont-ils pas insisté ? Pourquoi contacter son beau-père quand Gunner avait passé l'âge de la majorité ? Ils auraient dû s'adresser à lui directement. *Pourquoi l'ont-ils laissé tomber ?*

Mais je sais pourquoi. Trop d'athlètes à évaluer et pas assez de temps pour revenir vers ceux qui ne vous rappellent pas ou ne montrent pas qu'ils sont motivés. Quand il y a des gens compliqués à gérer en plus dans l'équation, en l'occurrence le fameux Sal, à moins de repérer un artiste de la balle en devenir, le jeu n'en vaut pas la chandelle.

Personne n'a vu la star en lui. Personne n'a regardé d'assez près pour déceler sa capacité à briller.

Et mon cœur se brise pour lui.

On dirait bien que personne n'a pris la peine d'examiner sa situation de plus près pendant très longtemps.

Il poursuit son récit en me décrivant ses classes, puis quand il a été envoyé au front et qu'il a compris que son existence avait changé du tout au tout.

– Et puis il y a eu Pineman, notre sergent. Il nous a recommandé d'écrire une lettre à tous ceux qui comptaient pour nous. Pour faire nos adieux à nos rêves parce que notre ancienne vie était morte et enterrée. Même si on en réchappait, on ne serait plus jamais le même. Et il avait raison. Pas seulement à cause de ce que nous avons vécu, de ceux que nous avons perdus, de ce que nous avons supporté. Mais pour moi, en tout cas, c'était trop tard.

– Comment tu sais…

– Parce que la vie a continué à suivre son cours, sans prendre en compte la noirceur de notre quotidien, Chase.

– Oh.

Il devrait être en colère. Ou plutôt, peut-être a-t-il déjà fait son deuil. Il a peut-être dépassé cette phase de rage. Il hausse encore les épaules et je m'enfonce plus profondément dans son étreinte.

– Quoi qu'il en soit, on a rédigé nos lettres. J'ai envoyé un courrier aux agences que ma mère m'avait indiquées, celles qui étaient en contact avec Sal. Je ne me souviens même plus de leur nom et je les ai remerciées de s'être intéressées à moi.

Mon père. Il a écrit à mon père pour le remercier. Rien que ce petit geste montre que c'est un mec bien.

– Alors c'est comme ça que tu as fait tes adieux à un sport que tu aimais tant.

Il répond d'un hochement de tête et reprend :

– Quelque chose comme ça. Mais le plus marrant dans tout ça, c'est que le baseball me sert encore de thérapie. Je vais toujours sur les terrains à n'importe quelle heure quand je ne bosse pas et je m'exerce avec l'un des attrapeurs de l'équipe universitaire du coin.

– Ah bon ?

Et là, je repense à la réceptionniste de l'hôtel et je me demande si c'était bien lui qu'elle avait aperçu.

– Ouais. Quand j'en ai trop gros sur la patate, quand j'ai trop d'émotions, de souvenirs et de stress à gérer, je vais lancer quelques heures. Ça m'aide à passer le cap et à y voir plus clair.

– Des souvenirs ? De ce que tu as vécu là-bas ?

Il pousse un soupir massif et commente :

– Enfoiré de Nix.

– Le mec t'adore. Il voulait te donner un coup de pouce.

Il me remonte d'un cran sur son torse et dévie la conversation.

– Et si on arrêtait de parler de moi ? Je t'assure qu'il y a beaucoup plus intéressant.

– Comme quoi ?

Je ne suis pas du tout d'accord avec lui. Ce mec est fascinant. Je le pensais déjà avant, mais là, c'est juste sûr et certain.

– Comme, c'est quoi ton problème avec les punaises de lit ?

– Est-ce que je dois considérer que le sujet de notre conversation est clos ?

– Oui. Le seul truc que je déteste plus que de m'entendre parler, c'est de parler de moi.

– Alors là, je suis tellement d'accord avec toi.

Et je me suis tant absorbée dans notre échange, à l'écouter me raconter son histoire, que je n'avais pas remarqué que la nuit était tombée. Je me redresse d'un coup.

– Oh mon Dieu. Le bar. Ton boulot. Tu as oublié de…

Il me sourit timidement et tire sur mon bras pour me faire reprendre ma position. Retour câlin.

– Ne t'inquiète pas. J'ai appelé pour dire que j'étais malade.

– Hein ? Quoi ? Pourquoi ?

– Parce que j'ai comme l'impression que ce n'est pas tous les jours que tu laisses quelqu'un s'occuper de toi. J'ai pensé qu'il valait mieux profiter de l'occasion.

Il m'embrasse sur le crâne et je fonds un peu plus à l'intérieur.

– Merci.

Je dépose un baiser à mon tour sur son torse. Si j'étais maligne, je partirais tout de suite. Ce mec est trop bon. Trop gentil. Trop authentique. Trop attentionné. Trop. Tout. *Je. Ne. Le. Mérite. Pas.* Mais je ne suis pas très maligne.

Je sais déjà que mon cœur va beaucoup souffrir quand je le quitterai et que c'est entièrement de ma faute. Il faut que j'assume.

Je suis égoïste, malade, et il a raison. Ça fait bien trop longtemps que je n'ai laissé personne s'occuper de moi. Alors, j'opte pour une solution plus que pitoyable et lui demande :

– Est-ce que par hasard, tu accepterais de regarder un film pour midinettes tel que *Die Hard 4* ?

Il rigole et je suis sûre qu'il se fout de moi, et je m'en moque complètement.

– Tu parles de *Die Hard : Retour en enfer* ?

– Tout à fait, *Die Hard 4*.

– Je dois t'avouer que c'est la première fois que quelqu'un dit de mon film préféré qu'il est pour midinettes.

– Quoi ? Il y a de la romance dedans. Il y a un bisou aussi à un moment donné.

– Alors, ok. C'est parti pour *Die Hard*. Tes désirs sont des ordres.

Je rigole doucement, ce qui me refait tousser. Et même si je me sens physiquement malade et que je vois la peine de cœur arriver à grands pas, je ne voudrais être ailleurs pour rien au monde.

30

GUNNER

Je n'ai jamais vécu avec une femme.

Pas même quelques jours.

Disons-le tout net, je n'avais trouvé personne que j'appréciais suffisamment pour sauter le pas.

Mais il y a définitivement quelque chose d'intrigant à avoir Chase à la maison. Des petites choses que je remarque çà et là. Les serviettes sont étendues proprement et bien alignées quand, d'habitude, elles sont plutôt de travers. Le compartiment à couverts du lave-vaisselle est bien ordonné, les fourchettes avec les fourchettes et les couteaux avec les couteaux. De temps en temps, des effluves de parfum viennent me chatouiller les narines au moment où je m'y attends le moins. Un peu comme si sa présence s'imbriquait intimement dans chacune des molécules des pièces de ma maison. Ainsi, quand elle partira, elle aura laissé son empreinte absolument partout.

– Tu arrives à dormir, Roméo ? Je suis sûre que c'est difficile d'ignorer ta nouvelle coloc, non ? demande Ellie en essayant de retenir son sourire de connivence.

– Ce n'est pas comme ça.

Elle me dévisage d'un air peu convaincu qui me fait rire.

– Oui, bon, d'accord. C'est comme ça… Mais elle était malade alors, franchement, c'était tranquille.

– Tranquille dans le genre elle te fait le coup de la brouette espagnole pour ne pas te tousser dessus ou…

– Bordel, Ell… je m'étouffe. Je n'arrive pas à croire que tu dises un truc pareil.

– Pourquoi ? Parce que, parfois, on a des besoins à satisfaire même quand on n'est pas en forme.

Son haussement d'épaules est suivi d'un éclat de rire qui me fait comprendre qu'elle s'amuse à me mettre bien plus mal à l'aise que je ne le suis déjà.

– C'est là que je me bouche les oreilles et que je fais semblant de ne pas t'entendre ? Comme ça, j'évite de graver une image terrible dans ma mémoire !

– Eh bien, chaque fois que vous vous regardez, je suis absolument consciente de ce que vos yeux disent de vos intentions quand vous rentrez à la maison. *Crac boum huhuhue !*

– Tu es…

– Géniale. Indispensable. Celle sans qui tu ne peux vivre ?

Son sourire se fait immense, comme celui du chat dans *Alice au pays des merveilles*, et je ne peux que rire avec elle.

– Exactement. C'est exactement les mots auxquels je pensais.

Je fais un petit signe de la main à Robbie qui court sur la pelouse vers l'endroit où certains de ses nouveaux camarades sont déjà. Il y a une sorte de période vague entre le moment où le bus scolaire les dépose au Centre et le début de l'entraînement.

– Il s'en sort bien, commente Ellie en voyant la direction de mon regard.

– Oui. Je crois que le parcours de son père à l'hôpital est loin d'être une sinécure, donc je suis certain qu'il va avoir des hauts et des bas. Heureusement que les autres gamins comprennent ce qu'il traverse.

– Grâce à toi et à tout ce que tu as créé.

Je lui jette un coup d'œil. Elle n'a pas le compliment facile et encore moins avec moi, alors je la dévisage, l'air sévère.

– Tu te sens bien ?

– Oui. Non. Je pensais juste que tu devais savoir que tu avais fait de belles choses ici avec cet endroit.

– Ellie, ne me dis pas que tu me quittes.

D'un seul coup, je panique. Elle éclate de rire et me tape sur le bras, puis me taquine.

– Ne raconte pas n'importe quoi. Quoique… je pourrais bien te larguer pour Chase si elle arrive à décrocher les sponsors dont elle parlait.

– Sans déconner. C'est assez dingue. Je ne saurais même pas à quelle porte frapper pour trouver des occasions pareilles.

– Apparemment, elle si. Heureusement pour nous, dit-elle en allant se chercher une bouteille d'eau fraîche dans le mini-frigo.

– Complètement.

– Bon, qu'est-ce que tu vas faire quand elle partira ?

– Qu'est-ce que tu veux dire ?

– Je veux dire, abordons le sujet de l'éléphant au milieu du salon. Elle n'a jamais caché qu'elle ne restera pas dans le coin, alors, mon petit canard transi d'amour, qu'est-ce que tu feras à ce moment-là ?

– Petit canard transi d'amour ?

– Bah…

– Tu insinues beaucoup plus de choses que ce que je souhaite admettre à ce stade.

– De la merde. Tu sais très bien de quoi je parle. Tu es amoureux d'elle et je vois très bien pourquoi. Elle est magnifique, intelligente et drôle. Forcément, tu ne pouvais pas faire autrement. Mais elle partira, Gunner. Elle n'a jamais eu l'intention de rester et elle a été très claire là-dessus.

Alors, qu'est-ce que ça veut dire pour toi ? Comment est-ce que ça va t'affecter ?

Je détourne le regard pour observer le ciel à travers la fenêtre en grimaçant. Je sais qu'elle a raison.

– Mais c'est la vie, putain, non ? Rien n'est jamais parfait. Tu dois prendre ce que tu peux, en profiter tant que c'est possible et être content d'avoir eu seulement la chance de te régaler au passage.

Je fais un pas en arrière pour la dévisager et je poursuis :

– Est-ce que je vais douiller à mort ? Oui. Sans aucun doute. Mais en même temps, est-ce que la peur de souffrir va me pousser à me refuser ce qu'il pourrait y avoir de bon entre nous tant que ça dure ? Non. J'ai perdu beaucoup de proches et la leçon que j'en ai tirée, c'est qu'il faut savourer leur présence tant que c'est possible. Les aimer tant que tu peux. Comme ça, tu ne peux pas dire que tu regrettes de ne pas t'être donné une chance de vivre un truc super.

– Aucun regret.

– Exactement. Aucun regret. Alors… je vais tenter de profiter au max des prochaines semaines. On va enchaîner les rencards de compète, les bisous, baiser comme des lapins et rigoler le plus possible. Tout ça. Et ensuite, quand Chase partira, je serai triste, mais je saurai que j'aurai tout donné.

– Tu ne voudrais pas essayer une relation longue distance ?

– Pffff. Je vois ça seulement à travers le prisme des militaires sur le terrain, j'en suis conscient, mais ça marche rarement.

– Euh… si, ça marche, affirme-t-elle en levant la main. On a bien réussi, nous. Beaucoup de gens y arrivent. Il faut juste beaucoup de confiance et d'honnêteté entre les principaux intéressés.

– Chase est la fille la plus brutalement honnête que je connaisse, alors au moins, on a ça pour nous.

Pour une raison ou une autre, je repense à son histoire de punaises de lit et à tous les jurons sortis de sa bouche quand elle me l'a racontée, ce qui me fait doucement marrer.

– Je ne sais pas, Ell. On n'en a pas parlé. Je crois qu'on essaie tous les deux de profiter de l'instant du mieux possible, tant qu'on peut, et qu'on s'est dit qu'on s'inquiétera de la suite quand le moment se présentera.

– Une stratégie d'évitement à tout prix. Mon type de plan préféré.

Nous rions tous les deux, mais il y a comme une impression qui ne me quitte pas de tout l'après-midi, jusqu'à ce que je rentre à la maison. Je viens d'admettre publiquement que je suis amoureux de Chase Kincade.

C'est une chose d'en être conscient tout seul dans mon coin. Une autre de le dire à haute voix à quelqu'un qui peut me pourrir la vie en se foutant de ma gueule chaque fois qu'elle me croise.

Ou juste en le sachant tout court.

Mais quand je me gare devant chez moi et que je vois de la lumière à l'intérieur, je ne peux pas m'empêcher d'être tout content. Satisfait. J'ai hâte d'ouvrir la porte.

Cette sensation de retrouver quelqu'un chez soi le soir en rentrant, c'est bizarre et génial à la fois, mais aussi très nouveau. Un accueil chaleureux. Le ronron de la télévision au loin, témoin de la présence d'une personne. L'odeur subtile de son parfum qui me chatouille le nez.

Mais elle va partir, Gunner. Alors, qu'est-ce que ça signifie pour toi ?

Je refoule les réflexions d'Ellie quand j'ouvre la porte. Je suis là, et j'ai la chance de pouvoir profiter des moments que Pineman et Shotgun ne vivront plus jamais.

J'accepte la douleur de notre future séparation pour faire l'expérience de la relation qui la précède.

Aucun regret.

– Ah, te voilà, m'accueille Chase en passant ses mains autour de ma taille avant de me donner un baiser.

Nous ne nous sommes pas embrassés depuis plusieurs jours parce qu'elle était malade, mais je ne m'étais pas rendu compte à quel point j'avais trouvé le temps long jusqu'à présent. Jusqu'à ce que sa langue se glisse entre mes lèvres et que la chaleur de son corps se presse contre le mien pour le réchauffer.

Je suis au paradis et en enfer à la fois. Je veux plonger en elle comme jamais. L'absence aiguise les appétits, mais voir la femme de tes rêves au quotidien et faire preuve de retenue parce qu'elle a la crève, putain, c'est juste de la torture.

– Visiblement, tu te sens mieux.

Je prends son visage en coupe, puis mes mains descendent se poser sous son cul… puis vont un peu partout comme elles le peuvent.

Elle me répond d'un petit gémissement en m'embrassant dans le creux du cou et je bande déjà. Ma bite me supplie de m'enfoncer en elle.

– J'ai une surprise pour toi.

Décontenancé, je recule brusquement pour la regarder.

– Une surprise ?

Ce n'est qu'à ce moment-là que je remarque qu'elle porte un manteau, mon manteau et des chaussures à talons.

– Oh.

C'est tout ce que j'arrive à dire quand elle fait un pas en arrière et se trémousse pour faire tomber le vêtement de ses épaules, puis par terre.

Mais je ne regarde pas où il atterrit.

Oh que non ! Mes yeux sont rivés sur elle. Elle, devant moi, avec des escarpins aux pieds, un tablier vichy rouge autour de la taille et le plus grand sourire charmeur que j'aie eu le plaisir de me voir adressé de toute ma vie.

– Alors, si ça, c'est pas un accueil chaleureux comme j'en ai rarement connu.

– Tu aimes ? me demande-t-elle en faisant la révérence.

Ses seins sortent en tremblotant sur les côtés, derrière les volants qui recouvrent partiellement son torse.

– On peut dire ça.

Elle fait une petite pirouette me permettant d'apercevoir le nœud bouclette qui repose sur son cul nu et j'en salive d'avance. J'ai tellement envie de la toucher que mes doigts picotent.

– Je t'ai fait une tourte à la pomme, m'annonce-t-elle en se tournant pour aller dans la cuisine. Elle est chaude et juteuse, bien humide et elle n'attend qu'une chose : que tu y enfonces ta cuiller pour la savourer.

Je reste planté là pour admirer la scène. Profiter du balancement de ses hanches, des oscillations de ses fesses, et je pousse un grognement.

Mais putain, si elle veut jouer les tentatrices faussement timides, alors je suis des plus partants.

– Une tourte à la pomme ? Je ne te savais pas pâtissière, je commente en la suivant, les yeux collés à la moindre de ses courbes.

– C'est tout ce que tu as à me dire ?

– Oh, j'ai beaucoup de choses à te dire, mais pour l'instant, je profite du spectacle.

– Alors, est-ce que la performance va aller en s'améliorant ?

Elle se penche pour ouvrir le four et en sortir son gâteau.

Putain de bordel de merde !

Et il ne lui faut que quelques secondes. Bon Dieu, ce qu'elles sont longues. Mais elle ferme enfin la porte et dépose le plat sur la gazinière. Je l'incite à pivoter sur elle-même pour écraser ma bouche sur la sienne.

Elle a toujours les gants de cuisine sur ses mains, mais je m'en fous.

Et je ne peux penser qu'à elle.

Maintenant.

– Aucun regret, je lui dis entre deux bisous.

Je la soulève pour l'asseoir sur l'îlot central. Le froid du granit sur son cul lui fait pousser un petit cri, mais de mon côté, je suis en surchauffe.

Nos baisers sont brûlants et affamés, aromatisés au désespoir. Le genre de baiser qui donne l'impression d'être dévoré tout cru si on n'enchaîne pas sur la suite. Prendre plus. Donner plus.

Nous sommes tous les deux aussi frénétiques l'un que l'autre. De ses mains, elle passe mon tee-shirt par-dessus ma tête et les miennes enserrent ses fesses pour la positionner au bord du meuble. Je fais tomber mon short et elle tire sur mes cheveux au-dessus de ma nuque.

Nous ne ralentissons que pour me laisser le temps d'enfiler une capote et de la pénétrer immédiatement. Nos baisers engouffrent nos soupirs surpris quand elle se contracte autour de moi, une torture de désir en soi, et je m'enfonce le plus possible dans son impitoyable chaleur humide.

Nous ne pensons à rien d'autre qu'à notre but. Nous envoyer en l'air jusqu'à nous en oublier.

J'essaie de rester immobile.

J'essaie d'y aller lentement.

Mais Chase se tortille contre moi. Ses dents se plantent dans ma lèvre inférieure et ses talons dans mes reins, et elle me supplie de la propulser là-bas.

– Baise-moi, Gunner.

Ces mots murmurés à mon oreille sont tout ce que j'ai besoin d'entendre.

Rien d'autre ne compte qu'elle et moi et sa façon de me regarder, à moitié allongée, les coudes sur le plan de travail et les seins rebondissant à chacune de mes poussées, la chatte de plus en plus mouillée.

Putain, elle est tellement sexy.

Encore plus quand elle glisse son doigt à l'ongle parfaitement manucuré entre ses cuisses pour s'occuper de son clitoris à l'extérieur pendant que je le stimule de l'intérieur.

Je dois puiser dans mes dernières réserves pour tenir le coup, ne pas jouir, parce que, bordel de merde… Sait-elle seulement à quel point elle est affriolante avec son petit tablier, son ongle rouge sur les chairs roses de son sexe et son regard voilé de plaisir ? Se doute-t-elle des sensations qu'elle me procure ?

Pas de lente séduction ce coup-ci.

Pas de mots d'encouragement ou de gentilles demandes. C'est elle et moi et un désir qui verse de plus en plus dans l'avidité pour finir en pure frénésie.

Son orgasme la percute, il lui coupe le souffle et force son corps entier à se contracter.

Je ne me plains pas, car ses mouvements me prennent par les couilles et me propulsent de l'autre côté.

Perdant tout sens de la réalité et de la raison, seulement conscient de l'onde de choc qui fait trembler chacun de mes nerfs, je grogne son prénom.

Puis, tandis que nos respirations et nos cœurs se calment, je pose mon front contre le sien.

– Aucun regret ? demande-t-elle.

Quand je me redresse, elle est toujours accoudée sur le plan de travail. Un sourire faussement timide joue sur ses lèvres et l'un de ses sourcils est arqué d'un air interrogateur.

– Désolé. J'ai eu une conversation avec Ellie aujourd'hui. On est tombés d'accord : comme on ne vit qu'une seule fois, mieux vaut foncer et ne pas avoir de regret. J'ai trouvé que c'était approprié.

– Je vous suis complètement.

Elle se redresse et m'embrasse. Son baiser est long et langoureux, totalement dénué d'intention sexuelle. J'avoue, je ne savais pas que ça pouvait être si excitant.

Son baiser me dit qu'elle me choisit.

Son baiser me dit qu'elle aussi en veut plus.

– Tu m'as vraiment fait un gâteau à la pomme ? je demande en jetant un coup d'œil par-dessus mon épaule pour le regarder sur la gazinière.

Elle éclate de rire.

– Non. Je l'ai acheté et enfourné pour la mise en scène. C'était soit Chase la séductrice, soit Chase au foyer, j'ai opté pour la première proposition.

– Bon choix. Chase la séductrice est toujours le bon choix, je lui confirme avant de l'embrasser.

– Aucun regret.

31

CHASE

Les jours passent dans le rire.

Les nuits s'écoulent lentement, nous faisons l'amour.

Quelle que soit notre activité, nous ne sommes jamais rassasiés l'un de l'autre.

J'ai toujours envie de lui.

Et même maintenant, en l'observant regarder par-dessus son épaule pour terminer son créneau, je ne sais pas trop si je finirai par atteindre ma limite.

Il est tellement différent des hommes que je fréquente habituellement, mais c'est peut-être ça le problème. Il faudrait probablement que je réfléchisse autrement. Je définissais sans doute mal mes besoins.

Mais Gunner y répondrait-il ?

Je me secoue pour me débarrasser de cette idée qui revient de plus en plus souvent depuis que nous vivons ensemble. On peut en apprendre beaucoup et rapidement sur une personne si on partage son espace vital avec elle.

Comme son degré de propreté, ou comment il aime utiliser ses temps morts, quelles sont ses petites manies et comment il se comporte lorsqu'il est fatigué ou qu'il a faim. Le plus sympa, c'est que Gunner est exactement comme moi sur tous ces points, sauf qu'il ne remet jamais les choses à leur place. Et je ne parle pas de l'endroit où je les rangerais, mais vraiment de là où il les a sorties.

Nous avons plaisanté à ce sujet. Et nous nous sommes un peu fâchés.

Quoi qu'il en soit, tout s'est terminé dans des éclats de rire et des câlins sur le canapé… où, le plus souvent, nous nous sommes embrassés et les baisers ont débouché sur une séance caresses et tendresses.

Mais c'est tellement sympa de se réveiller dans les bras de quelqu'un. Je ne sais pas pourquoi je l'ignorais jusqu'à présent. Je suis du genre à avoir besoin de temps toute seule pour décompresser ou profiter du silence. Le fait que je puisse le faire en sa présence sans me sentir étouffée est franchement nouveau et complètement inattendu.

Quand Gunner se retourne pour regarder vers l'avant de sa voiture, il me surprend à le mater.

– Quoi ?

– Oserais-je demander où tu m'as amenée ?

J'observe le paysage autour de nous pour ne trouver qu'un mini-centre commercial à ciel ouvert banal. Nous sommes dans une petite ville située à une trentaine de kilomètres à l'est de Destiny Falls. Il y a un bar de supporters de bonne taille de l'autre côté de la rue, un parc avec des arbres immenses et une aire de jeux bondée. Autour du parking sur lequel nous sommes garés, je vois un salon de manucure, un toiletteur pour chiens et, entre les deux, une grosse boutique à la vitrine occultée et un énorme panneau sur lequel est écrit le mot RAGE dans une police un peu floue.

– On va là, me dit Gunner.

– Dans ce truc qui ressemble à une maison hantée ? Est-ce que je dois m'inquiéter ? On dirait que tu essaies de me faire participer à un rituel flippant.

– Pfff. Genre.

Il se penche vers moi pour déposer un chaste baiser sur mes lèvres avant de sortir de la voiture en me laissant le regarder intensément avec beaucoup de curiosité.

Quand il ouvre ma portière, je l'interroge d'un sourcil arqué pour lui demander plus d'informations.

– C'est une *rage room*.

– Mais c'est quoi ton truc ?

– Quand tu as évoqué ta mère l'autre soir et que tu m'as avoué que tu l'avais perdue si jeune, comme moi mon père, et à quel point ça avait été soudain, et puis que tu n'es pas tout à fait sûre d'avoir digéré ce traumatisme, je me suis dit que c'est exactement là que tu devais aller.

Je le dévisage, et je cligne des yeux en détaillant ses traits harmonieux et son regard si tendre. J'essaie de comprendre ce que j'ai bien pu faire pour le mériter. Pour mériter un homme qui écoute vraiment et qui tente de m'aider.

– Gunner…

– Au passage, tu as lâché que cette semaine, c'était l'anniversaire de sa mort, tu n'as peut-être pas envie d'en parler. Et je ne veux pas être indiscret ni demander ce que tu ressens ou n'importe quelle connerie de psy de comptoir qui ne ferait rien d'autre que t'énerver et rendre tout bizarre entre nous. Alors, je me suis dit qu'ici tu pourrais tout laisser sortir. Même si ce n'est pas pour longtemps. Dans ce truc, on ne te jugera pas. Tu peux choisir de t'exprimer comme tu le souhaites.

Je ne le quitte pas du regard, cet homme qui non seulement entend mais écoute véritablement. Je suis plus que touchée qu'il ait pensé à m'amener dans un tel lieu. Qu'il ait repéré cette information que j'ai laissée filtrer par erreur à propos de ma mère. Et il a préféré ne pas me forcer à en parler. À la place, il m'a déniché un exutoire me permettant d'exprimer ce mélange de chagrin, de trouble et de colère qui m'a attaquée à plusieurs reprises n'importe quand cette semaine.

Encore une preuve qu'il me comprend mieux que j'en suis moi-même capable, certains jours.

– Bon, je suis déjà passé par là. J'ai tout fait pour dégager la mort de ma vie, pour trouver une explication et tout ce que tu veux. Tout ce que j'ai réussi à faire, c'est enrager un peu plus chaque fois que j'essayais. Alors je sais dans quel état d'esprit tu es, vraiment, et c'est abominable.

Il me prend la main et utilise nos doigts mêlés pour désigner le panneau à l'entrée.

– Mais aujourd'hui, nous allons faire un pas vers la guérison, histoire de mettre du baume sur toutes ces petites coupures à l'intérieur qui s'ouvrent encore de temps en temps.

– Merci. Je ne sais même pas comment…

Je tire sur son bras pour l'arrêter sur sa trajectoire et l'embrasser.

– Tu peux continuer à me remercier si tu veux, murmure-t-il contre mes lèvres.

– Sans problème, quand tu m'auras expliqué ce qu'on va faire.

– Laisse-moi te faire une démonstration.

En quelques minutes, je suis inscrite, j'ai signé une décharge et on m'a fait enfiler une combinaison plastique intégrale, comme celle qu'utilisent les gens qui manipulent les produits dangereux.

Gunner affiche un immense sourire.

Ici, on nous donne du temps dans une pièce pour casser tout ce qu'on veut. Que ce soit pour s'amuser, laisser sortir la pression ou expurger sa colère.

– Mais comment tu as fait pour trouver un endroit pareil ? je demande à Gunner tandis qu'il ajuste ses (pas) très sexy lunettes de protection.

– Quelqu'un m'en a parlé au bar il y a un bail. Avec quelques copains, on est venus voir à quoi ça ressemblait. J'ai pensé que ça pourrait être un bon moyen de laisser sortir quelques-unes de ces émotions refoulées.

En temps normal, je serais bien énervée qu'on s'adresse à moi de cette manière, comme si on me jugeait ou qu'on me disait quoi faire, mais Gunner ne provoque pas cette réaction.

Il a perdu son père.

Il a perdu ses amis.

Il comprend.

Et j'ai peut-être bien envie qu'il me comprenne mieux. Peut-être. En fait, j'apprécie qu'il en soit déjà capable.

– Pour maximiser votre expérience, nous vous recommandons de varier les plaisirs régulièrement, nous informe l'employé devant la porte de cette salle défouloir. En armes, vous avez au choix des battes, des marteaux, des bâtons, tout ce que vous voulez. Et la musique est un bon support. Vous pouvez en changer aussi souvent que vous le souhaitez ou opter pour une chanson particulière et la passer en boucle. Fort, c'est bien. Assourdissant, c'est mieux.

Son sourire est contagieux, il laisse également entendre que lui-même s'est bien amusé à se défouler dans cette salle quand il ajoute :

– Oh, et assurez-vous de bien crier et hurler tout ce que vous pouvez pour sortir tout ce vous voulez en venant ici.

Je détaille la pièce carrée. Les murs sont capitonnés. Elle abrite toute une série d'armes différentes, alignées sur un panneau et une table, en plein milieu. Dessus se trouvent du matériel électronique et des vases en verre. Dans une autre zone, juste en dessous, les objets en métal, comme ce qui semble être des fûts de bière et des étagères présentant des piles de vaisselle.

– Certaines personnes apprécient d'écrire le motif de leur colère au marqueur permanent sur des assiettes. Comme ça, quand ils les cassent, ils ont l'impression de détruire son origine aussi, explique-t-il, en se retournant vers nous. Je vais vous donner cinq minutes pour vous préparer et ensuite, je lancerai la musique et le chronomètre.

Gunner et moi acceptons ses instructions d'un hochement de tête et, à la seconde où il referme la porte, nous explosons de rire.

– C'est complètement dingue.

– Attends de voir à quel point tu te sentiras mieux après, me promet-il en allant vers la vaisselle. Alors pour ma part, je vais écrire des trucs sur les assiettes pour me faire plaisir en les éclatant.

– Comme quoi, par exemple ?

– Généralement, Sal est l'un de mes chouchous.

Et à sa façon de le dire, je constate qu'il est tout à fait à l'aise avec l'idée me laisser savoir qu'il est toujours en proie à des luttes internes à cause de son connard d'ex-beau-père. Ce qui le rend encore plus attachant à mes yeux.

– Faisons deux assiettes pour lui, je propose en riant.

Mais là, je me retrouve devant ma pile de vaisselle, feutre à la main et beaucoup trop de choses à marquer dessus. Sur la première, j'écris *Maman*. C'est à elle que j'en veux le plus. Pas elle en tant que personne, bien sûr, mais on me l'a arrachée et elle a manqué tant des moments les plus importants de ma vie. Puis j'inscris Finn. C'est mon ex, le premier homme à qui j'ai permis de percer ma carapace, celui qui m'a trompée avec une autre, celui qui bizarrement m'a profondément blessée. Et ensuite, quand j'entends la sirène qui nous avertit qu'il ne nous reste qu'une minute pour nous préparer à laisser exploser notre rage, je baptise deux assiettes supplémentaires. Sur la première, j'inscris le mot *temps*, parce que celui que j'ai avec Gunner défile à toute vitesse et je n'ai pas envie que ça s'arrête.

Et sur la dernière, j'écris mon nom. *Chase.* Parce que je me déteste de lui mentir… et d'être consciente que, lorsque je quitterai Destiny Falls, il faudra faire comme si je n'étais jamais venue. Comme si je n'avais jamais existé. En même temps, je ne peux pas franchement lui donner mon adresse et lui dire de passer me rendre visite. Car bien évidemment, il ne doit pas découvrir qui je suis en réalité.

Alors j'écris mon propre nom parce que mon comportement me répugne, et je me hais encore plus de ne pas laisser la possibilité à notre histoire de devenir plus que ce qu'elle n'est déjà.

– Tu es prête ? demande Gunner en jetant un coup d'œil à ma pile d'assiettes.

Il doit certainement imputer mes larmes au décès de ma mère. Certes. Mais elles sont également là parce que je sais que je vais le perdre, lui.

J'acquiesce d'un mouvement de tête et me force à sourire, pensant toujours un peu que tout ce processus est légèrement idiot.

– Prête ?

La sirène retentit et Gunner attrape sa première assiette et la balance contre un mur aussi fort qu'il peut. Elle explose en un million de fragments et c'est à peine si on peut l'entendre par-dessus la voix de Mick Jagger qui chante son incapacité à obtenir satisfaction.

Je me saisis de la première des miennes pour l'imiter. Il y a quelque chose à dire sur le son de la porcelaine qui éclate et l'effort physique nécessaire à sa production.

Quelque chose d'éminemment satisfaisant, effectivement. De cathartique. Et à chaque nouvel objet lancé, chaque coup de marteau contre l'écran d'ordinateur, chaque mouvement de batte sur le fût en métal, je me détends un peu plus.

Est-ce que ça va remédier à la rupture d'anévrisme qui m'a pris ma mère, au fait qu'elle soit partie et qu'elle a manqué toutes les étapes de ma vie ? Non, mais qu'est-ce que ça fait du bien d'y penser et de laisser cours à ma colère en tapant le plus fort possible !

Je me perds dans l'exercice. Dans la destruction et l'agressivité. Tellement que quand la sirène retentit pour nous avertir que notre temps est écoulé, en plus d'être à bout de souffle, je découvre que des larmes maculent mon visage.

Gunner les remarque aussi, mais ne va pas plus loin qu'un hochement de tête pour les accepter. En fait, il ne me dit pas un mot pendant le laps de temps où nous retirons nos protections et récupérons nos affaires personnelles.

Et j'en suis bien contente parce que je suis à ramasser à la petite cuiller.

Sa main sur mes reins pour m'escorter hors du site – et son silence absolu – me montrent qu'il comprend le tumulte d'émotions que je traverse. *Il me donne du temps pour faire le tri.*

Et ce n'est que lorsque nous sortons du bâtiment et que nous allons monter dans la voiture qu'une vague de sentiments me déferle dessus. Elle me tire par le fond sans me permettre de remonter à la surface. Gunner me prend dans ses bras et me laisse pleurer.

Elle est partie et ça m'a mise en colère. Je n'ai pas eu de maman pendant plus de la moitié de mon existence, c'est abominable. Papa a perdu l'amour de sa vie, c'est horrible. Ça me fout en l'air que l'infidélité de Finn m'affecte encore. Je suis furieuse contre la mère et le beau-père de Gunner, ils lui ont fait tant de mal. J'ai rencontré cet homme incroyable et génial et, maintenant, je vais devoir le quitter, ça m'anéantit.

Et je suis en colère contre moi-même.

Parce que, moi aussi, je vais le faire souffrir.

La douleur et la peine m'emportent dans un tourbillon de chagrin. Je n'ai jamais ressenti ça. Je ne me serais jamais crue capable d'éprouver une telle… détresse. Et si on m'avait posé la question il y a un mois, j'aurais dit que je suis une personne plutôt heureuse. Là, à cet instant précis, je vois pourquoi je suis si déterminée. Pourquoi je n'arrête pas de tout pousser en avant.

Pourquoi je m'agrippe à mes listes et mes tableaux.

Ils ne peuvent pas me faire de mal.

Et à travers tout ce cloaque émotionnel, Gunner me soutient. Il continue à me réconforter en silence. Quand les sanglots se tarissent, il attrape ma main et me propose :

– Un peu d'air frais et une promenade pourraient te faire du bien.

Alors nous marchons.

Vers le parc et ses petits sentiers sinueux. Entre deux marelles et les gamins qui font du vélo. Il me laisse faire le point sans rien me demander et il fait preuve d'une telle puissance à mes yeux. Il me connaît bien, il me comprend assez pour savoir ce dont j'ai besoin alors que je l'ignore moi-même.

– Je peux admettre que je suis mortifiée de m'être complètement effondrée, mais ça ne ferait pas disparaître ma crise, j'avoue en faisant le tour du lac.

– Pourquoi serais-tu mortifiée ? La mort est permanente, mais faire son deuil est une émotion vivante qu'il faut adapter à sa vie quotidienne.

Ses quelques mots sont bien plus logiques que ce que peuvent dire la plupart des gens.

– J'espère juste que ça t'a aidée. C'est étrange, parce qu'au début, on pense que c'est une idée bizarre. Puis tu écoutes le baratin du mec et tu te dis pourquoi pas. Et avant de comprendre ce qui t'arrive, tu te retrouves à éclater des trucs et tu es emporté par des sentiments que tu connais et encaisses régulièrement, mais ça fait tellement de bien de les laisser sortir.

– Comment tu fais pour savoir exactement quels mots utiliser et à quel moment le faire, pour que je puisse t'entendre ?

Ma question l'incite à se taire et il m'observe.

Il prend alors mon visage dans ses mains et son regard soutient le mien.

– Parce qu'on se ressemble comme deux gouttes d'eau, Chase. On a peut-être connu deux chemins différents, mais d'une manière ou d'une autre, on s'est retrouvés ici. D'une manière ou d'une autre, on se comprend. D'une manière ou d'une autre, ça fonctionne.

Il dépose un baiser plein de tendresse sur mes lèvres et conclut :

– Qui sommes-nous pour questionner ça ?

32

CHASE

– Tu fais exprès de ne pas m'appeler ou je dois juste partir du principe que tu es très occupée et que donc je ne dois pas me sentir blessé ? demande papa d'entrée de jeu quand je décroche mon téléphone.

– Drôle. Très drôle.

Je jette un coup d'œil dans le jardin où Gunner tond sa pelouse. Il est délicieusement torse nu et chacun de ses muscles luit sous l'effet combiné de la sueur et du soleil. Et même si j'aime l'admirer, je vais profiter du fait qu'il soit à l'extérieur pour parler boutique avec mon père. C'est un des trucs les plus compliqués à gérer depuis que j'habite chez lui.

Je peux bosser sans problème sur mon ordinateur portable sans qu'il puisse penser que je fais autre chose que des recherches pour mon mémoire, mais ce sont les appels téléphoniques qui sont les plus complexes.

Et malheureusement, ils représentent une part importante de mon travail.

– Je pourrais également croire que tu m'évites, mais tu pourrais très facilement contrer cet argument, alors tu veux me dire très exactement ce que tu fiches ?

– Brexton et Dekker ne t'ont rien dit ?

Je suis sous le choc. D'habitude, mes sœurs sont les premières à venir rapporter les moindres faits et gestes de la petite Chase. Ce que j'adore autant que je déteste. Tout dépend de la situation, parce que d'accord, c'est énervant au possible. Mais leur manie me montre aussi que, même très occupées au quotidien, elles se soucient de moi.

– Elles m'ont parlé du lanceur. C'est Gunner ou Ryan ? Mais j'espérais qu'au moins tu téléphonerais pour me tenir au courant.

– Je ne le connais que sous le nom de Gunner. Alors, c'est comme ça que je l'appelle, papa. Je l'ai trouvé et il ne ressemble en rien à ce que je pensais.

Et à tout ce que j'ignorais vouloir.

– Mais tu ne lui parles pas de la lettre parce qu'il ne sait pas qui tu es, c'est ça ?

– Quelque chose comme ça, je réponds calmement.

J'attends maintenant sa leçon de morale sur la franchise et l'honnêteté.

Mais elle ne vient pas.

Ce simple fait suffit à m'énerver. Les lèvres pincées, je me demande ce qu'il ne dit pas.

– Bon. Tu as trouvé ton lanceur qui n'est plus lanceur. Tu fais du bénévolat dans son asso et tu tentes de faire le bien autour de toi. Et puis, le soir, tu fais connaissance. Et ensuite, quoi ? Tu penses revenir à la maison dans un futur proche ?

– J'en déduis que Dekk et Brex t'ont tout raconté, je conclus pour essayer d'en venir au fait.

– Oh oui, elles m'ont dit plein de choses. Je sais que tu sors avec lui. Que tu fais des euh… trucs avec lui.

Il s'éclaircit la gorge. Visiblement, il n'est pas à l'aise avec cette idée et je réprime un sourire.

– Oh. D'accord.

– Tu penses que je devrais te dire autre chose ?

– Tu ne vas pas me donner l'ordre de ramener mes fesses à New York parce que je joue les tire-au-flanc ?

– Je ne vais rien t'ordonner du tout. Je pourrais te prévenir qu'il y a une pile de contrats qui grossit sur ton bureau, des demandes entrantes qui requièrent ton attention. Qu'en dépit de ton absence, je suis impressionné par tes progrès sur le dossier marketing et médias sociaux et que j'ai hâte de voir comment ce travail va aider KSM à aller de l'avant. Je pourrais rester ici à te bombarder de questions et te balancer que ton petit jeu est ridicule et que j'espère que tu ne finiras pas par en être blessée. Mais non. Quand tu es partie, tu m'as annoncé que tu reviendrais à une date bien précise et je vais m'y tenir parce que tu ne m'as pas averti qu'il y avait un changement de cap.

J'observe Gunner accomplir ses corvées du week-end, des actes tout ce qu'il y a de plus banals, et je me demande ce que je vais ressentir quand je rentrerai à la maison. Cette facilité. Ce confort. Ce que je gagne à être aux côtés d'une personne qui me comprend.

– Chérie ?

– Papa ?

Je ne me fais pas assez confiance pour utiliser des mots, parce que je pense que ma voix trahirait la nonchalance que j'essaie d'afficher à l'idée de partir d'ici.

Partir loin de Gunner.

– Souviens-toi de ce conseil : les meilleures relations amoureuses sont celles qu'on n'a pas vues venir.

– Qui a parlé de relation amoureuse ?

Son rire discret est à la fois réconfortant et moqueur.

– Parce que je te connais. Et si ma petite Chase ne va pas remporter le prix qu'elle convoite, alors elle remballe ses affaires et s'en va le plus rapidement possible. Ma Chase n'aime pas échouer dans quoi que ce soit, donc…

– Je n'ai pas échoué.

Et juste après lui avoir répondu, je prends conscience que je viens seulement de lui prouver qu'il a raison. Je l'entends sourire d'ici.

– Non, mais tu n'es pas rentrée à la maison. Ce qui me dit tout ce que j'ai besoin de savoir.

– Papa.

Ce simple mot est aussi l'expression de mon exaspération.

– Ne sois pas désolée, Chase. Profite de ton temps. Va faire la fête. Il arrive que la vie te saute dessus sans que tu t'y attendes et mieux vaut se régaler tant que c'est possible.

J'ignore pourquoi des larmes me viennent aux yeux, mais c'est le cas. Je murmure à peine ma prochaine question :

– Comment on sait que c'est la fin ?

– Parfois, ça n'arrive jamais. Parfois on doit s'habituer à cette incroyable sensation pétillante en permanence. Elle te force à ajuster ta façon de concevoir le monde, parce que tu te rends compte que tu ne peux plus vivre comme avant.

Je m'éclaircis la gorge et essaie de trouver les mots pour lui répondre :

– C'est un choix qui ne m'est pas offert, papa.

Mais ses paroles me restent en tête toute la journée.

Pendant une petite danse impromptue en attendant que la viande des burgers cuise sur le barbecue. Pendant une session câlin sur le canapé, avec quelques baisers, mais rien d'autre. Je ne me souviens pas de la dernière fois où j'ai simplement eu envie d'embrasser quelqu'un au cours de ma vie d'adulte. Juste apprécier l'acte en lui-même. Sans que ce soit une mise en bouche pour autre chose.

C'était rafraîchissant.

C'était sexuellement frustrant.

Et il y avait comme quelque chose de spécial dans ce geste qui m'a touchée en plein cœur.

Pourtant, les mots de mon père sur l'effervescence et le tourbillon de la vie tournent en boucle dans ma tête et maintenant je n'arrive plus à dormir. Alors je me balade dans la maison. Je regarde des photos sur une étagère. L'une de lui et d'une femme qui lui ressemble beaucoup, j'en déduis que c'est sa mère. L'une d'un groupe de quatre soldats en plus de Gunner et je me demande si c'est d'eux dont il parle souvent. Ceux dont il célèbre l'anniversaire même s'ils ne sont plus de ce monde.

Je passe devant lui. Il s'est endormi dans le canapé. Son sommeil est problématique, même après une longue journée de travail et la fermeture du bar. J'ai remarqué qu'en plus, il était agité. Tellement que je me réveille souvent la nuit pour trouver son côté du lit froid. Quand je me lève pour le chercher, il est généralement dans le salon ou assis à son bureau dans l'alcôve près de la cuisine. Rien de tel que la fatigue jusqu'au point de non-retour pour que « les cauchemars ne viennent pas ».

Mais ce soir, il s'est endormi sur le sofa en rentrant à la maison après avoir fermé le bar. J'ai déposé une couverture sur lui et suis allée me coucher toute seule, car je ne voulais pas le déranger, mais son repos n'est pas paisible.

Il était tellement en prise avec quelqu'un dans son cauchemar qu'il m'a réveillée même depuis la pièce à côté. Je songe à le sortir du sommeil pour le sauver de son mauvais rêve.

Malheureusement, il est encore troublé et j'aimerais pouvoir faire quelque chose pour l'apaiser ou l'aider à se sentir mieux. Je sais que c'est impossible. Je sais que les mots doux d'une petite copine ne vont pas effacer les horreurs de la guerre que son esprit revit régulièrement, et j'ai du mal à l'accepter.

– Reste avec moi. Shotgun. *Allez.* Putain, ne va pas crever quand je suis avec toi.

Il gronde et lance des coups de pied. Normalement, il se calme après un seul éclat, mais là il continue. Une larme coule sur sa joue. À ses bruits de gorge, on dirait qu'il s'étouffe ou se noie. Et il agite sa tête d'un côté, puis de l'autre.

Je l'observe pendant ce qui semble être une éternité, jusqu'à ce que je ne le supporte plus. J'opte pour la seule solution que je connaisse. Je me glisse dans le canapé à côté de lui et lui caresse doucement le torse pour ne pas le surprendre.

C'est un truc que faisait ma mère, d'abord, puis Dekker quand j'étais petite et que je faisais un cauchemar.

Gunner se réveille d'un bond, désorienté, les yeux écarquillés et le souffle haletant. Prêt à se battre contre moi, comme si j'étais l'ennemi. Dès qu'il retrouve une respiration normale et comprend où il est, il me demande si ça va. Je lui réponds calmement, d'un léger bruit de gorge, en restant à ma place. Mais je pose ma poitrine sur son torse pour pouvoir le prendre dans mes bras. Il lui faut une seconde pour accepter le réconfort mutique et la compassion que je lui montre et il m'enlace à son tour.

Nous gardons cette position un petit bout de temps. Son menton sur mon crâne et ma tête sur son cœur, je l'entends battre avec une puissance régulière.

Il finit par rompre le silence un peu plus tard en me murmurant :

– Généralement, je dors mal.

– C'est compréhensible.

– Il faut que j'atteigne un stade d'épuisement total avant de me coucher, sinon les cauchemars débarquent.

Je suis très loin d'avoir l'âme d'une psy, mais ce que j'imagine, c'est qu'en gros, Gunner est conscient que ses souvenirs sont hors de tout contrôle la plupart des nuits. Ce n'est qu'une hypothèse. C'est même peut-être un truc que j'ai lu dans ce fameux magazine dédié à la vie militaire trouvé dans ma chambre d'hôtel. Mais c'est assez pour me convaincre qu'il doit au moins se sentir en position de maîtriser cette conversation.

Ce n'est pas grand-chose, mais c'est le mieux que je puisse faire.

– Je suis là si tu veux m'en parler. Je suis là aussi si tu ne veux pas m'en parler, je propose en déposant un baiser sur son torse. Je suis là tout court.

Gunner me caresse le dos de haut en bas et pousse un gros soupir.

– C'est moi qui guidais les gars dans cette expédition ce jour-là. C'est moi qui ai fait confiance à notre interprète. C'est moi qui ai pris la décision. Tout me faisait chier à la maison et nous foutre dans la merde ne me faisait pas peur. J'étais égoïste, parce que je me sentais si seul. Eux, ils avaient tous des familles et des gens qui les aimaient.

– Tout comme toi.

– Non. Je n'avais plus personne. Comme je te l'ai expliqué, j'avais dit adieu à tout ce qui avait jamais compté pour moi dans les lettres que Pineman nous avait recommandé d'écrire. L'une d'elles était pour ma mère. Je lui ai dit que je l'aimais, mais que je ne pouvais plus vivre dans son monde d'excuses et d'appréhension. Quelques autres sont allées à des agents sportifs pour les remercier, mais que non merci. Encore une aussi pour la fille avec qui je sortais à l'époque. Je n'avais rien ni personne, alors j'ai agi avec imprudence. J'ai conduit mes hommes, *mes frères*, en plein danger.

Ses mots me transpercent comme une lame et j'ignore comment le réconforter, comment recueillir sa parole, comment comprendre sa douleur, quand c'est proprement impossible.

– Je ne vois même pas quoi dire.

– Il n'y a rien à dire. J'ai fait ce que j'avais à faire pour survivre. Mais c'est aussi ce qui m'a rendu dangereux pour mes proches, parce que je n'en avais rien à foutre de vivre ou de mourir, car j'avais déjà fait mes adieux.

– Bon Dieu, Gunner.

– Ouais, maintenant, je sais que c'était très con comme raisonnement. La vie est précieuse, c'est un fait, et je suis conscient de tout ce que j'aurais pu rater… mais ce jour-là, je n'en avais rien à branler. Alors j'ai poussé notre équipe à aller dans ce village pour y récupérer les infos qu'on m'avait dit qu'on y trouverait. J'ai fait chier Pineman quand il a refusé. J'ai fait en sorte que les gars soient d'accord avec moi. C'est vraiment ma faute.

– Tu n'es pas responsable de ce qui s'est passé.

– Des hommes sont morts, Chase. Mes amis, mes frères sont morts. Et c'est moi qui porterai le poids de leur disparition toute ma vie.

Il pousse un gros soupir, son torse en tremble.

– Je t'ai déjà dit que je n'étais pas un mec aussi bien que tu te l'imagines.

Son rire est au mieux amer. Il se fait l'écho d'un chagrin et d'une culpabilité si immenses que je ne peux pas m'empêcher de le contredire. Je me redresse pour qu'il soit forcé de me regarder droit dans les yeux.

– Tu n'étais pas l'officier en charge de cette mission. Pineman aurait pu refuser. Il aurait pu t'envoyer chier. Tu n'es pas…

– Mais j'ai fait le forcing pour y aller.

Ses yeux sont embués de larmes. Elles me détruisent. Il continue à parler :

– J'avais tellement envie de me sentir vivant, j'en étais désespéré. C'est peut-être pour ça que j'étais accro au frisson du combat. J'avais peut-être besoin de m'assurer que je n'étais pas mort… et au passage, j'ai tué quatre de mes amis.

J'attrape son visage à pleines mains. Elles me paraissent si douces contre la dureté de sa barbe naissante.

J'aimerais tellement lui prendre sa douleur, mais je sais que c'est impossible.

– Je pourrais m'épuiser à te répéter que ce n'est pas ta faute, mais tu feras la sourde oreille ou tu ne l'accepteras pas. Alors je vais te dire ça, Gunner Camden, et j'espère que tu vas m'entendre. Tu es un homme absolument incroyable qui non seulement a sauvé toute la situation en étant héroïque…

– Chase…

– Non. *Tu m'écoutes.* Tu as sauvé des vies ce jour-là et au passage tu as failli te faire tuer. Depuis, tu as consacré tout ton temps libre à des enfants à qui il manque un parent et tu as créé une entreprise prospère dont tu reverses une partie des bénéfices aux veuves de tes soldats.

Je me penche pour l'embrasser, puis reprendre :

– Toi, tu fais bouger le monde, Gunner. Tu passes ta vie à essayer d'alléger ta culpabilité du survivant tout en améliorant l'existence de tant d'autres personnes. Tu fais bouger le monde.

Il ne dit pas un mot, mais sa pomme d'Adam aligne les va-et-vient. Je sais qu'il déglutit avec difficulté et il tente de chasser des larmes qui s'accumulent dans son regard.

Et qu'il choisisse de me plaquer contre son torse pour me tenir contre lui plutôt que de parler me convient parfaitement.

Sa poitrine se soulève par saccades et, à chaque mouvement, mon cœur se brise légèrement et laisse entrer un peu d'amour en même temps.

Ce qui me permet aussi de mieux accepter ma décision de me taire, et ce que je vais devoir faire en sera d'autant plus dur.

Je pensais pouvoir le quitter sans tout lui révéler, mais je sais maintenant que c'est impossible. Son honnêteté, son honneur, son âme sont tellement intègres qu'il mérite mon plus grand respect. Je ne veux pas qu'il croie que j'avais choisi d'emblée de le berner, mais il doit découvrir que je lui dissimule une partie de la réalité, que je lui mens. Il a le droit de se sentir trahi.

Merde. J'ai vraiment la haine.

Les larmes montent. Je n'ai jamais trouvé important qu'on ait une mauvaise opinion de moi, sauf pour ma famille. Être consciente que Gunner pourrait me détester de lui avoir caché la vérité me déchire intérieurement.

Je l'aime. C'est aussi simple que ça. Mais je sais que lui ne m'aimera pas en retour. Je vais devoir partir avant de pouvoir ressentir son amour. *Et cette douleur est l'une des pires.*

Je vais souffrir, mais lui ne mérite pas d'être encore plus blessé. Je le pensais avant, c'est toujours d'actualité.

33

CHASE

– Je t'envoie le contrat dès que possible. Désolée que ce soit si long, mais je suis un peu sous l'eau en ce moment.

Je jette un coup d'œil par la fenêtre de l'accueil pour surveiller le gymnase où Joey et Robbie s'exercent au lancer franc.

– Sous l'eau ? Depuis quand tu es sous l'eau ? Tu déchires tout, normalement Kincade, me dit en riant Darius Tomlinson, le footballeur américain trois fois vainqueur du Pro Bowl, mais aussi l'un de mes plus anciens clients.

– Ça m'arrive d'être sous l'eau. Maintenant, ramène ton cul sur le terrain et prouve-moi que tu mérites chaque centime que je viens de négocier pour toi.

– Chef, oui Chef!

Je mets un terme à notre conversation et laisse tomber mon téléphone sur le bureau.

– Ramène ton cul sur le terrain ? m'interpelle une voix derrière moi en me faisant sursauter. Des négociations ?

– Ellie. Oh mon Dieu. Tu m'as foutu une trouille bleue.

Et qu'est-ce que tu as entendu, au juste ?

J'ai la nausée en la regardant et je me demande ce qu'elle a compris.

– Désolée. J'apportais juste des chèques que des parents m'ont remis en déposant leur gamin. Je ne voulais pas interrompre tes négociations.

Elle exige une explication sans vraiment me questionner directement. Je déteste ça. Je tente un truc à l'arrache :

– Des négociations, ah. Oui, c'était mon cousin. Il est à la fac. J'ai effectivement négocié avec sa mère pour qu'elle lui achète de nouveaux crampons s'il gagne son prochain match.

Les mensonges me viennent facilement. C'est horrible. Voilà où j'en suis arrivée, mais c'est nécessaire si je veux entretenir mon subterfuge.

– Oh, et moi qui, égoïstement, espérais en savoir plus sur le matériel pour le Centre, c'est embarrassant, répond-elle en rougissant.

– C'est en route également. Promis. Mon copain m'a rappelée et il a obtenu que les Austin Aces nous en offrent, ainsi que de nouveaux uniformes pour les enfants. On va aussi récupérer des gradins, grâce à l'équipe de hockey des Lumberjacks, et du gazon synthétique de la part des New York Raptors.

Elle écarquille les yeux et, grâce à sa surprise, je me sens mieux. J'aide le Centre. Moi aussi, j'apporte ma petite pierre à l'édifice, comme je le peux.

– C'est incroyable ! s'exclame-t-elle. Gunner ne m'a rien dit de tout ça.

– Je pense qu'il attend de le voir pour le croire et je le comprends complètement, mais je vais y arriver.

Mais quand je jette un coup d'œil vers le gymnase, je suis immédiatement attirée par la scène qui se joue au niveau de la porte. Joey désigne le cou de Gunner et lui demande d'une voix forte et innocente :

– C'est quoi, ça ?

– Ça quoi ? lui retourne Gunner, déjà à moitié engagé avec Robbie pour lui montrer comment faire tourner un ballon de basket sur le bout de ses doigts.

– Les marques rouges, là. Nick dit que tu les as eues quand les extraterrestres t'ont capturé, mais moi je pense que tu as été blessé.

Gunner arrête ce qu'il était en train de faire et se concentre entièrement sur Joey. Il s'assied en tailleur devant lui pour avoir les yeux à la même hauteur que les siens.

– Nick a tort et tu as raison. Tu veux les voir ?

Joey répond d'un hochement de tête. Son regard prudent et honnête ne quitte pas Gunner, comme s'il se demandait s'il ne devrait pas être gêné d'avoir posé cette question.

– Ok, accepte Gunner.

Alors il retire son tee-shirt. J'ai l'habitude de les détailler, de les sentir, donc je ne grimace pas devant ses violentes cicatrices rougies. Mais il y a quelque chose dans le fait de les avoir sous le nez maintenant. Il est torse nu et vulnérable, observé par huit petits garçons qui leur donnent une allure encore plus dévastatrice.

Les enfants réagissent en cris de surprise et en waouh, mais Gunner reste assis là, comme si ce n'était rien d'être examiné comme ça. Il leur demande avec beaucoup de douceur :

– Vous avez des questions ?

– Ça fait mal ?

– Comment c'est arrivé ?

– Est-ce que tu as failli mourir ?

Ces questions sont posées sans aucune honte, comme seuls les gamins en sont capables, et Gunner prend le temps de leur répondre.

– Elles ne font presque plus mal, mais oui, quand c'est arrivé, c'était très douloureux et il a fallu longtemps pour que ça aille mieux. J'ai dû rester à l'hôpital avec beaucoup de médecins pour s'occuper de moi et être sûr que je guérirais bien.

Robbie répète sa question :

– Comment c'est arrivé ?

– C'était un accident. Il y a eu une explosion sur le bord de la route et elle a frappé mon véhicule.

– Bombe artisanale ? demande Gregory.

Que ces enfants utilisent ces termes avec une telle nonchalance me ravage complètement. Ils ne devraient même pas savoir ce que c'est, et pourtant… c'est le cas.

Gunner le regarde droit dans les yeux et lui répond :

– Oui. Une bombe artisanale.

Il y a encore beaucoup de questions : Est-ce qu'elles vont partir un jour ? Est-ce qu'il a des plaques de métal sous la peau ? Est-ce qu'il est gêné par leur apparence ?

Mais la dernière est posée si doucement qu'Ellie et moi retenons notre souffle.

– Tu as eu peur ?

Tous les gamins se tournent vers Joey, comme si c'était ce qu'ils s'étaient tous demandé en silence. Et avant que Gunner ne puisse répondre, Joey reprend :

– Je suis sûr que mon papa a eu peur.

J'arrête de respirer. Gunner lui fait signe d'approcher. Quand le petit garçon obéit, il l'installe sur ses genoux et parle pour que tous puissent l'entendre :

– Oui. J'ai eu peur. Mais je connaissais ton papa, Joey. Et je sais que lui n'a pas eu peur. Il était trop occupé à penser à toi et à ta maman. À se dire qu'il vous aimait tellement et combien il était fier de vous.

Le menton du petit garçon se met à trembler et le mien aussi. Je l'observe toucher du bout des doigts l'épaule de Gunner pour sentir ses cicatrices avant de demander :

– Tu crois qu'il a mal ?

Gunner déglutit visiblement et secoue la tête avant de trouver une explication :

– Non. Je ne pense pas. Avec ta maman, vous l'aimez tellement fort que vous le protégez, comme ça, il n'a pas mal.

– Tu es sûr ? insiste Joey en laissant apparaître une larme sur sa joue.

– Je suis sûr, répond-il d'une voix brisée. Encore des questions ?

– On peut jouer au basket maintenant ? intervient Carl.

Ils se mettent alors tous à sauter dans tous les sens, mais dans la mêlée, je vois Gunner murmurer quelque chose à l'oreille de Joey. Il semble accepter ses mots d'un hochement de tête. Ils restent assis un instant tous les deux à se dévisager avant d'aller rejoindre les autres, comme si tout était normal.

Mais pas pour moi.

La scène m'a vraiment secouée, je ne me serais jamais attendue à un choc pareil. Je savais que Gunner était un mec bien, mais il comprend ces gamins comme peu de personnes en sont capables. *Comme si personne n'avait été là pour lui. Personne ne l'avait serré dans ses bras. Personne ne l'avait rassuré.* Cet échange avec Joey pourrait bien le sauver d'années complètes d'inquiétude et de stress sur les derniers instants de vie de son père. Mais parce qu'il a confiance en Gunner, il croira ce qu'il lui a dit. Il pourra peut-être un peu trouver la paix.

À mes côtés, Ellie essuie les traces de mascara qui ont coulé sous ses yeux et commente :

– Avec lui, c'est impossible, tu sais.

– Qui rend quoi impossible ?

– Gunner. Avec lui, c'est impossible de ne pas tomber amoureuse.

– Je ne suis pas amoureuse. Ce n'est pas po…

– Ouais. C'est ça. Dis tout ce que tu veux, mais tu sais que c'est la vérité.

Elle a l'air tellement factuelle que je ne prends même pas la peine de la contredire. Comme ça, je ne prétends pas le contraire non plus.

– J'ai une vie qui m'attend. Un boulot. Une famille. Des études.

Elle soutient mon regard super longtemps. Je vois de la compassion et de la compréhension dans ses yeux, mais aussi une farouche envie de protéger son ami.

– C'est marrant comme parfois ce que tu as laissé derrière toi quand tu es partie te semble très différent après ton retour, lorsque tu as vécu un truc nouveau. C'est comme si ce qui était important perdait toute son ampleur et que tout un tas de nouvelles choses venaient le remplacer.

34

GUNNER

Mon torse me fait souffrir.

De mémoire, c'est la première fois que lancer une balle de baseball le plus fort possible ne m'aide pas.

De mémoire, c'est aussi la deuxième fois de toute ma vie que j'appelle le boulot pour mentir. Pour annoncer que je suis malade et qu'il faut que quelqu'un me remplace.

Joey, putain. Le gamin avec ses questions innocentes à vous briser le cœur et mes énormes bobards. Impossible d'oublier sa tête lorsqu'il m'a demandé si son père avait eu peur. Qu'est-ce que je pouvais lui dire ? Que je suis certain qu'il en tremblait, comme moi quand la souffrance s'est emparée de mon corps et que je n'ai plus réussi à sentir que l'odeur métallique du sang et des explosifs. Que comme moi, tout ce que son instinct lui criait, c'était de se lever, de courir et de se battre, mais qu'il ne l'a pas pu. Que je ne pouvais pas réfléchir ni comprendre quoi que ce soit d'autre qu'une pure terreur. J'avais peut-être fait mes adieux à tout ce que j'aimais, j'avais quand même envie de vivre.

Je n'avais pas de femme. Ni d'adorable petit garçon. Tout ce que j'avais, c'était le sport et une opportunité qui m'était passée à côté.

Quand je me suis réveillé dans un lit d'hôpital, tout ce que j'ai réussi à penser, c'était qu'il fallait que la deuxième chance que je me voyais accordée soit méritée.

Pourtant, une question vient régulièrement me secouer : *pourquoi suis-je là et pas lui ?* Surtout les jours comme ça, quand je suis confronté à une paire d'yeux innocents qui me demande des choses auxquelles je ne sais pas répondre.

Je prends le virage qui mène chez moi. Mes jambes et ma poitrine me brûlent, tout comme mes pieds sur le ciment. Pas après pas. C'est toujours le bordel dans ma tête, mais tous ces facteurs m'assurent que je suis vivant. Ils me disent… aucun regret.

J'accélère en voyant la maison.

Quand j'aperçois de la lumière à l'intérieur, je sais qu'il y a quelqu'un qui m'y attend. Qui me désire.

Avoir cette vie, cette seconde chance, *cette femme* que je souhaite retrouver le soir et ne pas y aller à fond avec elle, ce serait du gâchis, non ? De ne pas se battre pour en avoir plus ? De ne pas réfléchir à ce que ça ferait d'avoir un petit Joey avec elle pour le voir grandir ?

Putain, ralentis, Gunner.

Tu ne peux pas vouloir ça avec elle.

Putain, tu n'en as jamais eu même envie pour toi jusqu'à présent. Jusqu'à elle.

Mais elle ne restera pas.

Et pourtant, en apercevant son ombre devant la fenêtre, je me demande ce que ça ferait.

Que faudrait-il faire pour changer tout ça ?

Je me force à évaluer jusqu'où je suis prêt à aller.

Mais je ne connais pas la réponse à ces interrogations. Tout simplement parce que toute cette situation m'a complètement pris par surprise, bordel.

Ne réfléchis pas, Gunner. Contente-toi de ressentir.

Ne pose pas de question. Profite, c'est tout.

Chase.

J'ai l'impression d'être brisé, mais il n'y a qu'une manière de me réparer, j'en suis conscient. Un seul endroit où aller. Une seule personne à enlacer pour faire taire la douleur. Pour m'aider à me sentir mieux.

Et je ne sais pas trop comment je vais faire pour la laisser partir dans les prochaines semaines, mais une fois encore : aucun regret.

C'est tout ce que je peux rationaliser comme idée. J'ai besoin d'elle plus que je n'ai jamais eu besoin de quiconque dans ma vie.

Aucun regret, putain de merde.

35

CHASE

– Chase ?

La voix de Gunner qui m'interpelle en claquant la porte d'entrée me prend totalement par surprise.

Il est censé être au bar. Il ne devait pas revenir à la maison avant deux heures du matin.

Dans un acte désespéré, j'attrape tout mon boulot. Le bloc-notes, les contrats et… putain, absolument tout ce que j'ai sur le bureau sur lequel je suis installée et je balance tout dans ma grosse besace pour qu'il ne voie rien.

– Je… je suis là.

Je bégaie en fermant mon ordinateur portable avant de me prendre les pieds dans la sangle du sac, qui du coup me régurgite tout son contenu. Je refourre tout dedans pêle-mêle à toute vitesse et me mets limite à courir pour comprendre pourquoi il est rentré.

– Gunner ? Tout va bien ? je demande en débarquant dans le séjour pour le trouver planté devant la porte.

Son tee-shirt est trempé de sueur au niveau du cou et sa respiration est saccadée, mais c'est la tête qu'il fait qui me retourne. Confusion. Mélancolie. *Manque.*

– Gunner ?

Sans dire un seul mot, il traverse la pièce et m'enlace avant de me plaquer contre le mur et m'embrasser.

Je décèle une sorte de désespoir dans son baiser. Une urgence. Une émotion cachée que je ne comprends pas.

Quand il reprend enfin son souffle, il me répond :

– J'ai juste besoin de toi, Chase. Putain, juste besoin de toi.

Nos regards se croisent et, immédiatement, je sais qu'il obtiendra tout ce qu'il voudra. Après ce moment très dense avec Joey tout à l'heure et l'expression de son visage à cet instant, je vois très clairement qu'il est mal. Il lutte contre lui-même, se sentir proche de quelqu'un lui est maintenant nécessaire.

Je ne sais pas ce que je peux lui offrir à part la possibilité de se perdre en nous, mais je suis là. *Je suis toute à lui.*

Il ne dit pas un autre mot. Il recommence à m'embrasser, un peu plus doucement, ses émotions sont quasiment palpables.

Il retire mes vêtements en murmurant mon nom et referme ensuite ses lèvres sur mon sein, encore emprisonné dans mon soutien-gorge.

– J'ai juste besoin de toi.

– Je suis là.

Je lui enlève son tee-shirt à mon tour. Rien n'est prémédité dans nos actes. Aucun projet d'aller dans un lit ou de nous assurer que nous avons tous les deux notre part de préliminaires. Il n'y a que lui et moi, et ce remous plein de douleur auquel on ne s'attendait pas et qui nous emporte avec lui.

Je dessine les lignes de sa silhouette de mes mains. Ses contours sculptés marqués par ses vilaines cicatrices. Mes lèvres expriment les mots que je ne peux pas prononcer. Mon corps se presse contre le sien pour lui montrer que je suis là pour lui, quoi qu'il veuille, quoi qu'il ait besoin de faire.

Inutile de parler quand nous avançons vers la chambre. L'unique pause que nous marquons dans nos baisers est pour nous laisser retirer nos derniers vêtements. Notre seule inspiration, l'expiration de l'autre.

Je l'embrasse de haut en bas en arrivant devant le lit. Il feule quand mes lèvres se posent sur ses chairs endommagées. Ses abdos se tendent sous ma caresse. Son sexe, dur, est déjà prêt pour moi.

Son gémissement est le seul bruit dans la pièce lorsque je le prends en bouche. Son gland, engorgé. Sa longue verge. Son goût salé sur ma langue. La sensation de ses mains qui attrapent mes cheveux par poignées quand je le glisse entre mes lèvres avant de l'y replonger.

Sa respiration se fait plus saccadée, ses cuisses se contractent et, en poussant un cri sauvage, il tombe à genoux devant moi pour m'embrasser fougueusement.

– Je… juste… toi… Chase.

Ses mots n'ont aucun sens, ses pensées ne sont pas abouties. Il essaie d'assimiler tout ça. Ce *nous*.

– Je suis là.

Mes lèvres retrouvent les siennes quand il s'adosse au lit et que je me mets à califourchon sur ses jambes.

– Regarde-moi, gémit-il. Regarde-moi.

Et quand je le fais, il guide doucement mon bassin pour que je le prenne en moi. Extase. Torture des plus exquises. Tout est dans ses yeux qui se voilent de plaisir et sa bouche qui se détend en grognant la même volupté que celle qui assaille mon corps. Mon nom est comme une empreinte fantomatique sur ses lèvres et, pour une raison ou une autre, je le reconnais, sa façon de le prononcer. Je ne l'oublierai jamais.

C'est comme s'il possédait tout ce dont il a besoin à cet instant précis.

Des larmes jaillissent, en totale opposition avec le ravissement que je sens arriver. Et quand l'une d'elles roule le long de ma joue, il vient la cueillir d'un baiser.

– Je sais, dit-il doucement contre ma peau. Je sais.

Et d'un seul coup, je suis soufflée, parce qu'il se met à bouger. Son mouvement est lent, mais loin d'être timide. Désespéré, mais pas dans l'urgence.

Lorsque deux corps se relient l'un à l'autre pour ne devenir plus qu'un.

Lorsque nous commençons tous les deux doucement, mais sûrement et de manière inconsciente, à nous dire au revoir.

Et plus tard, dans la salle de bains, quand j'essaie de faire disparaître les traces de larmes sur mes joues, je me rends compte que quitter Gunner Camden sera la chose la plus difficile que j'aurai jamais à faire de toute ma vie.

Il me fait sursauter en m'interpellant depuis la porte.

Je lève les yeux pour le dévisager à travers le miroir. Il est habillé et a ses clés à la main, mais son regard est lourd d'une méfiance que je ne saisis pas.

– Tu t'en vas ?

Il m'observe un peu plus longtemps avant de finalement me répondre :

– C'est complètement dingue et je ne comprends rien à ce qui m'arrive, mais je suis amoureux de toi, Chase. Amoureux comme je me suis dit que je ne le serai jamais, parce que je sais que lorsque tu partiras, tout sera terminé. Mais après tout ce que j'ai traversé, je m'étais promis de toujours jouer cartes sur table, alors voilà…

Il rit nerveusement et je ne le lâche pas du regard à travers le miroir. J'essaie de comprendre ses mots et ses sentiments et je ne sais pas quoi en faire non plus. Après un petit mouvement de tête, il conclut :

– À tout à l'heure.

– Hein ? Quoi ?

Je fais demi-tour en vitesse pour être face à lui. Il ne peut pas balancer un truc pareil et se casser juste après.

– Tu vas où ?

– Je sors.

– Tu sors ? Pourquoi ?

Ma voix se brise. Nous désignant tous les deux, il me répond :

– Parce que ça, là. Ce n'est pas toi. Je le sais et tu me l'as répété assez souvent pour que ça rentre… alors je vais m'en aller pour te laisser le temps d'assimiler ce que je t'ai dit. Soit je viens de tout foutre en l'air entre nous et tu seras partie quand je reviendrai, soit tu seras ici et au moins, on passera les jours qui nous restent en sachant où on en est.

Il avance d'un pas décidé qu'il n'avait pas tout à l'heure et dépose un chaste baiser sur mes lèvres. Sans prononcer un autre mot, il sort de la maison en claquant la porte, en me laissant en plan, le regard perdu dans le vague.

Et là, je pète un câble.

Impossible d'arriver assez vite dans l'entrée. Je ne vois pas sa voiture et je panique, en me disant qu'il est déjà parti, mais je me rappelle qu'il est revenu à pied, alors il doit être allé la chercher.

Quand je le repère un peu plus bas dans la rue, je crie son nom.

Mes pieds me portent jusqu'à lui quand il s'arrête. Au début, je marche rapidement, puis je me mets à courir et je finis par lui sauter dessus, enroulant mes jambes autour de sa taille.

Il rit en chancelant sous l'impact, et ma bouche se pose à nouveau sur la sienne.

– Ce n'est pas normal pour moi. D'habitude, je ne fais pas ça, je lui explique entre deux baisers.

– Quoi ? Embrasser un mec dans la rue ? Moi non plus.

– La personne dont tu es amoureux, ce n'est pas vraiment moi. Normalement, je suis Chase des Grandes Villes. Je porte des chaussures à talons, j'ai un milliard de trucs à faire et je stresse comme une malade. Là, être ici, ça me force à être très différente. Tu pourrais ne pas m'apprécier si tu me connaissais dans cet état.

Son rire est étouffé contre mes lèvres.

– On dirait que tu fais tout pour me dégoûter de toi, Kincade.

Je recule un peu la tête, mon regard est tellement intense que quand je fais tomber mes jambes pour retrouver le sol, il me laisse faire.

– Chase ?

Les mots sont coincés dans ma gorge, mais finissent par sortir.

– Moi aussi, je suis amoureuse de toi, Gunner. J'ai peur de te le dire. Peur de l'admettre. Parce que je ne vois pas comment gérer ces sentiments. Tout ce que je sais, c'est que quand tu rentres dans une pièce, je me redresse, je me fais un peu plus grande pour que tu me remarques. Quand tu en sors, j'ai juste hâte que tu reviennes. Quand je me réveille la nuit, j'ai l'impression d'être plus en sécurité avec toi à mes côtés. Et quand je te regarde le matin, au petit déjeuner, je souris en te voyant.

– Ce qui est très révélateur quand on sait à quel point je fais peur au réveil.

Je ris doucement, me sentant soudain plus que timide, sur ce trottoir à la vue du monde entier. Même si j'ai aussi l'impression qu'il n'y a que nous deux.

– Alors on fait quoi maintenant ?

– Je comprends. Tu ne te ressembles pas. Cette ville. Avec un seul cinéma. Le Centre. Toi, tu vois les stades géants avec les néons. J'admire ça chez toi. Tu pars à la conquête de ce que tu veux et tu as des objectifs. Une tonne d'objectifs que j'aurais tué pour avoir plus jeune. Si j'en avais eu, tout se serait peut-être terminé différemment… mais non.

Et j'aime ma vie, Chase. Je ne peux pas te demander d'être une femme que tu n'es pas. Je ne peux pas te demander de rester ici quand tu as tout un monde à conquérir.

Je le dévisage. Lui, cet homme incroyable, et je me pose cette question : comment mon monde s'est-il aussi brusquement réduit à lui et lui seul ? Avant, mon univers était infini, il n'avait ni début ni fin, mais maintenant, quand je le regarde, je vois qu'il incarne ces deux extrémités.

Mais il a raison. Complètement et irrémédiablement raison. J'ai des buts à atteindre. Un monde à conquérir. Et je ne peux pas le faire depuis ici, cette petite ville paumée au milieu de nulle part.

Mais je ne mets pas de mots sur mes pensées et mes inquiétudes. Je me contente de l'embrasser pour littéralement enfoncer ma tête dans le sable.

– On va trouver une solution, dit-il. Je suis amoureux de toi, Chase.

Il me caresse le visage et son sourire timide joue sur ses lèvres, mais aussi avec mon cœur quand il m'annonce :

– Je n'ai jamais dit ça à personne.

Il n'attend pas que je lui renvoie ses mots. Il sait peut-être que je lutte pour accepter la vérité et il m'embrasse.

Et plus tard dans la nuit, allongée sur le lit à regarder les ombres danser sur le plafond, je me rends compte que je viens de faire une énorme connerie.

Au milieu de l'euphorie, de cette puissance de l'amour que j'ai ressentie pour la première fois, j'ai oublié que tout était impossible, irréalisable.

Impossible.

Et je prends conscience que j'ai fait quelque chose d'encore pire que de le quitter à la fin de notre histoire.

Je lui ai donné de l'espoir, je lui ai fait croire qu'on pourrait avoir un avenir.

36

GUNNER

– Attends. Laisse-moi les retrouver. Je crois que je les ai rapportés avec moi en rentrant.

À moitié endormi, mais toujours dopé à essayer de comprendre ce qui s'est passé hier soir, je titube à travers le salon en répondant à Ellie.

La baisse de régime de Joey.

Mes sentiments confus.

Puis le retour à la maison avec Chase.

Je l'aime. Putain, je l'aime. J'ai l'impression qu'un poids a été levé de ma poitrine d'être capable de le dire à haute voix tout en sachant qu'elle pense la même chose.

Sans avoir la moindre idée que je suis en plein trip sentimental de mon côté, Ellie poursuit :

– Je t'ai vu partir avec sous le bras. Mais c'était genre il y a trois ou quatre jours.

– Merde, je marmonne en me cognant un orteil.

– Ta matinée est si folle que ça ?

– Oui. Je suis juste fatigué. Tu sais qu'il ne faut pas m'appeler aussi tôt, je lui dis en fouillant dans les papiers que je balance sur la console dès que je franchis la porte de la maison, d'habitude. Bon, ce n'est pas là.

Je me frotte le crâne en bâillant, puis vais vérifier sur l'îlot central de la cuisine où j'ai déposé une pile de documents à mon retour hier soir. Mais les emplois du temps n'y sont pas non plus.

– Où était Chase ?

– Comment ça, où était Chase ?

– Je suis certaine que c'est là où tu as laissé la pochette. Sans aucun doute, quand tu es rentré, tu es directement allé la retrouver puisqu'en bons tourtereaux que vous êtes, vous êtes incapables de vous lâcher. Toujours à vous tripoter tous les deux.

Je lève les yeux au ciel, mais elle n'a pas tort, alors je vais voir dans la chambre d'ami où est installé son bureau. Je fouille dans ma petite pile d'affaires dans un coin et fais tomber son sac par accident, dont le contenu se déverse sur le sol.

– Merde. Deux secondes, Ell. Je viens de faire tomber un truc.

– Comme c'est étonnant !

Je pose mon téléphone et j'ai déjà rangé la moitié de ses dossiers en bordel dans sa besace quand mon regard est attiré par quelque chose.

Une lettre par terre, près de mon pied. Quand ma mémoire entre en collision avec ma confusion actuelle, je m'immobilise totalement.

Impossible.

Ce n'est pas possible.

Cette enveloppe orange est relativement banale.

C'est peut-être juste une coïncidence.

Et pourtant, quand je la ramasse, je vois mon écriture sur le devant et elle est contre-adressée à mon nom derrière. Tout mon univers est soulevé de son axe central et s'écrase ailleurs. Très loin de son lieu d'origine.

Il n'y a plus d'air dans la pièce et je commence à suffoquer. J'ai la tête qui tourne.

Je ne peux plus respirer.

J'entends battre mon sang dans mes oreilles.

Je ne peux plus penser.

Je suis incapable de chasser les souvenirs et la souffrance que j'ai éprouvée ce soir-là, le soir où j'ai écrit cette lettre.

Putain, je ne peux pas réussir à gérer.

Je n'arrive pas à faire partir la douleur de voir ce truc chez moi, j'ai l'impression d'avoir reçu un uppercut dans le ventre.

L'enveloppe était dans le sac de Chase. Pourquoi serait-elle en possession de ce courrier ? Pourquoi… Puis je regarde d'un peu plus près le nom de l'agence à laquelle il a été envoyé et là, je me prends un coup de massue en plus.

KSM.

Comment ai-je pu oublier ce que ça signifiait ? Comment ai-je fait pour ne pas faire le rapprochement ? Merde !

Kincade Sports Management.

Chase *Kincade.*

J'ai le bide en vrac. Je titube pour aller m'asseoir jusqu'au lit et essayer de comprendre ce que j'ai sous les yeux. Ce que j'en déduis.

– Gunner ? *Gun ?*

C'est à peine si j'entends la voix d'Ellie dans mon portable. Je l'attrape et me contente de lui balancer un : « Je te rappelle » avant de raccrocher sans attendre sa réponse.

Chase savait qui j'étais.

Elle savait depuis le début.

J'ai les mains qui tremblent. Le passé, un passé que j'ai abandonné il y a longtemps s'écrase contre mon avenir. Un avenir dans lequel je pensais m'engager.

– Gunner ? Tu es l…

Les mots de Chase s'arrêtent net, exactement au même moment que ses pieds sur le sol de la chambre.

La regarder va me tuer. Voir cette fille dans mon tee-shirt et les cheveux en bataille d'avoir dormi dans mon lit va m'éviscérer. Cette femme que *j'aime* et qui m'a mené en bateau depuis le début, je le sais.

37

CHASE

En voyant Gunner assis sur le lit dans la chambre d'ami, mon estomac se retourne. Mon sac est à côté de lui, son contenu à moitié sorti à cause de son arrivée surprise de la veille, mais c'est la lettre qu'il tient à la main qui me dévaste.

Je secoue la tête de droite à gauche et la panique s'empare de moi.

Non. Non. Non.

– Ce n'est pas ce que tu crois.

Ce sont mes premiers mots. Côté défense, c'est merdique, mais c'est tout ce que j'ai.

Gunner observe l'enveloppe dans sa main comme si je venais de lui enfoncer un couteau dans le cœur. Comme si j'en avais expulsé tous ses souvenirs et toutes ses vulnérabilités pour les mettre à la vue de tous. Mais c'est seulement quand son regard croise enfin le mien que je prends conscience de l'infime portion de la dévastation que j'ai pu faire naître avec mon jeu de dupes.

Ses grands yeux bruns me supplient et m'interrogent tout en me méprisant profondément. Je lutte pour trouver quoi lui dire et même quoi faire. Je veux me détourner. Me cacher de cette douleur dont je suis la source, mais je ne peux pas faire ça non plus.

Je lui dois au moins ça.

– Où te l'es-tu procurée ? finit-il par murmurer.

– On l'a reçue au bureau il y a quelques mois.

Je parle d'une voix timide. J'ai tellement peur de faire ou dire quelque chose de blessant alors que je lui ai déjà fait tant de mal.

– *Ton bureau ? Kincade Sports Management* est ton bureau ?

Il s'exprime sur un ton de plus en plus aigu à chaque mot.

– Je croyais que tu étais étudiante et que tu bossais sur ton mémoire de master. Je pensais que tu cherchais à en savoir plus sur la vie militaire ici et sur le terrain et, bon Dieu... s'exclame-t-il en passant une main dans ses cheveux. Kincade Sports Management. Je m'en souviens maintenant. Le père avec ses filles qui travaillent pour lui. Tu es l'une d'elles. TOI, tu bosses pour lui. Tu es agent sportif.

– Gunner.

Son nom est une supplique sur mes lèvres. Je le supplie de me pardonner, de me laisser lui expliquer, de n'importe quoi.

– Putain, maintenant je comprends tout. Tout est clair. *Ne t'avise pas d'approcher d'un pas !* tonne-t-il.

Je m'arrête net, des larmes plein les yeux.

– Ce n'est pas ce que tu crois. Une petite erreur. Un petit mensonge sans conséquence qui est devenu hors de contrôle et a pris des proportions énormes avant que j'aie pu le rectifier, et puis c'était trop tard. J'ai commencé à tomber amoureuse et je savais que ce que je faisais était rédhibitoire pour toi...

– Bah ouais, c'est ça, putain. Tu m'as écouté, un peu ? T'as compris le prix que j'ai dû payer à cause de gens qui m'ont trompé, dupé, menti ? Mes rêves qui se sont envolés ?

Il se lève d'un coup et arpente la pièce de long en large, son enveloppe agrippée entre les mains.

– Je pensais que tu étais… Tout ce que je croyais savoir de toi… *tu n'es pas toi-même.*

C'est à peine si je l'entends. Son incrédulité mêlée de souffrance taille dans le vif de mon cœur.

– Promis, c'est toujours moi. Je me suis juste…

– Tu m'avais prévenu. Putain, tu me l'as même dit. Tu m'as dit que je n'aimerais pas qui tu étais en réalité et moi… Putain, je te répondais que ce n'était pas vrai et…

Son regard est défait, mais brille d'une lueur de colère quand il conclut :

– *Tu avais raison.*

– Non. Ne dis pas ça. Je suis moi. Toujours la même personne. C'est juste que…

– Et les garçons, alors ?

Il change de sujet comme s'il ne pouvait pas se concentrer sur une seule conversation à la fois. Mon Gunner, mon mec sûr de lui, n'est plus du tout lui-même.

– *Tu as fait des promesses à ces gamins.* Et pour quoi faire ? Pour me séduire. Tu les as utilisés pour m'avoir…

– Ces promesses sont valides, je crie, désespérée. Il faut que tu me croies. Les garçons n'ont rien à voir là-dedans. Je n'aurais jamais…

– Te croire ?

Il rit, les bras levés, en me regardant comme si j'étais dingue.

– Gunner, il faut que tu me croies…

– *Tu m'as berné, tu t'es payé ma tête.*

Il enfonce son poing sur le bureau à côté de lui et sort de la chambre à toute vitesse pour échapper au petit espace dans lequel nous sommes enfermés. Je me précipite pour le suivre, en proie à un désespoir que je n'ai jamais ressenti de toute ma vie.

– Et tout ça pour quoi ?

– Je pensais… je pensais te trouver et peut-être, je ne sais pas. Te faire passer des essais pour des recruteurs de grosses équipes.

Il me rit au nez et je lève les mains dans un geste de défense.

– Maintenant, je suis consciente que tu ne joues plus, mais je croyais que ce serait cool de réaliser ton rêve. Un souvenir à raconter à tes petits enfants un jour, comme quoi tu avais pu le faire.

– Et tout ça d'après une lettre, hein ?

Un muscle tressaille dans sa joue et il me perce de son regard.

– Je… je me voyais en faire tout un truc où on aurait organisé comme des matchs de vétérans. Pour lever des fonds pour une bonne cause…

– Et quel genre de cause ce serait ? me coupe-t-il d'un ton cassant.

– Je ne sais pas. Le Centre ? Un groupe d'anciens combattants… À toi de me le dire.

– Tu ne connaissais pas l'existence du Centre avant d'arriver ici. Avant de me rencontrer. Avant de prétendre être quelqu'un que tu n'es pas.

Il parle de plus en plus fort à chaque mot.

– Alors, c'est quoi la vérité, Chase ? Qu'est-ce que tu voulais obtenir de moi ? D'expérience, je sais que les agents ne souhaitent t'aider que si c'est bon pour eux. On s'en bat les couilles de ton talent, tant que tu leur fais faire du fric ou que tu leur apportes de la notoriété, ou, oh mon Dieu…

Il se décompose en me regardant, les yeux écarquillés, complètement soufflé, et ajoute :

– Tu voulais te faire un coup de pub avec moi, c'est ça ? C'est sûr, obligé. Tu as vu qu'il y a quelques mois un agent s'est attiré l'attention du public et tu t'es dit que tu pourrais en profiter aussi. Que tu m'obtiendrais un essai avec un recruteur, ou que tu organiserais un match de gala en plaçant stratégiquement KSM partout. Comme ça, tout le monde saurait que vous êtes des gentils et que vous faites de bonnes actions.

Ses derniers mots dégoulinent de sarcasme et je dois faire un effort pour déglutir la grosse boule dans ma gorge.

– Ça fait beaucoup de suppositions.

Ma voix flanche et, bizarrement, on dirait que j'admets qu'il a raison.

– Ce n'est pas ce que je…

– N'importe quoi pour faire des bénéfices, hein ? Je vois la scène, maintenant. La super-agent au grand cœur qui part à la recherche d'un vétéran blessé au combat, dont la lettre était perdue dans le courrier. Elle se pointe comme une flèche, lui fait faire le show. Jolie démonstration d'animal de cirque en quelque sorte, comme ça, tu peux prétendre faire le bien autour de toi, mais en fait, c'est tout pour ta gueule.

Ses yeux sont pleins de larmes quand il me regarde. Il les chasse d'un mouvement de paupière, mais cette image restera gravée à tout jamais dans ma mémoire. L'image de la trahison et de la souffrance. De l'incrédulité et de la déception.

– *Tu allais te servir de moi.*

Chacun de ses mots me blesse.

Non pas seulement parce qu'ils lui font mal mais aussi parce qu'ils sont vrais.

Parce que oui, je suis insensible et égoïste comme ça. J'étais tellement obnubilée par mon satané objectif que je ne m'étais jamais arrêtée pour réfléchir à ce que Ryan Camden, mon vétéran sans visage que je n'avais pas encore rencontré, pourrait ressentir.

Comment Gunner pourrait le prendre.

– C'est injuste.

– Tu n'as pas l'air très sûre de toi, commente-t-il en me regardant avec sévérité. Je croyais que la Chase des Grandes Villes était tout le temps sûre d'elle-même.

– Ça n'a jamais été mon intention.

– De quoi, de m'utiliser comme un animal de cirque ou de mentir sur ton identité ? me crie-t-il dessus.

– On m'avait dit de faire attention, on m'avait prévenue que les militaires se protégeaient des autres. Que si j'arrivais en posant des questions sur toi, ils feraient rempart et…

– On t'a dit de faire attention, hein ? Parce qu'on est vraiment des gros tarés, c'est ça.

– Non, parce qu'on accepterait mal mes questions puisque je ne suis pas du milieu.

– Alors tu as pensé que ce serait mieux de mentir ?

– Non. Je ne savais pas que Ryan et toi étiez une seule et même personne. Je ne l'ai découvert qu'après…

Un sanglot vient me couper, mais je reprends :

– Qu'après avoir dansé sous la pluie avec toi, et là, c'était trop tard pour te révéler la vérité.

– Mais tu as menti sur tout le reste. Sur la fac, tes recherches et…

Il attrape un coussin sur le canapé et l'écrase de toutes ses forces en grondant comme un animal blessé.

– Est-ce que tout ce que tu m'as dit hier soir était aussi un mensonge ?

Ses larmes sont bien visibles maintenant. Il n'essaie pas de les chasser ni de les cacher. La douleur et la trahison s'affichent pleinement dans son regard.

– Je ne mentais pas, je murmure entre mes propres pleurs. S'il te plaît, laisse-moi t'expliquer. J'ai *besoin* de tout te dire.

– Il n'y a rien à expliquer.

Il baisse les yeux sur ses mains, sur son portable, et soupire. Quand il relève la tête, leur dureté me fout la trouille comme jamais.

– Je vais partir maintenant. Je me casse et, surtout, je dois m'éloigner de toi, m'annonce-t-il en reniflant. Et quand je reviendrai, je ne veux plus te voir. Il faut que ce soit comme si tu n'étais jamais venue chez moi.

– Gunner, *Non!*

Mais le dernier regard qu'il m'adresse avant d'attraper ses clés et de sortir de la maison me dit tout ce que j'ai besoin de savoir.

Je peux supplier à en perdre la raison, ça ne changera rien.

Rien n'y fera.

C'est ma faute, je me suis fait ça toute seule.

C'est ma faute, je nous ai fait ça à tous les deux.

Je titube en reculant et tombe comme une masse sur le canapé. Dévorée par l'agonie.

Je regarde fixement la porte en espérant qu'il revienne. Espérant qu'il puisse se projeter au-delà de sa colère. Le suppliant sans y croire une seconde qu'il m'accorde une minute pour lui expliquer comment toute la situation m'a échappé.

Qu'il voie plus loin que sa désolation totale pour concevoir la mienne.

Qu'il sache qu'à chaque pas qu'il fait sur cette route, mon cœur se brise en mille éclats tranchants. Comme l'assiette que j'ai explosée sur le mur. Cette assiette sur laquelle était inscrit mon nom.

Mais il ne revient pas.

Et c'est tout ce que je mérite.

Il ne reviendra pas.

« Je me casse et, surtout, je dois m'éloigner de toi. Et quand je reviendrai, je ne veux plus te voir. Il faut que ce soit comme si tu n'étais jamais venue chez moi. »

C'est à ce moment que je comprends véritablement les notions de détresse et de malheur. Parce que mon cœur ne s'en remettra jamais.

Et je ne me pardonnerai vraiment jamais pour le désespoir et la colère que j'ai infligés à Gunner, que j'ai lus sur son visage. Je ne me pardonnerai jamais d'avoir fait souffrir un homme qui n'a jamais mérité autre chose que le bonheur.

38

GUNNER

JE ROULE.

Sans but. La route ne fait rien pour éclaircir le brouhaha qui m'encombre le cœur et l'esprit.

Elle n'est pas étudiante en master et ne cherche pas à récolter des informations sur la vie militaire.

Est-ce que c'est important ? Oui. *Oh putain, oui.* Pas parce qu'elle ne va pas à la fac mais parce qu'elle ne m'a pas dit qui elle était.

Parce qu'elle m'a menti.

Parce qu'elle m'a *dupé*.

Je me retrouve en fin de compte au cimetière des armées, quelques villes plus loin. Assis dans ma voiture, je regarde les drapeaux américains flotter dans le vent sur les pierres tombales. Ils m'offrent un petit rappel : je ne suis pas mort et je traverse seulement une période de turbulence… mais putain, pourquoi ça me fait un mal de chien comme ça ?

Dans ma tête, j'entends la voix de Pineman qui me dit de la fermer et d'encaisser sans broncher. Que ce n'est dur de la perdre que si je la laisse prendre une telle importance. Que la vie, c'est merdique, mais qu'il faut bien avancer.

Après le cimetière, j'échoue aux abords d'un terrain de baseball, à côté d'un lycée, et je regarde des gamins jouer. Les tours de batte s'enchaînent, mais je n'y vois pas plus clair. Au contraire, j'en chie de plus en plus et je comprends de moins en moins tout ce bordel. Au final, je me retrouve à me demander comment j'ai pu être mené en bateau comme ça. Comment j'ai pu tomber aussi facilement amoureux de Chase Kincade quand je suis d'habitude bien plus prudent.

Je continue à conduire.

Je roule au milieu des bois et des terrains agricoles, mais rien ne vient déloger la douleur dans ma cage thoracique. Rien ne vient calmer les doutes que j'entretiens sur mes propres jugements. Et rien ne vient m'aider.

Je n'ai jamais tant eu envie de reparler à ma mère que maintenant. Elle aussi a reçu l'une de ces enveloppes. Elle a préféré choisir Sal plutôt que moi et j'ai dû tourner la page pour ne pas devenir dingue. Pour la première fois depuis que j'ai envoyé ce courrier, je voudrais l'appeler pour aucune autre raison que lui demander comment elle peut aimer quelqu'un qu'elle déteste.

Je sais que c'est ce qu'elle ressent pour Sal.

Et j'entretiens le même type de sentiment envers Chase en ce moment.

Quand les panneaux de signalisation commencent à se troubler et que la nuit tombe, je finis par rentrer chez moi.

La maison me fait l'effet d'une ville fantôme. Désertée quand elle a été habitée. Calme quand elle a été si pleine de vie.

Je veux que ce soit comme si tu n'étais jamais venue chez moi.

Mais qui suis-je pour mentir ? Chase est partout, putain. Je sens son parfum dans l'air, il n'a pas disparu. Cette couverture qu'elle a pliée en triangle est encore sur le canapé. Ce putain d'îlot central est toujours au milieu de la cuisine pour me rappeler que nous avons fait l'amour dessus.

On dirait bien que le principe du « Aucun regret » prend un tout autre sens maintenant.

39

CHASE

– Est-ce qu'on va parler du fait que tu es assise derrière ton bureau – *dans nos locaux* – et que personne n'était au courant de ton retour ?

C'est Brexton. Elle vient de m'interpeller depuis ma porte. Je ne lève pas la tête pour lui répondre :

– J'essaie juste de rattraper mon retard.

En vérité, je suis rentrée depuis quatre jours, mais là, pour la première fois, mes yeux ne me trahissent pas. Pas de traces de larmes.

– Tu ne pouvais pas passer nous dire bonjour ? On n'aurait même pas appris ton retour si Letty ne nous avait pas averties.

– Je suis arrivée super tôt.

Je me blinde avant de l'affronter, histoire d'être sûre de ne pas pleurer. Si je ne la regarde pas, elle saura qu'il y a quelque chose qui cloche.

– Tu as vu la pile de merdes que j'ai à gérer ? je lui réponds en la regardant en face avec un petit sourire contrit. Vous auriez pu me donner un coup de main quand même.

C'est bon, je lui ai accordé sa dose d'attention et de commentaire de connasse, donc j'imagine qu'elle va bientôt partir.

Mais non, elle campe devant mon bureau.

– Je n'ai pas le temps, là. On pourra peut-être papoter après le boulot ?

Enfin… Sûr, je me tire à la seconde où j'aurai terminé de parler avec mes clients pour l'éviter.

– Non. On peut discuter maintenant.

Le silence s'installe et même si je continue à taper sur mon clavier, sans trop savoir ce que je fais, le poids de son regard est de plus en plus lourd.

– Tu t'es barrée pendant sept semaines. Tu as coupé toute communication entre nous, à l'exception des emojis de circonstance en réponse à nos messages quand tu nous as demandé des conseils à Dekk et moi. Et là, comme ça, sans prévenir, tu te pointes au bureau, l'air de rien ? Et tu crois sincèrement que je ne vais pas venir planter mon cul sur la chaise d'en face et exiger de savoir ce que tu fous ?

Mes doigts volent sur le clavier et les larmes menacent. Tout ce que je peux faire, c'est garder la tête baissée et fixer mon écran.

– Tout va bien. Promis.

Je n'aurais pas dû ajouter ce dernier mot, parce que ma voix se brise dessus. Elle se brise devant Brex, qui me connaît trop bien et sait exactement pourquoi je flanche.

– Chase, regarde-moi.

Elle s'adoucit. Avant, elle était irritée, là, elle est affectueuse et pleine de compassion. De toutes mes sœurs, c'est elle qui est la plus habituée à avoir vu son cœur saccagé et aux histoires d'amour foireuses. Maintenant, bien sûr, elle est avec Drew, mais avant lui, bien des hommes l'ont fait pleurer.

C'est donc elle qui me comprendra le mieux.

Je mords ma lèvre inférieure et secoue la tête. Les larmes troublent ma vue.

– Je ne peux pas. Je ne peux absolument pas.

– Ok. Je vais te laisser tranquille et annoncer au reste de l'équipe que tu es en pleine négo, donc qu'on ne doit pas te déranger.

J'accepte en opinant, le regard rivé à mon écran.

– Et je vais te dire un truc que tu ne veux pas entendre, je le sais, mais c'est vrai : avoir le cœur brisé, c'est nul. Ça fait mal et tu as l'impression d'être cassée en plein de petits morceaux. Mais quand le nuage passera, tu pourras en tirer quelque chose qui fera de toi une meilleure personne, une femme plus forte. D'autant plus que chaque chagrin d'amour te rapproche un peu plus de celui qui est fait pour toi.

– Je ne peux pas faire ça maintenant.

Ma voix est éraillée, mon cœur en bouillie.

– Je sais, me confirme-t-elle en faisant couiner sa chaise quand elle se lève. Je t'aime et toi, tu dois te rappeler que je suis là pour toi si tu veux.

– Merci.

Quand j'entends le clic de la porte qui se ferme derrière elle, je pousse un soupir haché et la première larme roule sur ma joue.

Mais je ne m'en autorise qu'une seule.

Je ne peux pas faire ça.

Je ne ferai pas ça.

Je me répète en boucle ces mêmes phrases depuis que j'ai quitté Destiny Falls et Gunner.

Ce chagrin d'amour était inévitable.

Qu'il connaisse ma véritable identité ou pas, j'allais toujours partir un jour ou l'autre. Nous n'avions aucun avenir ensemble.

Et pourtant, quelque part, je m'agrippais encore à cet espoir. Un espoir où j'aurais pu avouer à Gunner tous les détails de ma présence *avant* qu'il ne les découvre par lui-même. Où si j'avais pu faire ça, j'aurais pu lui expliquer que tomber amoureuse de lui m'avait complètement retournée, à cause de mes mensonges, justement. Je donnerais n'importe quoi pour ne pas l'avoir blessé. Pour ne pas l'avoir fait partir en courant.

Je gardais aussi une autre grande espérance, celle que l'amour pouvait conquérir le monde. Parce que, malheureusement, ma sœur a tort.

Quand les nuages se dissiperont, je ne pourrai rien récupérer de toute cette souffrance. C'est lui qui a fait de moi une meilleure personne, une femme plus forte. Et maintenant, il n'est plus là.

40

GUNNER

– Mais appelle-la, bon Dieu.

Je regarde Ellie et soupire. Elle est confortablement installée dans son fauteuil, ses pieds sur le bureau et les yeux rivés sur moi.

– Pourquoi lui donner ne serait-ce qu'une chance de s'expliquer ?

– Pourquoi pas ?

– Mais qu'est-ce qui te prend ?

Je suis énervé et ça fait une semaine qu'elle n'arrête pas de me faire chier.

– Tu n'es pas censée être de mon côté ? Tu n'es pas censée me dire que ce qu'elle m'a fait est louche et franchement merdique ? Que tu comprends ce que je ressens ?

– Oui, c'est louche et merdique et je comprends ce que tu ressens, mais mec… ce que j'ai vu entre vous, c'était vrai. Aussi vrai que le nez au milieu de la figure.

Ses mots me font l'effet de coups de poing dans le bide parce que j'éprouve la même chose. Moi aussi, je pensais que ce qu'il y avait entre nous était vrai.

Ellie ne se doute pas du nombre de nuits blanches que j'ai enchaînées depuis que Chase m'a quitté. Des nuits passées à disséquer chacune de nos interactions, à chercher des preuves que notre relation n'était pas vraie.

Impossible.

Ce qui rend ce coup de poignard encore plus douloureux.

– Mais le « vrai » ne se construit pas sur des mensonges. Le vrai se construit sur l'honnêteté, la confiance et la franchise.

– Effectivement, accepte-t-elle d'un hochement de tête.

– Elle est venue ici pour trouver *l'ancien moi* et l'utiliser.

– Tu as peut-être raison. Elle voulait peut-être exploiter Ryan, le héros de guerre, pour son propre compte. Peut-être pas. Le problème, c'est que tu ne sais pas si c'était le cas, parce que tu ne l'as jamais laissée t'expliquer pourquoi elle te cherchait. Et évidemment, tu n'as rien fait d'autre que d'effacer tous ses SMS et ses messages.

Je ferme les yeux et m'adosse à mon propre fauteuil de bureau.

– J'en ai tellement marre de penser à tout ça. De douter de moi. De crever d'envie qu'elle soit à mes côtés et de détester ça.

– Comme toute personne qui vit un chagrin d'amour.

– De toute façon, ça n'aurait jamais marché entre nous. Elle est de New York et moi d'ici. Elle a une vie de fille de la ville et moi je tiens un bar dans ce bled. Et il y a le Centre…

– Et tu n'arrêtes pas de te dissuader que ça pourrait aussi fonctionner.

Pour toute réponse, je pousse un gros soupir.

– Les gens changent, Gun. Et pour te citer, elle est venue chercher *l'ancien toi*. Et si la femme qui s'était pointée à ta porte était au début l'ancienne elle ? Une version différente de la Chase que tu connais, dont elle n'est plus très fière à cent pour cent ? Et si en te rencontrant, tu l'avais aidée à faire évoluer sa vision du monde ? De sorte qu'elle pose un autre regard sur les choses. Un autre regard sur Ryan Camden.

J'ai envie de la croire et d'accepter ses mots comme la vérité, mais je déteste ça. Enfin, j'ai surtout envie d'arrêter d'en parler. De parler d'elle.

En l'état, Chase occupe bien plus mes pensées que je ne le souhaiterais.

– Ouais. C'est ça. Peut-être.

Et sur ce grand moment d'éloquence, je fonce vers le parking dont l'entrée vient d'être bloquée par un énorme camion de déménagement.

J'essaie d'attirer l'attention du chauffeur en remuant les bras.

– Hé ! Vous ne pouvez pas vous garer là. Si vous avez une livraison à faire, il faut aller voir de l'autre côté.

Le mec, un type baraqué, regarde sa fiche de transmission et m'annonce :

– Je cherche un Gunner Camden ou une… euh… Chase Kincade pour le Centre. C'est vous ?

Purée. Je ne peux parler à personne sans qu'on la mentionne ?

– Euh… ouais. Je n'attendais pas de livraison, par contre.

– Ah, bah pourtant, j'en ai une grosse pour vous.

Aurais-je donc été si préoccupé par tous mes problèmes avec Chase que je serais passé à côté d'un truc important ?

– Je vois écrit que l'expéditeur est la Ligue majeure de baseball, de Monsieur Easton Wylder, pour être plus précis.

– Easton Wylder ?

Le nom de l'ancien attrapeur de la MLB, devenu commentateur sportif, me prend par surprise.

Mais en fait non, parce que maintenant, je sais qui est Chase. Maintenant, je sais que des athlètes comme lui sont à une portée de coup de téléphone.

– Je crois que vous vous trompez.

Je suis en plein dilemme, c'est la guerre dans ma tête. D'un côté, il faudrait que j'accepte quelque chose de la part de la femme qui m'a écrabouillé, mais de l'autre, ce n'est pas pour moi, c'est pour les gamins et le Centre.

C'est eux ou moi.

– Tenez. La liste est trop longue à lire.

Je mets ma fierté de côté et prends le document qu'il me tend. Ma souffrance ne compte pas. Seuls les enfants ont de l'importance. Seul le besoin d'apaiser leur douleur à eux pèse dans la balance.

Le routier et son acolyte ouvrent l'arrière du camion pendant que je jette un coup d'œil à son bon de livraison. Je suis sur le cul. Je parcours un inventaire détaillé mentionnant des nouveaux uniformes, des crampons, des battes normales et pour mômes, des gants, des balles, des accessoires d'entraînement et des protections, plus d'articles que je ne pourrais en imaginer. Et en quantité. Et de toutes les tailles. On va pouvoir équiper les gamins pendant des années.

J'ouvre la bouche, mais je la referme en silence, je suis dépassé.

– Vous voyez ? Je vous avais dit qu'il y avait une tonne de matos. Il y en a encore plus sur les pages deux et trois.

– Les pages deux et trois ?

Quand je soulève la première feuille, je découvre une nouvelle quantité invraisemblable d'équipement sportif, et pas seulement pour le baseball. Tout pour le basket, le foot, des cônes, des filets, des crosses pour le hockey sur gazon… et la liste n'en finit pas.

– Mais qu'est-ce que…

Ellie vient de sortir. Quand elle aperçoit la première palette déchargée du camion, son sourire s'élargit lentement.

– Elle ne mentait pas là-dessus au moins, non ?

– Non, je confirme en soupirant lourdement.

– Ah non ! Ne fais pas cette tête, Gunner. Ne t'avise même pas de penser qu'elle a fait tout ça pour te reconquérir.

Elle attrape le document et cherche quelque chose dessus.

– Ah ah, là ! Regarde. La commande est en préparation depuis la semaine dernière. Toute machination est donc impossible.

– Je n'ai jamais pensé ça.

Mais en fait, si.

Et maintenant, je me sens comme une merde.

Punaise, c'est tellement perturbant de désirer quelqu'un que l'on déteste. Pire encore : j'en viendrais presque à vouloir que ma théorie soit correcte pour que je puisse avoir une bonne raison de la haïr.

– Tu es conscient que tu vas devoir l'appeler pour la remercier, hein ?

Je me pince l'arête du nez, sachant d'avance qu'entendre le son de sa voix va me tuer. C'est pour ça que j'ai supprimé tous ses messages sur mon répondeur. Sa voix était comme un rayon de soleil.

Mais elle a pris le soleil avec elle en partant.

Eh merde, je n'ai même pas pu me réjouir de voir le ciel gris et l'averse qui nous est tombée dessus ce matin, parce que maintenant, elle a changé ma vision de la pluie aussi.

Alors j'ai effacé ses vocaux parce que les entendre, les écouter, me rappellerait que la vie continue encore sans elle. Par contre, il y manquera quelque chose de crucial.

La joie.

Elle.

L'homme qu'elle m'a fait devenir en si peu de temps.

Mais malgré tous ses mensonges, cette incroyable cargaison de générosité et de gentillesse doit être reconnue.

Malgré ma terrible souffrance, la *bonté* de Chase doit être remerciée.

Merde.

41

CHASE

– Non. Cette contre-offre n'est pas acceptable. Je ne la présenterai pas à Jorge, pas la peine. Il vaut bien plus que ça. Je le sais. Vous le savez. Et lui le sait très bien.

Le DG des Pittsburgh Steelers est assis en face de moi. Sa chemise tire à éclater sur sa panse et ses boutons sont soumis à rude épreuve. Sa bouche est dans le même état.

– Je n'ai pas de marge de manœuvre, Chase.

– Bien sûr que si, Larry, je contre en reculant d'un pas pour hausser les épaules. Beaucoup d'autres équipes auraient envie de recruter un ancien vainqueur du trophée Heisman et le joueur de l'année de la NFC l'année dernière. À vous de voir si vous voulez le perdre.

– Ah, vous aimez nous les choper pour ne plus les lâcher, commente-t-il en riant.

– C'est un des avantages du métier. Avec un peu de chance, je pourrais aussi les presser et les tordre.

Je conclus ma tirade d'un sourire incisif et je me casse.

Il appellera.

Je lui donne vingt-quatre heures et, ensuite, il me téléphonera pour me proposer un salaire bien plus approprié.

Je sors des bureaux des Steelers et prends une grande inspiration. Quel plaisir de m'être remise à négocier. De me sentir normale. D'essayer de contrôler quelque chose quand mes émotions me semblent encore à vif et complètement dérégulées.

Je n'ai pas pleuré aujourd'hui. C'est un progrès.

– Tiens donc, je n'aurais pas cru te voir ici.

Mon corps entier se fige au son de la voix de mon ex. Mon ex qui m'a trompée, devrais-je ajouter.

– Finn. Je pourrais dire que c'est un plaisir… *ou pas.*

Mon sourire est assez éclatant pour éclipser le soleil.

– Je pensais qu'on serait passés à autre chose, maintenant. Qu'on en aurait fini avec l'hostilité.

Il me taquine avec tout le charme dont il sait faire preuve. Le même charme qui m'avait séduite… jusqu'à ce que je découvre que la monogamie n'était pas quelque chose de fondamental dans sa vision du couple.

– Les femmes n'oublient jamais les hommes, ce qu'ils leur ont fait, en bien comme en mal, surtout si elles ont affaire à un connard. En plus, tu me connais assez bien pour savoir à quel point je suis rancunière.

– C'est une évidence.

Il rit, complètement indifférent à mon commentaire. Finn Sanderson est devant moi, toujours aussi beau, avec ce sourire canaille qui me fait encore de l'effet, même s'il a piétiné mon cœur sans même me présenter d'excuses après.

– On pourrait faire la paix ? Tu t'en sens capable ?

Je suis sur le point de lui répondre qu'il peut aller se faire cuire le cul quand une autre idée vient me percuter.

– Tu sais quoi ?

– Quoi ?

– *Merci.*

– Pourquoi ?

Il semble confus, ce qui paraît bien normal après ma volte-face. Mais les mots de Brexton me reviennent en tête et, pour la première fois, je me rends compte qu'elle a raison.

– J'ai toujours cru que je voulais un mec comme toi. Déterminé. Pro. Organisé dans son taf comme dans sa vie personnelle. Je me plantais. Merci de m'avoir brisé le cœur. Merci de l'avoir endurci. Il a fallu que je tombe sur le bon pour qu'il puisse péter les remparts que j'avais construits autour.

Finn accepte mon explication en opinant du chef et plisse le front en m'observant.

– Tu es sûre que ça va ?

Son inquiétude est tellement inattendue. Je me la prends en pleine poire, même si ça ne devrait pas m'atteindre. Je mords ma lèvre inférieure et hoche à nouveau la tête avant de lui répondre :

– Ça ira.

Je me tourne pour partir quand il m'interpelle.

– Chase ?

– Oui ?

– Qui qu'il soit, j'espère qu'il ne te fera pas souffrir. Tu le mérites, et même plus encore.

Notre échange se poursuit un peu en silence avant que Finn me salue d'un mouvement de tête et entre dans le bâtiment.

Je regarde dans sa direction alors qu'il n'y a plus personne, épatée de son propre revirement. Ses paroles ne devraient pas me remuer. Je ne devrais pas y penser après tout ce que nous avons traversé et, pourtant, je reste plantée là, sous le soleil, complètement bloquée.

Serait-ce du regret que j'ai entendu dans le ton de sa voix ? Des excuses ?

Et si c'était le cas, pourquoi en suis-je soudain affectée ?

Parce qu'on fait tous des erreurs. Si j'ai appris un truc ces derniers mois, c'est bien ça, non ? Que parfois, même avec les meilleures intentions du monde, on peut créer un monumental désastre. Que ce que tu pensais arriver se transforme en une chose totalement différente.

Je ne cherche pas d'excuse à Finn pour ce qu'il m'a fait, mais en même temps… n'ai-je pas complètement défoncé quelqu'un en lui faisant tout autant de mal ? N'aurais-je pas autant blessé Gunner que Finn m'a fait souffrir ? Ce n'est pas comme si on pouvait classer les mensonges et la tromperie sur une échelle, mais ces failles ne se retrouveraient-elles pas dans les deux cas de figure ?

Qui suis-je pour demander à Gunner de me pardonner si je ne peux pas regarder Finn sans lui rendre la pareille ?

Mon soupir est profond.

Bon Dieu. Gunner m'a peut-être effectivement changée. Fait de moi une meilleure personne.

C'est à peine si j'ai fait un pas vers ma voiture quand mon portable me fait sursauter en sonnant.

Mais quand je vois le nom qui s'affiche à l'écran, je me dépêche de répondre.

– Gunner.

Le cœur serré, je me fous complètement d'avoir l'air désespérée et à bout de souffle en décrochant, parce que c'est le cas.

Silence. J'ai presque peur de respirer tant j'ai la trouille de tout péter. La voix rauque et timide, mais tellement mélodieuse à mes oreilles, il finit par se lancer.

– Je voulais t'appeler pour te remercier.

Je cligne des paupières pour chasser mes larmes et il reprend avant que je puisse retrouver mes cordes vocales.

– On a reçu une énorme cargaison d'équipements offerts au Centre aujourd'hui. C'était inattendu et incroyablement généreux, alors ouais, je voulais te remercier d'avoir mis tout ça en place.

– Les enfants le méritent. Tu as monté un super-projet et tu le gères super-bien.

Après une grande inspiration pour prendre mon courage à deux mains, je me lance :

– Comment vas-tu ?

– Ils seront super-contents de voir ça.

Il est stoïque. Aucune émotion. Même quand je l'ai rencontré, il ne semblait pas aussi… vide. Dépourvu de toute passion.

Voilà le résultat de ce que je lui ai infligé.

Tous mes espoirs s'effondrent.

C'est la seule raison de son appel.

Pas pour parler de nous.

Pas pour me laisser m'expliquer.

Mais simplement parce qu'il est bien élevé et que c'est ce qu'il faut faire.

– Gunner ?

– Je dois y aller, mais je voulais te remercier.

– D'accord.

Je finis sur un couinement. J'essaie de ne pas pleurer en traversant le parking pour retrouver ma voiture.

Mais plutôt que de raccrocher comme je m'y attendais, un autre silence s'étend entre nous.

Au final, il se remet à parler et je m'arrête immédiatement :

– Il y a un truc que je n'arrive pas à piger. Tu sais ce que c'est ? Est-ce que tout était un mensonge, Chase ? Est-ce que tu m'as regardé et que tu as pensé que j'avais une tête de gros blaireau que tu pouvais manipuler ou est-ce qu'on avait vraiment une chance ? Parce que quand tu aimes quelqu'un, tu ne plonges pas en te disant que tu vas lui faire mal en fin de compte. Et c'est exactement ce que tu as fait. Tu m'as aimé, tu m'as laissé t'aimer en sachant parfaitement que tu allais me faire souffrir… et ça, je n'arrive pas à le dépasser.

Quand il raccroche, je reste en plan avec une main sur les lèvres et des larmes partout sur le visage. L'espoir que j'ai eu en voyant son nom s'afficher sur mon téléphone vient d'exploser en vol, il éclate les petits morceaux de mon cœur encore là. Je n'avais même pas commencé à essayer de les ramasser.

42

GUNNER

– SI TU VEUX CONTINUER À JOUER LES CHIENS POURRIS DU MALHEUR, est-ce que tu pourrais au moins me laisser me prendre une cuite pour que je puisse tolérer tes attitudes de gros connard ?

Nix me cueille ainsi depuis son perchoir au comptoir du bar.

– Fous-moi la paix.

Je parviens à conjurer un sourire pour la cliente devant moi quand je lui sers sa consommation.

– Si pour toi, c'est terminé avec Chase, alors dis-le-lui. Finis-en une bonne fois pour toutes, comme ça, tu pourras arrêter de te lamenter. On a tous envie de se mettre à picoler sévère pour te supporter.

– C'est bon pour les affaires.

– Faire fuir tous tes habitués en les envoyant chier, pas trop, par contre.

– Merde.

Je soupire et baisse la tête avant de lui répondre sur un ton exaspéré :

– Je le lui ai dit. Je l'ai virée de chez moi. Je ne l'ai pas rappelée. Qu'est-ce qu'il faut que je fasse d'autre ?

– Alors, tu le lui as dit à elle. Mais est-ce que tu te l'es dit à toi ?

– Nix. Je vais te botter le cul si tu continues à dire de la merde.

– Mec, j'essaie juste de t'aider, précise-t-il en levant les bras dans un geste de défense. Au cas où t'aurais oublié, je suis là tous les soirs si tu veux parler.

– Tu es là tous les soirs, quoi qu'il en soit.

– Ouais, mais d'habitude, je n'ai jamais envie de te parler. Là, je te le dis, je suis d'accord pour supporter tes conneries et tout.

Un sourire s'étire sur le coin de mes lèvres. Il a raison. Il essaie d'être un bon copain, et je le sais, mais ça n'arrange rien.

J'ai l'impression que rien ne m'aidera à aller mieux. Je salue son effort en cognant le col de sa bouteille de bière contre la mienne.

– Merci. Vraiment. J'apprécie. Mais je dois réussir à franchir le cap tout seul.

– Alors tu vas l'oublier ?

– J'ai le choix, tu crois ?

– Pour moi, tu as plusieurs choix qui s'offrent à toi, mais on dirait que tu es déterminé à la quitter. Par contre, si c'est ce que tu essaies de faire, bah vas-y, putain, tourne-la, cette page. Avant, je t'aimais bien. Je t'aimais bien avec elle, aussi. Mais ce type, là, m'annonce-t-il en me désignant, bah, je ne l'aime pas. Et honnêtement, il me fout la trouille.

– Ne t'inquiète pas pour moi, je le rassure en baissant le manche de la tireuse à bière.

Mon regard se promène dans la salle pour tomber sur l'enveloppe orangée que j'ai punaisée derrière le bar. Elle me rappelle pourquoi je suis là, ce que j'ai abandonné et les mensonges de Chase.

Je déteste cette idée, mais je crois que c'était juste ce dont j'avais besoin.

Ça a bien marché une fois.

Il est temps de retirer ce pansement en tirant d'un coup sec.

Et on dirait bien que c'est le seul truc que je sais faire correctement.

43

CHASE

Mon cœur s'emballe quand je regarde avec intensité l'enveloppe sur mon bureau.

Elle n'est pas orange ce coup-ci, ni tout abîmée. L'encre n'est pas passée, mais je reconnais l'écriture. Elle est adressée à l'agence Kincade Sports Management. La seule différence, c'est que sur la deuxième ligne, je vois : « À l'attention de Chase Kincade ». J'ai les mains qui tremblent quand je sors la lettre de son enveloppe.

Chère Mlle Chase Kincade,

Je vous remercie du temps que vous m'avez accordé. Je viens d'apprendre récemment que vous vous intéressiez à moi. Peut-être que si vous aviez été un peu plus honnête depuis le début, nous aurions pu trouver une solution. À ce stade, mieux vaut pour nous deux que nous passions à autre chose, comme si nous ne nous étions jamais rencontrés. Pour faire nos adieux au rêve de ce que nous aurions pu être. Pour accepter que nos vies ont changé pour toujours.

Gunner Camden

Je lis et relis son courrier à l'infini, jusqu'à ce que mes larmes brouillent tant ma vue que je n'arrive plus à en distinguer les mots.

Et ensuite, Pineman, notre sergent nous a recommandé d'écrire des lettres à tous ceux qui comptaient. Pour dire adieu à nos rêves, parce que notre existence telle qu'on la concevait était morte et enterrée.

Il m'a envoyé ses dernières volontés.

Il a rédigé un texte à mon intention pour me rayer de son histoire comme il avait l'avait fait pour le sport qu'il aimait et sa vie d'avant.

Si je pensais encore qu'il y avait un petit espoir entre nous, ce courrier l'annihile simplement. *Le* réduit à néant.

– Chase ? Ma chérie ?

Je sursaute en entendant la voix de mon père qui vient à peine de frapper. Je ne sais pas depuis combien de temps je suis assise ici, à contempler le monde au pied de notre gratte-ciel, en cramponnant la lettre dans ma main.

– Oui ?

– Tu veux en parler ? demande-t-il en entrant dans mon bureau.

– Il n'y a rien à dire.

– D'accord.

Son soupir est l'écho d'une impuissance que je ressens également profondément.

– Je suis désolé de te voir souffrir. S'il y a bien une chose qu'un parent déteste le plus au monde, c'est que son enfant connaisse la douleur. Une partie de mon rôle de papa, c'est de protéger mes filles de ça. Faire un bisou sur un genou en sang. Prendre ta défense face aux monstres sous ton lit. Voler des clients à Finn quand il t'a trompée. Mais je sais que là, je ne peux rien faire. Un cœur brisé sera toujours plus puissant que les outils à ma disposition, mais bon Dieu, j'aimerais bien que ce ne soit pas le cas.

– Ne t'inquiète pas. Je mérite tout ce qui m'arrive. J'ai menti. J'en paie les conséquences. Je suis la seule à blâmer dans cette histoire.

Je croise son regard pour la première fois et me force à lui sourire.

– J'admire ça en toi. Ton sens des responsabilités. Mais en même temps, les choses vont peut-être changer. Le temps guérira peut-être vos blessures. Vous aviez peut-être besoin de vous séparer pour comprendre à quel point être ensemble vous est nécessaire.

– Je pense que notre relation a explosé, plus que nous ne nous sommes séparés. Il n'y avait rien de gracieux dans notre grand final.

J'ai marmonné, mais il rit sous cape.

– Tu fais des blagues, c'est bon signe.

– L'humour, c'est tout ce qui me reste.

Je hausse les épaules et me détourne, car l'empathie dont il fait preuve pourrait bien m'achever.

– Chase ?

– Moui ? je réponds en fixant la ligne d'horizon.

– Regarde-moi.

Le silence envahit la pièce quand le poids de son attention me tombe dessus. Quand je lève enfin les yeux, il me sourit avec douceur. *Lui aussi me comprend.* Je finis par l'admettre.

– Pourquoi est-ce que ça fait si mal ? Chaque fois que je me dis que le plus dur est passé, je me retrouve aspirée dans une phase de désespoir et tout recommence.

– Il n'y a que pour ceux qui en valent la peine que ça fait mal à ce point.

– Tu ne m'aides pas du tout, je l'informe en frottant mon torse de la paume de ma main.

– J'ai fait souffrir ta mère un jour.

– Vous étiez mariés. Bien sûr que tu l'as blessée. Ce n'est pas normal de rester aussi longtemps avec quelqu'un sans se disputer.

Mais bon, je ne me souviens pas de beaucoup d'engueulades chez nous. Il attrape un petit cadre sur mon bureau avec une photo d'elle et de la voir jeune et heureuse le fait sourire d'un air doux-amer.

– Non, c'était avant de nous marier. Ta mère et moi, on s'était séparés. Et comme un mec de base, la première chose que j'ai faite, c'est de sortir avec mes copains et de me prendre une cuite. De prétendre que je n'avais rien fait et aussi pour oublier la tristesse que j'avais lue dans son regard.

– Qu'est-ce que tu avais fait ?

– Qu'est-ce *que je ne lui avais pas fait*, plutôt ! s'exclame-t-il en riant. Il lui a fallu plusieurs années et beaucoup d'amour pour me transformer et faire de moi l'homme raffiné que tu as sous les yeux.

– Oh, je t'en prie.

Je souris. J'apprécie de le voir parler d'elle après toutes ces années comme si elle était encore parmi nous, comme si elle faisait encore partie de nos vies.

– J'avais embrassé une autre femme.

Je dévisage mon papa comme s'il venait de se faire pousser une deuxième tête. Choquée, je hurle ma question :

– Tu as fait quoi ?

– Je n'ai jamais prétendu être malin, Chase. On sortait ensemble depuis plusieurs mois et, un jour, nous nous sommes disputés. Son père lui avait dit que je n'étais pas assez bien pour elle et je crois qu'elle m'avait demandé de prendre le taureau par les cornes et de me montrer à la hauteur.

Un sourire se dessine au milieu de mes larmes.

– On dirait du maman tout craché.

– On dirait *toi*, murmure-t-il en soutenant mon regard. Quoi qu'il en soit, je suis allé dans un bar et j'ai pris une cuite parce que… Aux chiottes Papy ! Personne n'était jamais assez bien pour sa fille et tout le toutim. Bref, l'alcool n'était pas une excuse, mais il y avait cette femme qui me draguait et je m'apitoyais sur mon sort. Quand elle s'est penchée sur moi pour m'embrasser, je n'ai pas refusé.

Est-ce ridicule que, malgré toutes les années écoulées, j'en aie encore le souffle coupé ?

– C'était juste un smack, mais quand j'ai levé les yeux, ta mère était là, prête à foutre le feu, mais le regard blessé. C'est à ce moment-là, lorsque je l'ai vue avec son menton tremblant, que j'ai su : je remuerais ciel et terre pour trouver comment devenir l'homme que son père pensait à sa hauteur.

– Je ne comprends pas pourquoi tu me dis tout ça, papa.

– Parce que si ton Gunner en vaut la peine, alors bats-toi. Bats-toi pour ce que vous aviez. Pour votre relation. Votre amitié. Vos instants volés qui font qu'il te manque tant en ce moment.

Il repose le cadre devant moi, je suis forcée de regarder le portrait de ma mère.

– Si je ne m'étais pas battu pour lui présenter mes excuses, pour me racheter, pour regagner son affection après mon erreur stupide, aucune d'entre vous n'aurait vu le jour.

– Ce n'est pas pareil. C'est…

– Ah oui, tu crois ? Tu vis dans un monde en noir et blanc, ma chérie. Tu peux te battre pour celui qui y met un peu de couleur.

– Je ne peux pas m'acharner pour quelqu'un qui refuse qu'on fasse tant d'efforts pour lui.

– C'est dur de demander à une personne qui a eu le cœur brisé de retomber amoureux. Encore plus quand c'est toi qui l'as cassé pour commencer… Mais si cette personne compte autant pour toi, alors tu te battras comme la lionne que tu es pour le récupérer.

44

GUNNER

Une jolie brunette s'est installée au bar quand j'étais dans la cuisine. J'étais allé récupérer de la glace.

– Qu'est-ce que je vous sers ?

– De l'eau, s'il vous plaît.

Elle rit gentiment en caressant son ventre rond.

– Désolé, je n'avais pas vu que vous étiez deux. C'est parti pour de l'eau.

Pourquoi donc une femme enceinte vient-elle seule dans un bar ? Je lui prépare un verre avec des glaçons et le fais glisser jusqu'à elle.

– Merci.

– Vous attendez quelqu'un ce soir ou vous aviez juste envie de faire une pause ?

Comme il n'y a pas beaucoup de monde, je lui fais la conversation, et la situation me convient très bien.

– J'étais en route pour aller bosser, à l'hôtel, et je me suis dit que je pouvais faire un crochet pour prendre des nouvelles de Chase.

Elle me fait sursauter.

– Chase ?

– Oui, me confirme-t-elle en souriant gentiment. Elle m'avait expliqué qu'elle venait souvent ici quand elle séjournait chez nous. Alors, je pensais que vous pourriez peut-être savoir où elle est et si elle l'a trouvé.

J'ai l'impression que ma langue pèse trois tonnes.

– Trouvé qui ?

– Son type qui jouait au baseball.

Elle a sa naïveté pour elle et mon estomac fait plusieurs saltos.

– Quel type qui jouait au baseball ?

– Celui qui avait écrit la lettre.

Je jurerais que tous les autres bruits dans le bar s'estompent quand je dévisage cette cliente inattendue, comme si elle était la seule.

– Pourquoi ?

Son sourire se fait piteux et ses joues s'embrasent.

– Parce que je me disais qu'il y avait tous les éléments pour faire la plus belle histoire d'amour que j'aie jamais entendue.

Là, elle a définitivement capté mon attention.

– Comment ça ?

– Une lettre perdue pendant cinq ans écrite par un garçon envoyé au front à l'autre bout de la planète. Un message qui ne lui était pas destiné et que, pourtant, elle avait dans les mains. Elle m'avait raconté qu'elle sentait comme une connexion avec le soldat, l'homme qui avait rédigé le courrier. Indescriptible. C'était le seul mot qui lui venait quand elle voulait l'expliquer. Je ne lui ai pas parlé beaucoup, mais j'ai vraiment apprécié cette image du lien qu'elle ressentait. Elle disait qu'elle n'arrivait plus à se reposer et qu'elle n'y parviendrait pas tant qu'elle ne l'aurait pas trouvé, rencontré et vu qu'il allait bien. Alors elle est venue ici. Je crois que quelqu'un lui a dit de ne pas poser trop de questions aussi. Vous savez comment c'est. On se protège entre nous. Mais vous pourriez vous taire en sachant que vous êtes dans la même ville que ce soldat inconnu ?

Elle boit une gorgée d'eau et je la dévisage. Mon cœur bat à cent à l'heure, je l'entends palpiter dans mes oreilles.

– C'est comme un roman de Nicholas Sparks.

– Qui ?

– C'est un auteur de romance, explique-t-elle en souriant. Je lis beaucoup quand je suis de service de nuit. Je voulais savoir comment s'était terminée son histoire. Est-ce que Chase l'a trouvé ? Est-ce qu'il y avait vraiment un truc entre eux ? Est-ce qu'ils sont tombés amoureux et sont partis au soleil couchant sur un cheval blanc ?

Elle soupire à m'en donner envie de croire qu'elle a raison.

Mais elle a raison, c'est une évidence.

Je l'ai vécu.

Et même si j'en ai fait l'expérience et que je sais quelle douleur elle a engendrée, même si j'ai rédigé cette lettre pour essayer de l'oublier, la désolation qui leste mon cœur refuse de me laisser tranquille.

Au début, j'ai cru que c'était une peine de cœur. Puis un cœur brisé.

Mais maintenant, je commence à me dire que mon cœur attendait de se remettre à battre.

Il me rappelle qu'il l'attend.

Parce que, malgré tout, elle me manque. Je l'aime encore.

– Alors, d'après vous, que s'est-il passé ? Elle l'a trouvé ?

Je la regarde en souriant.

– Elle l'a trouvé et après quelques problèmes, une rupture où il l'a repoussée et ensuite une période plus longue qu'il ne l'aurait crue possible où il s'est senti comme une merde, il a décidé de la reconquérir.

– Alors ils ont fini ensemble ? Il y a un happy end après tout ?

Son regard est si expressif et son sourire immense.

– Je ne sais pas encore, mais je vais faire tout ce que je peux.

45

CHASE

– Je suis contente d'aller déjeuner avec toi, Dekker, mais si tu commandes encore un truc de femme enceinte aux envies délirantes, je me casse.

– Mais c'est quoi ton problème avec les frites à la sauce aigre-douce ?

En l'entendant, je fais mine de vomir.

– Rien que pour ça, c'est moi qui choisis le restau.

Je m'arrête au milieu de la réception de nos locaux pour chercher où aller sur mon téléphone.

– Mais c'est qui, ce canon ? marmonne Dekker en me poussant du coude.

– Tu es mariée et enceinte. Ton mec n'est pas censé te satisfaire ?

– Je ne te parle pas de moi. Mais de toi. Parfait pour t'aider à tourner la page, celui-là.

– Je ne suis pas intéressée.

– Mais il vient vers nous.

– Super. Tant mieux pour lui. Il peut continuer à marcher, je m'en fous.

Ses chaussures entrent dans mon champ de vision quand je termine ma phrase. Je reste concentrée sur mon téléphone et Dekker prend une soudaine inspiration.

– Merci, mais je ne veux rien, je dis, à fond sur ma recherche.

– Même pas danser sous la pluie ?

En entendant sa voix, j'arrête de respirer.

– Gunner.

Je ne suis plus qu'un murmure quand je le regarde en face. Mon Dieu, que ses yeux m'ont manqué ! Leur brun profond, leur compassion et cette petite étincelle de folie.

– Tu es là.

Il répond d'un hochement de tête et sa pomme d'Adam fait un aller-retour.

– Je ne distingue plus le haut du bas depuis que tu as secoué mon univers. Tout ce que je sais, c'est que sans toi, rien n'est plus pareil.

Un frisson d'espoir me fait légèrement trembler.

– J'ai passé des heures, des semaines à essayer de comprendre ce que tu avais fait et comment tu avais géré ton coup. Je ne pense pas pouvoir y parvenir un jour, mais hier soir, j'ai pris conscience que le *pourquoi* n'était pas aussi important que je le croyais. Le pourquoi est ce qui t'a fait débarquer dans ma vie. Le pourquoi m'a poussé à sentir des choses que je n'avais jamais éprouvées. *Tu* m'as poussé à sentir des choses que je n'avais jamais éprouvées.

– Moi aussi.

Mon cœur bat si fort que j'ai l'impression qu'il va sortir de ma poitrine. Mais je dois continuer.

– Avant que tu dises quoi que ce soit d'autre, il faut que je t'avoue que tu avais raison. Je suis venue pour faire tout ce que tu as énuméré, tout le truc avec les animaux de cirque. J'en ai honte maintenant et je te présente mes excuses de ne pas avoir examiné mon idée sous tous les angles. Je ne m'étais pas projetée. Je n'avais pas cherché à savoir comment tu le verrais. Tu avais raison et je suis désolée. Je ne suis plus cette personne…

– Hé.

Il m'interrompt en prenant mon visage entre ses mains. Je dois puiser dans toutes mes dernières ressources pour ne pas m'abandonner à sa caresse. Les mots m'ont échappé quand ce frémissement d'espoir s'est transformé en pure anticipation. *Pitié, aime-moi encore.*

– Gunner.

Il pose ses lèvres sur les miennes et m'embrasse avec le même désir que celui que je ressens pour lui.

Des choses dont je ne soupçonnais pas l'existence jaillissent en moi sous l'effet de cette simple étreinte : des émotions, des sentiments, de l'amour.

– Aucun de nous n'est le même. Nous nous sommes changés mutuellement.

Il essuie une larme sur ma joue de son pouce.

– Mais comment on va faire ? Tu habites à Destiny…

– On trouvera une solution, parce que le seul truc qui compte, c'est ça. *Nous.* Nous sommes les seuls à pouvoir rédiger notre histoire. Chase, l'unique personne avec qui j'ai envie d'écrire la fin de mon conte de fées, c'est toi.

Il pose encore ses lèvres sur les miennes et me murmure :

– Tu as brisé mon cœur. Tu l'as éclaté en un million de petits morceaux, mais tu sais quoi ? Quand tu es sortie de ma vie, quand je me suis retrouvé tout seul dans un monde sans toi, j'ai compris que tu n'avais jamais souhaité ça. Je te crois. Je crois que tu n'aurais jamais eu l'intention de me blesser délibérément. Et tu es l'une des rares personnes de qui je peux dire ça.

– C'est la vérité. Je ne voulais pas…

– Je t'aime toujours, Chase Kincade. Je ne peux pas te laisser partir. Je ne te laisserai pas me quitter. Aucun regret ?

Les larmes continuent à affluer quand Gunner me prend dans ses bras pour m'attirer contre lui.

– Aucun regret.

Et là, au milieu de la réception, parmi des hommes et des femmes d'affaires, passant complètement à côté de cet instant clé dans nos vies, je ne me suis jamais sentie aussi entière.

Aimée.

Chez moi.

Épilogue

CHASE

18 MOIS PLUS TARD

La brise nocturne chatouille ma joue avec mes cheveux. Appuyée à la rambarde, je constate qu'un sourire ridiculement radieux vient me manger le visage.

Alors oui, j'ai bu quelques verres de vin ce soir, ou peut-être beaucoup plus. C'est le genre de truc qui aide les sourires ridiculement radieux, mais il n'y a pas que l'alcool derrière cette expression. Il y a aussi ça.

Tout ça.

Les petites lumières des guirlandes scintillent au-dessus de Brexton et de son nouvel époux, Drew, qui passent leur nuit à danser. Je suis surprise que sa robe de mariée touche parfois le sol, quand je vois sa tête tout le temps dans les nuages. Et puis il y a Drew et son regard d'adoration totale chaque fois qu'il l'aperçoit.

Un éclat de rire sur la gauche de la piste attire mon attention et j'y repère Dekker, ma plus grande sœur, qui se balance au son de la musique. Son mari, Hunter, derrière elle, l'enlace et repose son menton sur son épaule. Ils admirent mon neveu d'un an à peine qui danse avec sa tante Lennox.

Mais il est tout le temps distrait par le ventre arrondi de ma sœur. Il tend la main pour essayer de sentir sa future cousine donner des coups. Et d'ailleurs, très fidèle à elle-même, Lennox porte une robe moulante ultra-sexy malgré son bidon de femme au huitième mois de grossesse.

Et puis il y a son mari, Rush, assis à la table juste à côté. Une esquisse de sourire anime son beau visage, mais il la quitte rarement des yeux. C'est quelque chose de voir ce bad boy complètement raide dingue de celle qui n'avait jamais pris l'amour au sérieux.

C'est un peu l'hôpital qui se fout de la charité, ce que je dis. Je sais ce que trahit mon regard quand j'observe la personne assise face à Rush. Gunner est là, il savoure toute la scène.

Mon Gunner.

L'homme que je n'attendais pas, *l'homme que je n'avais jamais désiré*, mais celui qui me contemple à chaque fois avec l'exacte même révérence, *le même amour*.

Comment se fait-il que plus d'une année se soit écoulée depuis que je l'ai trouvé ? J'ai l'impression que c'était hier à peine et il y a une éternité. Comment ai-je fait pour ignorer que j'étais incomplète avant *lui* ?

Alors oui, tout n'a pas été simple quand nous nous sommes installés. En plus, je devais faire des allers-retours à New York toutes les deux semaines pour m'occuper de mon boulot, mais je sais que rien – vraiment *rien* – ne pourrait changer l'irrévocable passion que j'éprouve pour lui.

– Comment va ma petite chérie ? demande mon père en passant son bras autour de mon cou.

– Ta petite chérie est en train de se faire une minute sentimentale toute seule, je lui réponds en posant ma tête sur son épaule.

– Je ne pensais pas que ma petite Chase était capable de sentimentalité !

Il me fait un bisou sur le crâne et je souris de l'entendre si taquin.

– Pourtant, j'en ai trouvé un peu. Parfois, je le regrette.

– Ah, mais ces moments sentimentaux font le sel de l'existence, Choupette. Ils rendent la vie belle et tragique à la fois, mais ils lui donnent également un sens et elle en devient inoubliable. Ils s'empilent tous les uns sur les autres et ils te font ressentir les choses, aimer, vivre aussi.

Il s'arrête et j'assimile ce qu'il me dit. Il a raison. Comment pourrait-il en être autrement ? Quand je regarde Gunner, je suis certaine de vouloir continuer à accumuler ces moments, pour nous en constituer une vie entière.

– Elle aurait adoré ça, tu sais, ajoute-t-il d'une voix douce, plongée dans les souvenirs et tellement pleine de tendresse. Elle aurait tant aimé voir ses filles grandir et devenir mères à leur tour. Je suis désolé qu'elle n'ait pas eu la chance d'en faire l'expérience, mais j'ai l'impression qu'elle n'a pas été pour rien dans tout ça et qu'elle vous a guidées sur le chemin.

Je renifle les larmes qui embuent mes yeux. Je sais qu'il a raison et je l'en taquine :

– Alors, maintenant, qui se vautre dans la sentimentalité ?

Elle aurait adoré chacune des minutes de ce que nous venons de traverser. Les détails dans l'organisation du mariage de Brex. Aller régulièrement en Angleterre pour rendre visite à Lennox et passer du temps toute seule avec elle. Gâter son premier petit-fils et partager ses conseils de maman avec Dekker. Savoir à quel point Gunner me rend heureuse rien qu'en me regardant.

– Ouais, elle aurait adoré ça, papa. Chacune de toutes ces folles minutes de nos vies. Mais tu as raison, elle nous a aidées d'une manière ou d'une autre. Que ce soit en nous instillant sa vision du monde quand elle était parmi nous ou d'une autre manière, un peu plus magique… parce que maintenant, je la sens plus que jamais.

Et c'est vrai.

Entre cette idée et le tableau composé par ma famille heureuse et en bonne santé devant moi, mon cœur n'a jamais été aussi plein d'amour.

Tellement que j'ai l'impression qu'il est prêt à exploser.

– Je sais, je sais, me confirme-t-il.

Gunner me cherche de sa place un peu éloignée et nos regards se croisent. Je n'ai besoin de rien d'autre que de la douceur de son sourire. *Juste son sourire et lui.*

En silence, ses lèvres dessinent les mots « Je t'aime » et en retour, je tapote mon cœur.

Le DJ nous interrompt en annonçant qu'il est temps que la mariée lance son bouquet. Mon père pose sa main dans mon dos et me guide sur la piste de danse en me disant :

– Il est pour toi, celui-là.

– Je vais laisser une autre fille attraper ces satanées fleurs, je lui réponds en riant quand nous arrivons sur place.

– Absolument pas, insiste-t-il sur un ton théâtral. Ça s'appelle la tradition, Chase. Alors tu prends sur toi, tu te tais, tu te mets là et tu participes.

Je retrouve le regard de Gunner et lui demande silencieusement de me sauver. Rien qu'à voir mon père limite me forcer à rester en position, il est mort de rire.

Le DJ nous donne les instructions. Je me suis cachée au milieu de toutes les filles quand Brexton nous tourne le dos et que le décompte commence.

Trois.

Deux.

Un.

Mais au lieu de jeter le bouquet, ma sœur se retourne et avance vers nous. Perturbées, nous nous regardons toutes en nous disant qu'il s'est passé quelque chose. Encore plus quand elle me colle ses fleurs directement dans les mains.

– Quoi ? *Non !* Ça ne marche pas comme ça, ton truc. Ce n'est pas à toi de choisir qui les récupère. Tu n'as pas à…

– Mais lui, si, m'annonce-t-elle, les larmes aux yeux et la bouche étirée par un grand sourire qui me donne des frissons.

– Hein ? Quoi ? Qui ? Brex !

Quand elle regarde par-dessus mon épaule, elle aperçoit quelqu'un derrière moi et elle semble s'adoucir. Confuse, je me retourne.

Et toutes mes réflexions s'envolent, tout comme mon souffle me quitte devant la scène à mes pieds.

Toutes les autres femmes se sont écartées et Gunner Camden est là, un genou à terre. Ses yeux sont remplis d'un amour qui n'appartient qu'à nous et son sourire me confirme tout ce qu'il voit. Tout ce qu'il sait. Tout ce qu'il veut.

– Gunner…

– Ce n'est pas évident de te guider, Chase Kincade. Depuis l'instant où je t'ai rencontrée et où tu m'as dit que les relations, ce n'était pas ton truc. Que les baisers, c'était surfait. Que tu n'avais vraiment pas le temps d'être en couple avec quelqu'un parce que tu étais trop occupée.

Il rit doucement en se remémorant tout ça et reprend :

– Mais d'une manière ou d'une autre, j'ai réussi à te prouver le contraire. D'une manière ou d'une autre, j'ai réussi à percer la carapace de ton cerveau très motivé et te montrer que tu peux toujours être *toi* avec tous tes objectifs de vie et ton ambition, mais en m'aimant *moi.*

Je murmure son prénom, mais je ne cherche pas du tout à le contredire.

– Gunner.

– Alors, quand j'ai demandé à ton père et tes sœurs si je pouvais t'épouser, je leur ai expliqué que tu aurais certainement du mal à accepter. T'attacher à moi pour la vie est une grosse étape pour une femme qui n'a même pas le temps pour les relations. Mais ils étaient tous d'accord avec moi. Ils m'ont dit que curieusement, nous, *toi et moi, donc*, nous étions de meilleures personnes depuis que nous sommes ensemble. Que curieusement nos deux moitiés, brisées et déchiquetées, formaient un incroyable tout.

Je jette un coup d'œil derrière lui pour voir l'unité Kincade. Mon père. Dekker. Brexton. Lennox. Et ses membres honoraires, leurs hommes, ceux qui les ont complétées elles aussi et qui ont complété notre famille comme nous ne l'aurions jamais cru. Ils sont tous souriants et ont le regard plein d'espoir.

Je ne me suis jamais sentie plus aimée.

Je ne me suis jamais sentie plus seule.

– Et je suis plutôt d'accord avec eux. Je ne voudrais traverser la vie avec personne d'autre que toi, Chase. Personne d'autre avec qui me disputer et me réconcilier, personne d'autre à aimer, avec qui partager des éclats de rire, rester assis en silence pour lui tenir la main. Ça a toujours été toi. C'est peut-être pour ça que cette lettre t'est parvenue toutes ces années plus tard. Peut-être pas. Mais quelque chose qui nous dépasse nous a guidés depuis le début et qui suis-je pour le remettre en question ?

– Je t'aime, je lui murmure.

– Quand on m'a suggéré de te le demander ici, pendant leur mariage, j'ai expliqué à Brexton et Drew que je ne voulais absolument pas leur voler la vedette. Ils m'ont dit que j'étais con. Que ce ne serait pas une vraie fête de famille façon Kincade si la petite dernière ne recevait pas de traitement de faveur et n'attirait pas toute l'attention.

Nos amis et proches éclatent tous de rire, parce que c'est peut-être un peu la vérité.

– Donc nous y voilà, Chase. Une enveloppe orange, une fausse identité et une danse sous la pluie plus tard, je ne voudrais être ailleurs pour rien au monde et je ne souhaiterais être avec personne d'autre. Alors, veux-tu m'épouser Chase Kincade ?

Je n'attends pas qu'il se lève. Il me tend la bague. Cet anneau est juste un symbole, mais c'est l'homme que j'aime qui me le présente qui compte. Je tombe immédiatement à genoux et prends son visage dans mes mains pour qu'il puisse voir mes yeux quand je lui dis la vérité.

Quand je lui annonce que c'est lui mon éternité.

– Personne d'autre pour moi non plus, Gunner. Personne.

Je l'embrasse quand les cris de joie de la foule résonnent autour de nous.

– Oui. Oui. Oui.

Épilogue

GUNNER

6 MOIS PLUS TARD

– On va où ?

Chase rigole. Nous marchons bizarrement dans un quartier peuplé de Manhattan. Elle est juste devant moi et ma main est posée sur ses yeux.

C'est étonnant, les rues sont relativement vides pour cette heure de la journée. Peut-être est-ce à cause des pluies intermittentes qui tombent depuis ce matin, ou peut-être est-ce dû à mon parfait timing ? Quoi qu'il en soit, je prends. Ça me rend service.

– Encore quelques pas, je la préviens en contournant une flaque d'eau sur le trottoir avant de nous arrêter devant une vitrine.

La porte est ouverte et je la dirige à l'intérieur en lui recommandant de faire attention à la marche.

– Tu sais que je n'aime pas ne pas contrôler mon environnement, ronchonne-t-elle en me faisant rire.

– Comme si je l'ignorais !

Croisant le regard de Monique qui nous attend, je lui fais un petit signe de tête pour lui indiquer de commencer à prendre des photos.

Je me permets quelques instants pour revenir sur ce moment avec Chase. La femme qu'elle est. Comment elle a changé ma vie. Comment elle a fait de moi un homme meilleur.

Qu'ai-je fait pour la mériter ?

Je lui fais un bisou sur l'épaule, retire ma main et fais un pas en arrière.

– Surprise !

Chase pivote sur elle-même, son beau visage empreint de perplexité, et je souris.

Les cliquetis de l'appareil photo de Monique attirent son attention au milieu de sa confusion, alors elle la regarde puis revient vers moi.

– Qu'est-ce que…

– Tu es toujours sur le départ, tu dois tout le temps te placer sur un curseur dans un planning et je voulais t'offrir ces photos de couple dont tu rêvais pour nos fiançailles.

– Oh, Gunner.

Mon nom sort comme une surprise qu'elle apprécie.

– Je suis conscient qu'on a annulé notre séance programmée parce que la petite McKenzie a décidé de montrer le bout de son nez plus tôt que prévu, j'explique en mentionnant la fille de Rush et Lennox, alors je me suis dit que je pouvais en organiser une nouvelle.

Elle me regarde, presque comme si elle se demandait si je n'aurais pas un autre tour dans mon sac.

Je ne peux rien lui cacher, mais, punaise, je ne vais certainement pas arrêter d'essayer.

– Je sais que nous ne sommes pas dans le parc ou là où tu voulais les faire, mais je pense que cet endroit pourrait bien raconter notre histoire.

Elle regarde le vieux bar autour d'elle. Il a été négligé pendant des années. D'antiques tables et chaises prennent la poussière. Le comptoir est éclairé par des ampoules peu puissantes quand elles fonctionnent et, derrière lui, un miroir reflète un amas de bouteilles à moitié remplies et de verres dépareillés.

– Notre histoire ? demande-t-elle en faisant un pas vers le zinc et les tabourets de cuir vert élimé.

– Oui, je lui annonce en me plaçant à côté d'elle pour entrelacer nos doigts. Au cas où tu aurais oublié, on s'est rencontrés dans un bar. Je crois bien que j'étais à peu près aussi amoché que cet endroit et quand tu en as franchi les portes, tu y as fait entrer toute la lumière.

Je dépose un baiser dans la paume de sa main.

– Tu es ridicule, tu dis n'importe quoi.

– Je sais. Et c'est pour ça que tu m'aimes, je lui réponds en la tirant vers le comptoir. Fais-moi plaisir. Prends ces photos avec moi ici et on pourra faire une autre séance ailleurs, dans un lieu de ton choix. Mais quand j'ai vu ce local, je n'ai pas pu résister. Je trouve que le cadre me définit dans une cité qui te symbolise, toi.

– Ok, accepte-t-elle en étirant le mot sans me quitter des yeux. Ça ne te ressemble tellement pas.

– Je sais, mais je voulais faire ça pour toi.

La photographe avance et tend la main à Chase pour se présenter.

– Moi, c'est Monique, bonjour.

Elle lui explique ensuite ce qu'elle pense du décor et ce qu'elle a en tête pour les prises de vues. Rapidement, elles se marrent toutes les deux. De mon côté, je me dirige vers les fenêtres montées sur une porte de style rideau de garage et j'ouvre l'accès restaurant du site sur la rue.

– On y va ? demande Monique.

Nous passons les quarante minutes suivantes à prendre la pause. Les rires fusent aussi librement que l'alcool devait couler à flots dans ce lieu à l'époque.

– Il pleut, commente Chase en voyant les flaques se remplir un peu plus à chaque goutte.

– On dirait bien.

– C'est parfait.

Son regard se perd dans l'averse qui tombe de plus en plus dru.

– T'es sérieuse ?

Elle tire sur ma main pour me guider dehors et j'entends les déclics de l'appareil photo de Monique qui nous talonne.

– Danse avec moi sous la pluie, Gunner.

Chase virevolte sur le trottoir, le nez levé vers le ciel. Son sourire est contagieux. Et quand elle me regarde ensuite, je vois en elle tout mon univers.

Alors nous dansons.

Sous la pluie.

Les battements de nos cœurs et l'écho des gouttes sont la seule mélodie dont nous avons besoin.

Mes lèvres se posent sur les siennes et mes mains encadrent son visage. L'eau ruisselle sur nos joues, nos langues se touchent et expriment nos sentiments sans parler. Les mots ne nous sont pas nécessaires.

– Tu n'aurais pas pu organiser de meilleure séance.

Nous sommes front contre front et, en arrière-plan, des New-Yorkais pressés foncent sous leurs parapluies de toutes les couleurs, mais nous ne voyons rien.

Nous ne voyons que nous.

Mais n'est-ce pas toujours notre cas ?

– Je n'ai rien organisé, mais d'une manière ou d'une autre, avec toi, tout se met en place correctement.

Un autre baiser. Un autre rappel : elle est devenue mon univers.

– Vous pouvez regarder de ce côté ? demande Monique perchée sur un tabouret.

Combien de temps faudra-t-il à Chase pour la voir. Pour percuter.

– Gunner ?

Bingo.

Je souris. Je ne peux pas parler.

Sa main dans la mienne, elle avance vers la façade du bâtiment et observe la pancarte.

Soit la seule et unique chose que j'ai achetée jusqu'à présent pour ma nouvelle aventure.

– Jackpot ? demande-t-elle avant de me regarder.

– Oui. C'est un terme utilisé par les Rangers pour décrire une mission qui s'est parfaitement déroulée.

– Alors c'est l'opposé de FUBER et donc du FOUBAR ?

– L'exact opposé, je confirme en souriant.

– Il me manque une info. Non ?

Elle regarde autour d'elle, notamment la signalétique et le bâtiment.

– Je suis déjà passée par ici et ce truc, commente-t-elle en montrant la pancarte, il n'y était pas.

– Tu as raison. Ce n'était pas là. Le nouveau propriétaire l'a installé la semaine dernière.

– Le nouveau propriétaire ?

Je confirme d'un hochement de tête avant de me lancer.

– Depuis quasiment deux ans, tu t'épuises à faire des allers-retours pour que je n'aie pas à changer mon quotidien. Mais être ensemble, partager notre vie tous les deux est une affaire de compromis. C'est chacun son tour. C'est essayer de donner plus qu'on ne reçoit, j'explique en replaçant une mèche de cheveux derrière son oreille. Voilà, c'est ça mon compromis. C'est mon tour. À moi de te donner plus que je ne reçois.

– Il est à toi ? demande-t-elle en écarquillant les yeux.

– Il a encore besoin d'amour avant de pouvoir briller, un peu comme moi avant que tu n'arrives. Grâce à l'amour que tu m'as offert, tu m'as aidé à passer du FOUBAR au Jackpot. On a déposé tous les dossiers de licences et de permis. Et dès qu'on les aura reçus, on pourra commencer le travail de rénovation pour transformer ce lieu en petit frère du FOUBAR.

– Comment… Et le FOUBAR, enfin…

– C'est au tour de Nix de guérir. Il m'a proposé de gérer le bar en devenant partenaire de celui-ci. Comme ça, il s'occupera de mon bébé pour moi.

Et je ne me voyais le confier à personne d'autre.

– Et le Centre ? Les garçons ?

– Je suis un fils de militaire, Chase. Tu le sais. Je suis habitué à déménager en permanence, à en souffrir, puis à me forger une nouvelle vie.

– Je refuse de t'imposer de faire un choix.

– Tu ne m'imposes rien du tout. C'est moi qui fais un choix. Il est temps que je me construise cette vie pour laquelle on m'a accordé une deuxième chance. En plus, j'ai confiance en Ellie. Je reviendrai pour les événements, mais je ne peux pas toujours rester là-bas. Je ne peux plus vivre dans la culpabilité.

Je hausse les épaules dans un geste nonchalant, comme si cette décision n'avait pas été le fruit d'heures et d'heures d'introspection.

– En plus, il y a plein de gamins en ville également et il y a moyen que je puisse leur venir en aide, j'en suis certain.

Je n'ai pas eu de père, ça m'a manqué. Je n'ai pas pu grandir auprès d'une personne dont j'aurais pu suivre l'exemple et ça m'a manqué aussi. J'ai pu pas mal pratiquer avec les enfants des autres.

J'ai envie de le faire avec ma propre famille.

Celle que j'ai tellement hâte de fonder avec Chase.

– Chase, je ne fais jamais rien à moitié, alors pourquoi voudrais-je commencer notre vie ensemble de cette manière ? C'est toi qui as fait tous les sacrifices en voyageant en permanence pour faire fonctionner notre relation. J'apprécie tes efforts. Mais maintenant ? Maintenant, c'est mon tour. Maintenant, il faut que tu saches que tu es ma priorité numéro un.

– Je n'ai jamais ressenti le contraire.

Ses larmes me montrent qu'elle comprend où je veux en venir. Que je remuerai ciel et terre pour elle, putain. Elle me regarde en face et essaie le nom du bar sur sa langue :

– Jackpot.

– C'est toi. Tu es mon jackpot.

– On dirait bien que tu as déjà tout organisé.

– Je suis certain d'avoir oublié deux ou trois trucs.

– Comme de m'embrasser ?

– Alors ça, c'est dans mes cordes.

Et c'est ainsi que j'embrasse Chase.

Sur un trottoir.

Sous la pluie.

Si ça, ce n'est pas une deuxième chance.

Pour fonder une famille.

Pour faire bouger le monde.

Pour vivre.

Le baseball a été mon refuge. Mon psy. Mon premier amour. Celui qui m'a étrangement conduit à la rencontrer et qui nous a réunis.

Mais maintenant, mon seul amour est la femme à mes côtés.

Cette femme avec qui j'ai hâte de créer de nouveaux souvenirs.

Partager de nouveaux espoirs.

Aller au bout de mes rêves.

DU MÊME AUTEUR
HUGO NEW ROMANCE

Vous avez aimé l'histoire de Gunner et Chase dans *Hard to Lose*? Vous adorerez celles des autres sœurs Kincade et de leurs aventures amoureuses dans les autres romans de la série « Play Hard » :

Hard to Handle, Play Hard tome 1

Hard to Hold, Play Hard tome 2

Hard to Score, Play Hard tome 3

En librairie

À PROPOS DES ROMANS DE K. BROMBERG

« Un style étincelant, une émotion intense et beaucoup de sensualité… comme toujours dans les romances de K. Bomberg… » *USA Today*

« K. Bromberg vous aide à croire au pouvoir de l'amour véritable. » Audrey Carlan, auteur à succès # 1 du *New York Times*

« Un roman magnifique et poignant qui parle de survie, de seconde chance et du pouvoir de guérison de l'amour. Une lecture incontournable. » Helena Hunting, auteur à succès du *New York Times*

« Une romance irrésistiblement sexy, qui vous poursuit longtemps après avoir refermé le livre. » Jennifer L. Armentrout, auteur à succès # 1 du *New York Times*

« Bromberg est passée maître dans l'art de faire monter la température. » Katy Evans, auteur à succès du *New York Times*

« Torride et émouvant. Bromberg fait un carton de la première à la dernière page. » Kylie Scott, auteur à succès du *New York Times*

À PROPOS DE L'AUTEUR

Auteure de best-sellers listés sur le *New York Times*, K. Bromberg écrit des romances contemporaines mêlant douceur, émotions, pas mal de frissons et un peu de réalité. Elle aime composer des personnages d'héroïnes fortes et de héros blessés que nous nous plaisons à détester, mais à qui il est impossible de résister.

Maman de trois enfants, elle crée ses intrigues entre deux allers-retours à l'école et l'entraînement de foot, le plus souvent avec son ordinateur portable sous le coude et l'esprit complètement ailleurs.

Depuis qu'elle a publié son premier roman sur un coup de tête en 2013, Kristy a vendu plus d'un million et demi d'exemplaires de ses romans dans plus de vingt pays différents. Elle a été mentionnée plus de trente fois dans la liste des meilleures ventes de plusieurs quotidiens de renom tels que le *New York Times*, *USA Today* et le *Wall Street Journal*. Sa trilogie *Driven*, comprenant *Driven*, *Fueled* et *Crashed*, fait en ce moment l'objet d'une adaptation filmée sur la plateforme de streaming Passionflix.

Avec son imagination toujours en surchauffe, elle est déjà en train de comploter, conjurer et de mourir d'amour pour son dernier héros en date. Vous pouvez en savoir plus sur lui ou discuter avec Kristy en la retrouvant sur les réseaux sociaux. Le meilleur moyen de connaître son actualité et de découvrir les dates de sortie de ses prochains livres est de s'inscrire à sa newsletter ou de la suivre sur Bookbub.